仗舰走天涯

曾涛◎著

新华出版社

会飞的军舰

人不会飞，因为没有翅膀。但人的思想和感情会飞，因为有文字作为翅膀。

军舰不会飞，因为没有翅膀。但思想情感丰富的人乘坐之后，它就会飞了。不仅能飞越天空和海洋，还能飞入人们的头脑和心房。不仅能当下起飞，还能够永远飞翔。因为文字做了思想和情感的翅膀；思想和情感又成为了文字的翅膀。

2011年夏天，我初识曾涛。他是南澳岛一个团级单位的陆军中尉。除了钢枪和笔，陪伴他的是一条500米长的水泥路，一块只有两尺长却号称“飞行甲板”的运动滑板。他那时候的梦想就是，能够飞出南澳岛。那时我对他的印象是：一块好料，但羽翼未丰。

2017年，也是夏天。曾涛发给我他历经309天漂泊，完成5.23万海里航行，游历了16个国家18个城市的环球航行，千辛万苦地拍摄、记录下来，又经过两年时间沉淀、梳理出来的书稿《仗舰走天涯》，请我为他写个序。我欣喜地翻阅、品味之后，对他的评价是：一条汉子，翅膀硬了，可以放飞了。

因为他的这本书，让他所乘坐的济南舰以及参与此次海军环球航行编队的所有军舰，都灵动了，会飞了。

站立点

2009年，曾涛从武汉大学毕业后，来到了原广州军区驻守汕头南澳岛某部任一名中尉排长。

虽然大海近在咫尺，但他只能像绝大多数陆军官兵一样，围着单位的办公楼跑五公里。

某种意义上，那段“五百米的水泥路”围起来的，就是他的世界。

后来，他跑到北京的阜外大街，跑到南京的玄武湖，跑到舟山的昌洲大道，一直跑上了济南舰的飞行甲板，开始了拥抱地球的远航。

站立点不同，风景便不同，心境亦不同。

于北京，他忆起的是车水马龙、行人如织；于南京，他不忘的是挂在湖里的月亮、你侬我侬的情侣；于舟山，他念念换了好几种跑步姿势，穿了好几双跑鞋；而在济南舰上，他感慨的却是“一圈又一圈，时光你跟我走又何妨”。

是一望无际的大海，延展了他思想的空间吗？我想，是的。

以站立处为圆心，以眼界为半径，或平面成圆，或立体为球，便是一个人的世界。前者从时间、空间两个维度，成就人，也限制人；后者由前者发生，却常常超越前者，吸引人，也折磨人。

两者变动不息、激荡不止，于是衍生出芸芸众生相。

作者现在站在哪里、看向何处，我说不上来。但可以肯定的是，即便故地重游，他当下看到的风景，与书中所呈现的，应当大有不同了。

取　舍

作者不仅写文章，还搞摄影。书中那些精美的照片，全部都是他的手笔。

当然，全媒体时代的记者，能写会拍并不是什么新鲜事，这也不是我接下来要讲他的难能可贵之处。

我想说的是，不管写作，还是拍照，其实都只是“只取一瓢饮”的选择艺术。“取”“舍”之间，见技术，更见眼界。

环球访问的第一站，是苏丹，一个被联合国列为世界最不发达国家的遥远国度。

像执行护航任务时到访其他国度一样，作者以尽可能详尽的笔触，不厌其烦地记录着目力所及、听力所闻的一切 在垃圾堆旁带孩子的妇女、街边的咖啡摊、树苗培植厂里的小伙子、骑三轮车的大叔等等。

有趣的是，一些人留下了照片，而有的人只见于文字。原因在哪儿呢？作者写道：“苏丹人喜欢把他们最好的一面展现在外人面前，让别人看到他们开心快乐的生活状态，但是不喜欢别人记录下他们比较脏乱的形象和在土地里、工地上工作的场景。”

得到尊重和吃饱饭一样重要，这看似作者“碰壁”后的总结，何尝不是设身处地换位思考的结果。于是，文字、光影都褪去刻板的偏见，变得温暖起来，熠熠散发着人性的光辉。

文末，作者为苏丹热切地呼喊：如果你愿意，请来这里，来感受他们的热情开朗，感受他们的善良淳朴。如果你愿意，请来这里，他们的未来或许很需要你……

读到这里，那些未能拍进镜头的“遗憾”变得不重要了。毕竟，还有什么能比得上一颗充满善意、愿意理解的心呢？

尺　度

一滴水如何不竭？

哲学的、宗教的……各家之言，不一而足。但究其里，却不难发现，人们多是以“他者”视角出发作出判断，却鲜有人把自己摆到那“一滴水”的“我者”体验上：若我是“一滴水”，当如何？

无疑，如果能把自己放到更宏阔的时空去审视，这滴水当不会为枯竭而作杞人虑。

荣与枯、兴与衰、生与死，都是时间的杰作，不必抗拒，用心体验即可。

令人惊喜的是，作者笔下常有这种看透过后的悲悯流出，那是从人类历史的尺度出发而作出的关照。

在新苏伊士运河，他想到了欧洲殖民者，想到了黑人奴隶，想到了由运河引发的战争，想到了更多晦暗血腥但不能忘却的历史；

在埃及，他既感受到金字塔的雄伟，也体察到开罗的脏乱，有人说着是古老与现代的矛盾，他却并不愿苟同，依然对古老的文明充满信心；

在罗卡角，他站在五六个世纪前葡萄牙人曾经站立的峭壁，体验着他们的恐惧，也想象着他们的好奇；

在赫尔辛基，芬兰人争取独立自由的光辉历史、通信巨头诺基亚衰落的无奈当下，他同时着墨晕染，不亢奋，不失落，娓娓之中充满阳光；

……

记录，又不仅仅是记录。其间微妙之处，与“仰观宇宙之大、俯察品类之盛”的彻悟异曲同工。

界　限

就在我写下这篇序文的前一天，作者又出发了——跟随辽宁舰航母编队，执行跨区机动训练任务。

想来，他应该不会错过在航母甲板上跑步的机会吧。只是不知，此番他会有怎样的观察和感想。

从济南舰到辽宁舰，看得见的是更大的军舰、更浩荡的编队，看不见的则是更丰富的触感、更灵动的闪念。有形的界、无形的边，有可能束缚他，也有可能激发他，就像当初那条水泥路、那方飞行甲板一样。

能够超越自己，才能飞越世界。我相信并且祝愿今年未满30岁的曾涛，还会有更大的超越，更美的飞越。

刘声东

二〇一七年六月二十四日

目录

contents

第三章 | 印度洋里看亚非

03

第四章 | 行走在欧罗巴

04

第五章 | 登陆亚美利加

05

目录

contents

第六章 | 环太平洋之旅

06

第七章 | 海风中的思绪

07

01

第一章 奔赴星辰大海

又是一场别离

2015年4月3日这一天，从一大清早，就有一拨拨人赶赴浙江舟山某军港。有海军的领导和战士们，有牵着孩童的军嫂，还有步履蹒跚衣着朴素的老人家。

等到上午10时，人群的数量达到峰值。如果再晚，他们恐怕就赶不上为中国海军第二十批护航编队送行了。当然，应该没人会迟到，特别是妻子和孩子们。

程序化的仪式顺顺当当。红色横幅下的领导们肃然站立，动员讲话也是慷慨激昂。几百号非任务官兵在济南舰、益阳舰和千岛湖舰前一字排开。我一直在拍照，却忘了把镜头对准他们的脸庞，以致在整理照片的时候，找不到一张他们的特写。

没有特写也不遗憾。当镜头从他们背后架起，对准前方舰艇上挥手的海军战士们，拍出一张张构图完美的照片时，他们已经充分发挥了“背景”的作用和价值。

没有特写也不难想象。他们的脸，是一张张呼吸的脸，一张张或沉默着、或嬉笑着、或走神的脸。有人会问，为什么没有一种是符合这个场景的脸。合场的脸是什么？或许他们要的是一张流满泪水的脸吧。

答案中的脸，在电影中经常出现；而在这个码头，非常遗憾，它就是

编队官兵挥手道别

没有出现。其实呢，合场的脸和战士们的别离情，都被他们藏在了心里。今日一别，就是10个月。10个月之后，有战友会退伍转业，有战友会调动上学，那重逢的日子还真是不知几时。念及此由，陡生悲凉之情。我倒是可以肯定，一脸嬉笑表情的，必定此情最浓。大庭广众之下，堂堂七尺男儿，怎么能让人看出离愁别绪？！于是，他们选择了和一旁的战友有一搭没一搭地聊着、嬉笑着，我们把这种技能叫作伪装。

该喝的送行酒，在某个宿舍就着几包瓜子花生和泡椒凤爪早已喝过；要叮嘱的事，在喝酒前喝酒时喝酒后也早唠叨了无数遍。为了这一天，为了这一走，“前戏”准备了好久，可到关键时刻，竟然会哭不出来！没有高潮的性爱是不完美的，没有眼泪的送行是不成功的，持此观点的人应该大有人在。可我们的海军战士们不答应了，至少第二个观点他们是不答应的。

送别人群

在中国海军的字典里，“护航”这个词已经存在了6年多，而“别离”这个词在海军战士的字典里，却远远不止6年。他们习惯了别离，更习惯了出海任务。面对别离，他们不再伤怀；面对任务，他们却依然能心潮澎湃。闯荡远洋，在那片深蓝里划出属于自己的航迹，是每名海军战士的夙愿。

前几日，一位有着11年军龄的上士驾驶员告诉我，他开着车送了多少出海的战友去码头，又从码头接了多少归来的兄弟回营区，可自己一次海都没出过。当他说这句话时，我在他的微笑里读出了一丝不甘。如果这位战友在送行的队伍中，那他应该是一张艳羡的脸。

这一张张脸，是你我都曾有过的变迁。

远离家乡，告别父母，一脸忧伤，内心装的是对温馨生活的难舍；大学毕业，拥抱同窗，泪水流过脸庞，内心装的是对未来的迷茫；机场月台，目送爱人离开，视线迟迟拉不回来，内心装的是对下一次甜蜜的期待。

时间慢慢流逝，我们慢慢长大。离家的次数越来越多，见同学的次数越来越少，与爱人之间的甜蜜越来越难体会。我们不再像从前，会一脸忧伤，忍不住眼泪，因为我们的内心裹上了一层厚厚的茧。

你看送别的亲人中，军嫂们也没有怅然若失。她们或抱着孩子，让孩子向爸爸挥舞小红旗；或打着电话，用无线电波代替她们的秋波；或举起相机，为英武的战舰和丈夫留下影像。

汽笛声响起，护航编队缓缓驶离码头。大人们的脸依然没有变化，人群中发出的哭声，是几个小女孩在呼唤“爸爸”。小朋友们，等你们长大一些，你们就不会哭了。

其实，小朋友们哭，是因为他们觉得好像要失去爸爸一样。家属们不哭，战士们嬉笑，是因为他们知道，舰上的人会一直平平安安；他们已经在憧憬，10个月之后，依然是这个码头，一张张微笑的脸。

2015年4月3日深夜　东海某海域

第一次海上补给

4月11日，编队驶出南海，到达新加坡海峡。天刚擦亮，不少官兵就来到舱外，希望一睹曾经的亚洲四小龙之一的风采。

军舰不紧不慢，一直保持着10节的速度，到达樟宜时，已近中午。太阳很毒，海风都是热的。然而舰上要求大家穿迷彩服戴迷彩帽，还要穿上作战靴，中国海军的形象嘛，是要注意的。我腿上的毛孔在紧扎的腰带和塞进作战靴的裤脚之间大口大口地呼吸着，一滴滴汗珠沿着腿毛顺流而下，痒痒的。偶尔一阵风吹过，裤管随之飘扬，两腿及两腿之间，一阵清凉。

大家争相在甲板拍照留影，各种长枪短炮，很是吓人。其实景深一小，背景一虚，什么都看不清，除了大大的一张脸；太阳又在头顶，戴着的帽子使得整张大大的脸还是一张以鼻子为分界上阴下阳的脸。远处的樟宜笼罩在一片乌云下，让人看得并不真切。忽然想起，他们的国父李光耀刚刚撒手人寰，他们心中的阴影估计一时半会儿也很难散去。

一个女声随海风灌入大家的耳朵：“哎呀，我看到空中花园了！”循声望去，是演出队的那个小姑娘，专业唱歌的嗓门就是大！她正趴在方位仪上，把着望远镜瞅着远处。“上边有个游泳池，还有人在游泳呢。”几个拿着长焦镜头的小伙儿赶紧端起大炮：“哪儿呢？哪儿呢？怎么没看

益阳舰正在并靠千岛湖舰

三舰并靠，进行物资补给

着呀？”一脸憨笑的陈喜良拼命往方位仪挤：“哪儿洗澡呢？让我来瞅瞅洗澡。”大伙儿一阵哄笑，笑得这个从军了10多年的老兵黝黑的脸上一片绯红。

因为离得远，天空又灰蒙蒙的，照片拍得都不满意，这让我很是失望。出发以来，新加坡是见到的第一块陆地，虽未靠港，但也算是来过，所以本想好好留张照片的。

新加坡在东七区，比国内早1个小时，有点儿出国的感觉了。调时的那天晚上，大家都很高兴，今晚可以多睡1个小时了。想不到这高兴劲儿还没缓过来，军舰就穿过了新加坡海峡，驶入了马六甲海峡，得了，这下比国内早2个小时，又有一个夜晚要多睡1个小时了。

调时除了让大家偶尔多睡1个小时，带来的另一个较大的改变就是餐厅里打电话的人越来越赶早了。茫茫大海上，寻不到一个通信基站，就是能搜到运营商的信号大家也舍不得用国际长途，唯一能与外界联系的，就只有卫星电话了。海军通信部门提供给编队的卫星电话有限，一条搭乘了300多号人的济南舰上不到10部，除去驾驶室、作战室、报房、领导们房间的几部，最后剩下了2部放在士兵餐厅，供大家使用。

护航编队刚出海那会儿，每天在餐厅排队打电话的人还挺多。一根光纤，把思念传到卫星，再传到祖国各地某个家庭的客厅、某个学校的女生宿舍、某个公司办公室或者是某个农村的秧田。餐厅旁边就是电机，轰隆隆地响。打电话的人一手举着听筒，一手还得塞着另一边的耳朵。打电话的人满脸甜蜜，有时候还用手捂着嘴，这样既能让对方听得更清楚，也能让旁边的人听不清楚。等电话的人满脸焦急，坐在旁边的凳子上啃着冰淇淋，拨弄着没有信号的手机，时不时抬头望望两边靠墙打电话的人。这边听筒刚刚挂在话机上，坐在座位上的人就马上拔地而起，一个箭步冲将过去。冲虽然是冲，但每次冲的都只有一个人，还得分个先来后到。

舰上给我发了几张电话卡，我试过一回，用这种卫星电话拨我老爸老妈的手机都提示“您拨的号码不正确”。我试着拨了很多人的电话，都可以拨出去，这让我很哭笑不得。不行，电话卡发了不用是浪费！可对我这种单身人士来说，给谁打电话是一个很值得思考的问题。我决定，每天做梦梦到谁，我就给谁打。宿舍空气不是特别畅通，有时候缺氧导致觉多，但床头那个风机的嗡嗡声又让我觉浅。醒了又睡，睡了又醒，一个午觉都能做上十个梦。梦到的人特别多，并且大都还是姑娘，更要命的是，我手机里没多少姑娘们的电话。所以，当初打电话的设想恐怕是不大现实。

姑娘虽然不多，但是我狐朋狗友多呀。于是我还是会去打电话，听他们在电话里一口一个“涛哥”地叫我，心里暗爽。有一回跟一哥们儿聊嗨了，打了半个多小时，挂电话的时候，一扭头，四五个人在身后坐着。“大家都有事儿，你不能老把电话这么占着吧。”一个穿着海魂衫的脸圆胖圆胖的小伙儿向我抱怨，我这才意识到自己有点儿过，顿时满脸通红。第二天吃饭时路过电话，看到旁边贴着一张打印的A4纸，上书“思念无限，电话有限！请控制通话时间，谢谢合作”。这一看，又看得我满脸通红。

最近去餐厅的次数不多了，有时候吃饭都不大愿意去，自己在宿舍泡麦片。减肥是表面理由，实质理由是餐厅的伙食太单调。早餐永远是稀饭和小又硬的馒头，中餐晚餐一般就是冬瓜南瓜白菜之类的蔬菜和猪肉羊肉炖土豆、鸡排鱼排之类的荤菜。同宿舍住着解放军报社的记者刘亚迅，他先后执行过五六次出海任务了，对我这种挑剔的行为很是不屑：“伙食虽然比不上陆地上，但能吃就吃，到后期你想吃还不一定能吃得着呢。”

我国海军的综合补给能力在不断地增强，但谁也不可能三天两头儿就往舰上送蔬菜。济南舰后头跟着排水量达2万吨的补给舰千岛湖舰，这航行一路的供给就全靠它了。

今天早上6点，在马六甲海峡以西海域，护航编队开始实施第一次海上补给。

千岛湖舰吨位最大，气定神闲，漂在海上静待济南舰和益阳舰。先靠上去的是排水量6000吨的济南舰。驾驶室里操舵手一点一点微调，舰船慢慢地横着向千岛湖舰靠。不到20米距离时，前后甲板枪声鸣起，原来是帆缆兵用2支撇缆枪将绑着细绳的标枪射到了千岛湖舰上。细绳牵粗缆，不到10分钟，2艘战舰就被手臂粗细的橘红色缆绳固定在了一起。紧接着，舰与舰之间舷梯搭好，你来我舰，我来你舰，互相串门，10多天不见的战友又见面了，交谈着各自舰上的生活；传送滑梯搭好，一箱箱矿泉水、一篓篓水果和蔬菜往济南舰、益阳舰送；黑的白的管子接好，油料通过黑管子传到油库，饮用水通过白管子送到水箱。

靠近后甲板的通道里日益空虚的篮子里又满实了起来，白色包装纸下羞答答的大白菜还不舍得露面，亮红的胡萝卜左右交错，它们就奔放得多。我和刘亚迅看见了2筐还挂着须的玉米，商量着偷两根回去解解馋，可谁都没行动。他心里估计和我想的一样，还是和大家一块儿喝玉米排骨汤感觉更好。

上午10时左右，补给结束，缆绳、管道、梯子统统撤下，3条战舰又拉开距离，呈纵队航行着。

官兵们有的还穿梭在通道，腆着肚子端着2箱矿泉水往宿舍搬，他们咬着牙，眼睛里却放着灿烂的光。一次补给，不仅补了粮食饮水，还把精神维他命补得足足的。

是啊，补给后的人更有精神了，连水龙头里喷出来的水都更足劲了。我和一群战士在洗澡间冲凉，大家脱得精光，什么话都不说，只有哗哗的水声。忽然，整个洗澡间都安静了，原来大家都在洗脸洗头，我们都默契地把水龙头拧上了。

2015年4月14日 马六甲海峡

奔跑在飞行甲板

海水是个奇怪的东西。在东海，它又黄又浊，靠近台湾海峡的时候，它慢慢地清澈起来。进入南海，我才算是体验了什么叫深蓝。出了南沙，驶进新加坡附近海域，海的颜色又变浅了。

新加坡海峡和马六甲海峡的海水不仅颜色浅，还有不少垃圾。我趴在飞行甲板的栏杆上，发呆了5分钟，总共看到2个玻璃酒瓶、1个大塑料瓶和2只鞋子。这不是我想看到的海水的颜色。

今天吃罢早饭，拿着相机去飞行甲板拍特战队员训练。一开通道的门，阳光刺眼，天空中浮着好几朵或蘑菇状或火腿状的云。没被云遮盖的天空，蓝得透亮。迫不及待地走出一看，果然，大海又回到了它本该有的颜色，套用朋友圈里几个朋友在我发的南海图片后的留言，“蓝得窒息！”

在大家的字典里，蓝色代表忧郁。我喜欢蓝色，喜欢切尔西的球衣，喜欢海魂衫，可我从不觉得蓝色与忧郁有关。我一看到蓝色就心情愉悦，就像看到一个宽广而平坦的足球场，就像看到足球场边奔跑而过的马尾辫，看到蓝色我就想大口呼吸，看到蓝色我就想大声呼喊，喊一声“真爽”！这种感觉，怎么能是忧郁呢？

海水又蓝起来了，心情更加畅快了。我想一个猛子扎进海里，游到下

编队官兵在甲板上跑步

面去看看，是不是真的像蓝墨水一般，我会不会也被染成蓝色。当然，这只能是想想，如果真跳，我必定会被暗涌卷进舰船的螺旋桨，然后化作鲜红从济南舰的屁股喷出来，污染这美丽的蓝色。

官兵们都喜欢到甲板上跑步，不管是前甲板还是后甲板。虽然跑一圈就几十米，但是视线所及，却不止几万里。

跑步是舰上生活的一个重要组成部分。跑步能让人出汗，排除体内湿气，排走体内毒素，还能让因憋在舱内而滋生的压抑情绪滚蛋。

每天一到下午四点一刻，广播一喊："全体舰员着体能服到甲板进行军体训练。"接着上百号穿海魂衫的小伙子便涌入甲板。

济南舰的飞行甲板小，一圈下来还不到40米。我跟在队伍里，踩着前面迷彩鞋的节奏，一圈又一圈。手机没了信号不能定位，运动软件失效，我不知道自己跑了多少圈，跑了多少米。

一圈又一圈，跑在舰船尾部的那几米，还在海平面上的太阳照射过来，让汗水很快就流淌下来，像是在烤炉里；跑在舰船两侧的那几米，海风从前方吹过来，海魂衫的袖子随风飘荡，汗水瞬间蒸发，带走身上的热量，凉快；跑在靠近飞机仓库的那几米，没有太阳照射也没有海风，但是眼前是逆光或顺光的大海，一望无垠，可以尽情欣赏。短短几十米，像四季，却比四季变换得频繁；短短几十米，从热到冷再到热，“冰火两重天”可以循环2次。

一圈又一圈。甲板中间有人在跳绳，我就围着他们。我跑回了在汕头的广州军区75766部队的团部。我围着办公楼，跑五百米的水泥路，玩一个叫“五公里”的游戏。我下班的时间越来越晚，在水泥路上流汗的次数越来越少，膝盖里的积液却越来越多。毕业的年数是横坐标，游戏的成绩是竖坐标，构成的函数好像是一个斜向下的曲线。

一圈又一圈。海风偶尔带来燃机的废气，我就呼吸着它们。我跑回了北京的车道沟，跑回了北京的阜成门外大街。我吸着北京独有的味道醇正的空气，漫无目的地跑，吐出同样浑浊的空气。我迈开步子，超越路上的行人，超越北京的电车，超越一辆辆奔驰宝马，却屡屡被骑电动车的人超过。在北京跑步我从不用运动软件，不是没有信号，是因为我不知道我要跑到哪里，我要跑多久。我只有跑呀跑呀，等到汗水不再流，大腿再也提不起，我就告诉自己，停下来。

一圈又一圈。脚步右边是海水，脚步左边是火焰。我跑回了南京的玄武湖。在南京，我不用运动软件，而用导航软件跑步。玄武湖的水很深，玄武湖的夜很深，我跑着跑着，看着月亮挂在湖里，看着南京站亮在湖里。我跑过一个拱桥又一个拱桥，我路过一个广场又一个广场，拱桥上拥抱的青年情侣和牵手的中年夫妻一对对，他们长得都一样，因为我都不认识；广场上跳广场舞的大妈和被大妈搂着的大爷笨拙地扭着腰肢，很婀娜的样子，他们很忘我，反正我也不认识。我用导航软件寻找跑出玄武湖的路，低头一看，恰好五公里。

一圈又一圈。抬头是碧蓝的天空，让人觉得不真实。我跑回了舟山的昌洲大道。我绑好护膝，从一个十字路口出发，水泥路和汕头的一样硬，路上的电动车和北京的一样快，散步的人和玄武湖一样多，但是天空，跟海上的一样蓝。我换了好几种跑步姿势，穿了好几双跑鞋，我的脚步越来越轻盈，运动软件里的勋章越来越多，函数曲线又开始抬头上扬。我跑到另一个路口掉头，冲刺回出发的路口。运动软件提醒我："您已跑步五公里，用时二十二分钟四十五秒。"

舰船左右摇晃，一圈又一圈过后，我跑外侧的右小腿有些酸胀。我停下来，要省着点，明天继续跑，以后继续跑。

路过通道，女兵们正对着笔记本电脑跳郑多燕，蹦蹦跳跳，我一身是汗，从她们中间穿过，没好意思直视。回到宿舍，刘亚迅和翻译赵思南铺开了瑜伽垫，正在练"腹肌撕裂者"，住在我下铺的来自中央人民广播电台的记者朱梁文轩，买的瑜伽垫至今没开封。

舰船上有300多个人。300多个人有300多种运动方式，踩单车、俯卧撑、举杠铃……来自海军气象中心的梁军，每天都是一身水浇过似的汗。梁军大哥是上校，年龄至少有40岁，但从身材、皮肤和笑容看过去，却像30岁左右。有些人，一夜走完好几年的时光；有些人，却让时光一停就是好几年。

一圈又一圈，我的脚步不停歇。一圈又一圈，时光你跟我走又何妨？

2015年4月16日 印度洋某海域

最美的航拍照片

昨晚开会，宣布了一条残忍的消息：由于用水量过大，舰上决定采取节水措施，即洗澡房只在16:30—18:00开放。对我们住大宿舍用集体澡房的人来说，这真是个头疼事儿。

也罢，今日不运动，不出汗，即可不洗澡。节约用水，从我做起！

刚纠结着作出不洗澡的决定，就接到了编队宣传干事代宗锋的电话。今日舰载直升机进行跨昼夜飞行训练，通知我上飞机航拍。在直升机上待两三个小时，怎么可能不出汗？

我喜欢摄影，但我的水平很次。跟各类高手们相比，我觉得我的照片好像从构图讲究、要素组成、参数设置上来讲，好像都不差，但一比较起来，很明显存在档次上的差别。一看他们的照片，两个字，震撼！一看自己的照片，怎么说呢，挑不出大毛病，但就是差点儿感觉。

有时候我认为是角度问题。照相机所在的位置，即摄影师所在位置，这个角度和位置很大程度上决定了画面内容所呈现出来的意义。一张好的照片能讲好一个故事，一个好的摄影师能站在独特的角度去记录一个故事。角度即思想。我想，我差的是角度，是思想。

大家习惯性用平视角度拍照，有时候会低一些，最低也就只能趴在地上；有时候会高一些，再高也就只能爬到楼顶了。在空中，想想都会是非常棒的角度。以前摄影摄像为了采到从空中俯视的画面，他们发明了摇臂，后来又发明了旋翼无人机，将Gopro之类的机器挂在上面，但是这些，都是把人的眼睛送到了空中，人还留在地面。而坐直升机拍摄，是将人的眼睛和身体统统都带到了空中，这才是真正的航拍！

飞行前准备

在护航之前，我随常州舰出海，坐过2次他们的舰载直升机升空拍摄。第一次，无比紧张和兴奋，一飞到空中就狂按快门，生怕自己错过一分一秒的航拍时间；第二次，兴奋和紧张感减弱，开始在机上与飞行员交流沟通，协调航拍具体事宜。

今天这次航拍机会来之不易。按照训练计划，济南舰、益阳舰的直升机组会在今天组织跨昼夜飞行训练，即从白天飞到夜晚，我们跟机组商量了很久，他们才答应让我和聂树华上去。聂树华也是我们宿舍的，东海舰队的一个上士，精通各类设备和软件，简直就是数码达人。他今天上去负责摄像。

飞行训练在17:00开始。直

直升机起飞

升机先飞几个架次，等到18:30降落时再把我们俩捎上。

傍晚的太阳已经没有午间的热辣，此时已是红彤彤的了，被染红的云彩铺满了西边的天，倒映在海面，洒出一片片金黄。

飞行甲板的栏杆已被放倒，直升机也被推出了仓库。在一项项例行检查和加油之后，直升机发动了引擎。空间里瞬间被轰鸣声充斥，螺旋桨搅动着空气，把它上面的空气疯狂地往下吸。被吸的空气在地面聚集，然后扑向四周。我靠着机舱门，正端着相机准备拍照，不知何时，套在脖子上的照相机带被吹了起来，在空中乱飘，不时地闯入我的镜头。我赶紧扎好马步，身子靠在门上，脚拼命地往后蹬，力求让自己稳一点，让镜头稳一点，当然，更主要的是怕自己被吹起来。虽然我减肥失败了好多次，自己并不那么轻，但在这种日常都不曾见识的狂风和轰鸣声中，谁都不敢高估自己的体重。

飞行员李广宝操作仪器

直升机起飞了！我不知道飞行员此刻内心是不是像我一样激动，看到他们离地的一瞬间，我用狂按快门来缓解我的紧张。我也说不清楚，我为什么紧张，可能在潜意识里，长久停留在地面的东西，当它断掉连接、断掉地气那一瞬间，是应该有些情感来纪念这一刻吧。

直升机上升2米左右，往它的左边挪出了一些距离，海面顿时腾起阵阵水雾。轰鸣声在加剧，直升机头朝下，忽地一加速，从悬停的海面一下窜出，从舰船左侧飞了出去。轰鸣声越来越远，大家冲到飞行甲板中央，抬头仰望，直升机越来越小，越来越小，像一只飞在空中的蚊子。

不一会儿，轰鸣声又近了，大家抬头一望，迎面而来的是2架直升机。济南舰舰载直升机和益阳舰舰载直升机组成僚机双机编队，在进行超低空飞行训练。飞行甲板上聚集了不少人，大家拿着相机，有的还拿着手机，对准双机编队。拿相机、手机的人们举着手，脚下慢慢移动，他们不知不觉地跟着飞行编队转了好几个360°了。

不到18:00，直升机降落了，螺旋桨渐渐停了下来，最后索性熄了火。飞行员们从驾驶室走了下来，边走边摘头盔、抹额头上的汗珠。4个地勤人员涌了上去，钻进驾驶室，在摸索着什么。我找到飞行员李广宝一打听，原来是某个显示仪表出现了故障。黑夜飞行，完全靠仪表指示，此刻出现故障，犹如飞行员的眼睛失去了光明。

“等下修好了我们跟着一块儿上去吧？”

“这不有点儿小问题嘛，你们先别上去。”

“修好了不就没事了吗？”

“修好之后，等我们上去飞一趟，飞一趟之后没问题再来接你们。”

李广宝脸上毫无表情，轻描淡写。面对眼前这个天津汉子，我脑海中顿时浮现出上次跟他聊天时他憨憨的样子，眨巴眨巴的时常喜欢眯着的小眼睛，浮现出上次在电话旁他问我IP电话如何拨号时的傻笑。

“你们都敢飞，我们有啥不敢坐的。”我的胆子也不小。

“没事儿，别急，等我们先飞一趟。”

他的坚持让我的坚持没了底气，我沉默了。

经地勤人员查验，出现故障的仪表问题并不大，不到一刻钟，他们就把故障排除了。

飞行员重新登上直升机，螺旋桨又转动起来，轰鸣声再次响起。

等待直升机降落来接我们真是件考验耐心的事。我看了看时间，18:15，还来得及，我用2分钟时间冲回办公的学习室，把镜头盖放了回去。我边走边给救生衣吹气，脖子上挂着的2台相机在晃荡，走到飞行甲板的时候，直升机刚刚离开甲板，朝天空飞去。

“直升机刚降落了一次吗？”我问负责引导的一个战士。

“是的。”

我心里慌了起来：直升机不会是扔下我了吧？转头一看，聂树华扛着摄像机还在一旁等着：“怎么你没上去？不是这批次吗？”

“我也不知道啊。”聂树华也是一脸茫然。

正当我们不知所措的时候，直升机又降落了。“上！”李广宝朝我们

俩招了个手。

聂树华冲在前。我们躬着身，试图让风不刮在脸上，可我还是感受到两腮的肉在随风波动。

聂树华刚把我拉上机舱后座，一个地勤人员就不由分说地过来吼着："把安全带系好！"话音还没落，他就"嘭"地一下把门给关上了。

我们屁股刚着地，腿都还没盘好，就感觉一阵晃动——起飞了！腾地一下，臀部好像承受了好几倍的体重，一股血往头顶涌。原来，这就是超重的感觉。

飞到空中，我朝窗外望去，飞行甲板上的灯光微弱闪动，远处的天际还有一丝绯红。我按下快门，舰艇的头朝广角镜头的远端驶去，朝向天边，海平面微微倾斜，一副努力上升攀爬的样子。

直升机飞行高度近乎直线提升，硕大的济南舰瞬间就变得如模型一般。我紧紧抓住保险带，任凭它往左往右倾斜。抓住保险带的同时，我还不忘端起相机，对着窗外的舰艇按下快门。

直升机时而直行，时而倾斜拐弯，我已是分不清方位。夜幕下，我朝外望去，只看见3个"舰艇模型"上闪烁着微微灯光，如浩瀚夜空中闪烁的星。我知道，这是济南舰、益阳舰和千岛湖舰，但是，我已经分不清哪个是济南舰，哪个是益阳舰，哪个又是千岛湖舰。

天已经黑透了，白日里深蓝的海面此刻也是黑漆漆一片。我和聂树华相视一笑，我们心里都在大呼上当——黑灯瞎火的上来航拍，真是把我们坑惨了！我把镜头从窗外拉回，对着右边的聂树华。他倒很自觉，扛着摄像机，摆了个酷酷的姿势；等我按完快门，他也把摄像机的镜头对准了

编队在南海进行训练

我。是的，不到半小时，我们就在直升机上玩起了互拍。

这次航拍，机组并没有给我们耳机，所以我们没法和他们在喧闹的机舱里对话，加之我们真的是顺带被捎上来的，所以我们不好提什么要求，一切以他们的训练计划为准。他们怎么飞，我们怎么拍。

第一架次飞了大概10分钟。直升机稍稍调整方向，朝着一艘亮着灯的军舰直着飞行过去。我透过左右窗看了一眼，都有战舰，马上就判断出，前方的应该就是航行在编队中间的济南舰了。

前方军舰上的灯慢慢变亮，慢慢变大，甚至变得有些刺眼。我把镜头对着前方，焦点瞄着远端。我看到远端的引导兵，正挥舞着手中的黄红指示棒；我看到塔台里，灯火通明，两三个人正在操作着仪器，张望着我

另一只“眼”里的南海

们；我看到通道里，穿着救生衣的战士正在待命。

主飞行员郭希春是北海舰队某飞行团的副参谋长，这次护航前刚刚升为特级飞行员。他挺直腰板，直视前方，不断与塔台通话交流。甲板与平时看着差不多大小时，直升机要降落了。郭希春右手握紧拉杆，缓缓往下一推。随着一下轻微的晃动，直升机安全着舰。

我看见通道里，从人缝里钻出的一个个镜头。我在黑暗的机舱里，我一定不在镜头里。他们也在不怎么明亮的通道里，但我可以透过镜头看到他们狂按快门的手和取景器后他们明亮的眼睛。

还没等我看清那一双双兴奋的眼睛，我的身体又感受到一下摇晃——直升机又起飞了。

这一次，飞行甲板的灯好像更亮了，或许是因为夜更黑了。我和聂树华坐在机舱里，看着外面的黑夜、黑海，除了亮着的军舰之外的黑的一切。各类仪表上的指示灯不停闪烁，飞行员的脸被照得时红时绿。我忽然感受到一股从未有过的安全感。我有恐高症，只要登上2层楼以上往下看，我的腿就会发软。可我每次坐直升机，都觉得无比地安心，从未害怕。我没有仔细思考原因，很可能是因为坐在郭希春们和李广宝们后面，不需要有任何恐惧。

直升机着舰、起飞，我的身体摇晃，再摇晃。不知道过了几个回合，我们才完全降落在飞行甲板，飞机引擎才熄了火，看表，20:32。后来我去问塔台，故障修好之后，我们又飞了9个架次，其中，我经历了8个架次。

直升机停稳的那一刻，李广宝抬起头，去关闭头顶左侧的各类开关。甲板的灯光投射过来，勾勒出他并不英俊但挺拔的轮廓。飞行帽下，他的小眼睛睁得大大的，紧紧盯着白手套里捏着的那个开关，微微张开的嘴巴前还支着麦克风。

我按下快门，这是我今天航拍最美的一张照片。

2015年4月21日 阿拉伯海

为国家利益护航为世界和平护航 向你们致敬!!!

02

第二章
开启亚丁湾之旅

交接护航任务

一大早，还在睡梦中，就听见广播“停靠漂泊舰部署”。迷迷糊糊中，我明白了，这是要停靠微山湖舰。微山湖舰，中国海军第十九批护航编队的综合补给舰，一同的还有临沂舰和潍坊舰。

中国海军第十九、二十批护航编队终于会合了！就在今天，就在亚丁湾海域！

第十九批护航编队自2014年12月初出航以来，在海上已经漂荡了四五个月了。我挣扎着起来，主要是想看看在海上漂荡四五个月的海军官兵是个什么样子。

前几日第二十批编队第二次靠帮补给的时候，我亲眼见到一个少校红着眼睛对着两个战士咆哮：“你们要把我逼成什么样？！老子不干了行不行？！老子不干了！”我最怕再碰到这样的场景，这要让我如何猜想他们过去的四五个月的岁月。

放缆、停车……靠帮一切都顺顺利利。第十九批护航编队的指挥所人员在微山湖舰上列队，看着第二十批护航编队的指挥舰济南舰一点点靠近，然后挥动着手臂，向我们这边打着招呼。他们穿着海军独有的全身洁白的军装，戴着一顶洁白的大檐帽，帽子和衬衫之间黝黑的脸庞显得更黑，露出的牙齿和军装一样洁白。

军舰之间的舷梯终于搭好，两边在烈日下列队许久的指挥所人员终于把手握在了一起，身体拥抱在了一起。久违的战友终于见面，即使一个北海舰队、一个东海舰队，依然亲切如故，都是因为亚丁湾。

浩浩荡荡的人群涌入微山湖舰的会议室。2支护航编队的人员落座，正襟危坐，2位指挥员姜国平、王建勋身后悬挂着“海军547、152编队护航任务交接仪式”的条幅。在这样的场合里，大家抹平了脸上一分钟前的笑容，顿感严肃。

会议室里在开会，气氛凝重；会议室外，一片欢乐。我刚踏上微山湖舰，一个穿着救生衣刚把舷梯搭好的战士就问我：“你们152舰上有小卖部吗？”“有！”我还没回答完，他就跑了。不到一会儿，他已经把救生衣脱了，带着好几个战友冲济南舰奔去。后来的情况我不大了解，我只听济南舰的军需向我们哭诉：“十九批这群家伙就是一群土匪呀，把我们小卖部都给搬空了，什么椰汁可乐、锅巴薯片，都是一箱箱地搬啊！我这不卖

任务交接仪式

再见了，第十九批的兄弟！

还不行，最后是求他们，才留下点点库存。”舷梯上，不一会儿就有几个战士，咧着嘴笑着，从济南舰往微山湖舰成箱成箱地搬零食。

会议室内，交接仪式正在进行。第十九批编队向第二十批编队介绍了他们四五个月来的护航情况。出航以来，他们总共完成了35批次护航任务，护送了109艘中外船舶。今天参加交接并并靠在一起的舰船只有3艘，微山湖舰、济南舰、临沂舰，2支编队余下的舰船已在亚丁湾海域执行护航任务了。其实，在今天一早，2支编队6艘舰船就已经共同执行了一次护航任务，舰载直升机起飞航拍。画面里，一艘艘军舰伴随在商船四周，劈波斩浪，在深蓝海域犁出一道道白色航迹，场面十分壮观。

除了护航任务，第十九批护航编队让世人印象更深刻的，肯定是此次赴也门执行撤侨任务。2个月前，也门国内局势动荡，在也门的外国公民人身安全受到极大威胁。第十九批护航编队遵照党中央、国务院和中央军委命令，先后5次赴也门，安全顺利地撤离了16国897名中外公民。

身居国内，呼吸着高纯度雾霾，忍受着高物价的人们对生活总有这样那样的抱怨，他们爱祖国，但更期待更加美好的生活。身在也门，吹着阿拉伯海飘来的海风的中国公民，虽不知雾霾为何物，收入也几倍于国内的华夏儿女，他们此刻期待的，只是平平安安、平平淡淡的生活。弗洛伊德说，人最基础的需求是生命对于安全的需求，这是最根本的需求。通俗点来讲，就是要活命。动荡的社会局势，处处弥漫硝烟的地区，谁都不愿意待下去，设身处地地想想，就在这个时候，祖国派出的战舰就停靠在港口，印着“八一”军徽的战机在头顶盘旋警戒，大家拖着行李，不用三步并两步，大可大大方方从从容容登舰，离开这战乱之地，这是何等幸福之事！这是何等荣耀之事！每每看到此情此景，我都忍不住热泪盈眶。非矫情非做作，是出于人性最基础的需求。

2支编队交接完后，第二十批护航编队就将独立执行护航任务了。我是第一次来到亚丁湾、索马里海域，没有执行过护航任务，更没见识过传说中的海盗长什么样子。古人说，不战而屈人之兵，想必索马里的海盗们在这么长的岁月里也应见识，至少道听途说过中国海军威武雄壮的英姿了。此刻，我内心却有个想法，仅存的海盗们，请开出你们马力最强大的快艇，亮出你们火力最猛的武器，拿出你们最大的勇气和斗志，来会会我们吧！中国海军第二十批护航编队在亚丁湾、索马里海域恭候你们！

2015年4月23日 亚丁湾海域

忠孝难两全

潮湿闷热的亚丁湾海面，响起一声嘹亮的汽笛声。汽笛声之后，以纵队与第二十批护航编队并排行驶的第十九批护航编队，调整航向，朝着远方驶去，留下3道弧形航迹。

第十九批护航编队完成了他们的使命，执行完了所有护航任务，与前来接力执行任务的第二十批护航编队分航！此刻暂无别离情，唯有敬佩意。我举起右手，向越来越远的军舰敬了一个军礼。

抬手的瞬间，食指创可贴下的伤口隐隐作痛。昨晚被啤酒瓶盖划出的一道雪白口子，让我刚到亚丁湾几天就享受到了切肤之痛。

我一整天心情低落，心中笼罩的乌云始终散不去。倒不是因为我的右手食指，而是想到了另一个体会切肤之痛的人。

这个人我不是特别熟悉，在济南舰上共同生活不到一个月，为数不多的几次交流都是因为找他索要工作资料。他最常用的语言就是抿嘴一笑。这几日，他话少了，脸上的浅笑也变得勉强生硬了。

早上和同事们讨论稿件发布情况的时候，才得知他近日沉默的原因——父亲因病去世。

我向来对生离没有免疫力，每次离家都满是伤感；对于死别，我更是不知如何去面对。听到这个消息的时候，我试着去体会他的感受，却只能感觉到另一种切肤之痛，远超我右手食指的伤口。

他是家中唯一的儿子，上头还有2个姐姐。都说养儿能防老，可他从军20年，回家的次数都屈指可数，更不要提在老人身边照顾了。

听到噩耗的时候，他正在开会。每天他都会和妻子通电话，问问家中的情况，他本想告诉妻子现在不方便说话，可听到电话那头的哭声，他就明白了一切。

他想起了2年前，同样是在茫茫大海，同样是这条济南舰，不同的是，那时的舰艇上海事卫星电话数量不多，他不能天天给家中通话。他也相信，远在江苏阜宁的那个温馨港湾，一切都会顺顺利利。当他忙碌完手中的工作，拨通妻子的电话时，得知的竟是母亲3天前已经离世的消息。

2年前的一幕幕在脑海中放映。他执行完任务，飞回家中，见母亲最后一面，悲痛欲绝，恨自己不能尽孝，恨自己远走了他乡。送走了母亲，他收拾好心情，又投入了紧张的部队工作。夜深人静的时候，他时常打开抽屉，拿出送母亲时那枚黑袖章，仔细端详着那个“孝”字。这个“孝”字，像一把匕首，深深扎进他的心。

昨日今时，何等相似。会议结束，他躲进房间，却不敢打开抽屉，更不敢直视那个“孝”字。

他记起了3月28日，得知要执行第二十批护航任务的他，抽空回了一趟老家，看望肝癌晚期的老父亲。他一边给父亲洗脚，一边强颜欢笑和父亲聊着天。听到儿子要远赴亚丁湾执行护航任务，70多岁的老父亲满是骄傲。“爸，你可得照顾好自己，等10个月后我回来给你讲讲我们打击海盗的故事。”

10个月，这个数字犹如那个“孝”字，像另一把匕首刺进他的心。在家里待了不到14个小时的他离开家门前，背着父亲，眼含热泪剪下了一绺自己的头发。在他们老家，有这样的习俗，老人去世后，骨灰盒内要装着儿子的头发。

4月3日的舟山某军港，济南舰在码头亲人们的挥手告别中起锚远航。他站在甲板上，望着送别的人群，想起了家中卧病在床的老父亲，双眼泛起泪花。

身体发肤，受之父母。他离开家时，那一剪刀下去，剪断的不仅是头发，还有与父亲此生的情缘。他四处寻医，得到的结果都是一致的——父亲活不过3个月。这一剪，是永别啊！切肤之痛，不止于切肤。

我无法想象拿起剪刀的他是如何作想。我知道他无奈，我知道他痛苦，但我却不知道他的勇气从何而来。

他的勇气，应该是源自国产新型主力战舰济南舰的魅力；他的勇气，应该是源自对亚丁湾海域海盗们的征服欲；他的勇气，应该是源自济南舰上几百双期盼的眼睛……

不管勇气从何而来，他起航了，他来到了亚丁湾；不管勇气是否还在，他已离开了家，父亲已离开了他。

他，是济南舰首任政委，王飞！

敬礼！

2015年4月25日　亚丁湾

后来，我把这件事写成了一篇通讯，现为大家奉上：

儿在亚丁湾

亚丁湾4月的海风闷热潮湿，吹糙了水兵的脸庞，打湿了水兵的心。

正在执行护航任务的第二十批护航编队劈波斩浪，护送一艘艘中外船舶往返在阿拉伯海。

济南舰报房里，他按通信员的通知，正给支队政治部值班室回电话。2声嘟声之后，传来的竟是妻子的哭声："父亲走了。"

他默默挂了电话，一言不发，走出了报房。

夜晚的甲板有些凉，他的海魂衫随着海风飘荡。"扑通"一声，他双膝跪地，朝着家的方向磕了3个响头："父亲，愿您在天上安好，来世再给您当儿子！"

他抬起头，夜空中的繁星在泪眼中越来越模糊，越来越模糊……

泪眼中，他看到一幕幕画面正在放映。

他看到了23年前江苏阜宁罗桥镇武装部的门口，一个青涩少年胸戴大红花，在喧天锣鼓中登上了接新兵的汽车。人群中，一个中年男子用力地朝他挥手。他认出来了，那个少年是他自己，那个中年男子是他的父亲，一脸的骄傲。画面中没有他的母亲，因为她怕控制不住情感，没敢来送儿子。

来到部队的他勤奋好学，当兵第三年参加士兵考学进入了海军工程学院。1999年毕业后，他来到了位于舟山的驱逐舰某支队。他拼命工作，干过主机分队长，当过组织干事，业绩突出，深得官兵好评，收获的军功章和证书不在少数。

他是家中唯一的儿子，一直是家户的希望和栋梁。他在部队的每一次成长和进步，都让家人欣喜不已。荣誉冲淡不了思乡情，他更加想念家中的父母亲。都说养儿能防老，可自打他穿上军装，回家的次数都屈指可数，更不要谈在父母身边照顾了。

2个姐姐相继出嫁后，家中就只剩下父母两人了。他每回家看望父母一次，就发现他们越老了一点。他曾试图把父母接到自己身边，可他们却不适应舟山的生活："回老家有你2个姐姐照顾我们，你就在单位安心工作吧。"

2012年初，他调济南舰任职，奉命赴厂家接收这艘国产新型主力战舰。新的战舰，新的起点，他的工作没日没夜。

泪眼中，接舰的那段画面一晃而过，停留在了2013年10月13日。

同样是茫茫大海，他正随舰执行试航任务；同样是济南舰，但那时舰上还无卫星电话机，与外界联系非常不便。执行完任务，军舰靠港。他却听到了一个噩耗——母亲在3天前已经去世。

他火速赶回家中，跪在母亲的遗体前，放声痛哭。那个每次离别都不敢送儿子出门的母亲，真的离开了他。透过泪光，他瞥见了呆呆坐在一旁的父亲，头发雪白，眼神空洞。

送走了母亲，他收拾好心情，又投入了紧张的接舰工作。夜深人静的时候，他时常打开抽屉，拿出送母亲时那枚黑袖章，仔细端详着那个“孝”字。这个“孝”字，像一把匕首，深深扎进他的心。

泪眼中，放映的画面又定格在了2015年3月28日晚上。他蹲在父亲前面，为父亲洗脚。只要回家，他都会为父母洗脚，这样能减轻他内心的一丝愧疚。他告诉父亲，自己要去亚丁湾护航了，73岁的父亲双眼放起了光，脸上充满了23年前在人群中挥手送他当兵时一样的骄傲。“爸，等我10个月回来后，给您讲我们在亚丁湾打击海盗的故事，您照顾好自己啊……”父亲微笑着答应儿子，并不知道自己已经是肝癌晚期这个事实。

10个月，这个数字犹如绣在黑袖章上的那个“孝”字，像另一把匕首刺进他的心。第二天上午，在家里待了不到14个小时的他离开家门前，背着父亲，眼含热泪剪下了一绺自己的头发。“父亲，我走了。”说完这句话，他迈出家门，已经没有勇气回头。

泪眼中，画面放映到了中国海军第二十批护航编队出发的那天。4月3日的舟山某军港，济南舰等3艘战舰在码头亲人们的挥手告别中解缆远航。他站在甲板上，望着送别的人群，双眼又泛起泪花。

他想起了家中卧病在床的老父亲，想起了留在家中的那绺头发。在他们老家罗桥，有这样的习俗，老人去世后，骨灰盒内要装着儿子的头发。身体发肤，受之父母。那一剪刀下去，剪掉的不仅是头发，还有这辈子做儿子的福分。年初父亲确诊做了手术后，主治医生就告诉他，留给老人的时间不多了。这一剪，是永别啊！

泪眼中，画面不停歇，济南舰驶过台湾海峡，穿过南海，在新马海峡和马六甲留下航迹，来到了亚丁湾。在最短的时间内，济南舰出色完成了组建接装、试验试航和各项实操考核，被锻造成一柄寒光凛凛的海上利剑，创造了入列时间最短即执行护航的纪录。

泪水淌下，画面愈加清晰，他看到了自己那张黝黑的脸庞。他清楚地认得，他是济南舰首任政委，王飞。他也清楚地知道，他是父母养育了42年的儿子，王飞。

来自祖国渔船的问候

下午四点半左右，我刚走到前甲板准备跑步，就发现左舷围栏站满了人。往海面望去，被我们编队护送的渔船就距离我们不到2海里，再定睛一看，插着红旗的渔船护栏上挂着红色横幅。

我赶紧奔跑回办公房间，拿出相机。用长焦镜头望去，一艘艘渔船看得特别清楚。渔船整体呈暗蓝色，吃水部分被漆成了红色，渔船上面白色小屋应该就是驾驶室；舰首的桅杆上，五星红旗迎风招展，驾驶室上方和船尾，则分别插着2面三角形红旗，上面写着“一帆风顺”。我仔细数了数，总共有8艘渔船，渔船的编号分别为“盛海1”到“盛海9”，其中没有编号4，可能渔民认为这个数字不吉利。

这些渔船并不大，一艘排水量估计就100吨。我们的军舰以10节左右的速度在渔船编队的右侧行驶，不到10分钟，他们就被甩在了后面。

在甲板上拍照的战友越来越多，围观的人也不少。有相机的战友，拍好照片，然后在相机上放大，念着一条条横幅的内容。没有相机的战友，就拼命地朝渔船挥手。在我们的军舰超越渔船的过程中，我狂按快门，根本没顾得及看横幅内容，等到超越他们之后，我才仔细翻阅照片。

“盛海1号”上面，横幅写的是“向中国海军第20批护航舰队致敬！”；“盛海2号”的横幅则是“大连盛海船队向护航舰队全体官兵致敬！”；“盛海7号”的横幅是“捍卫中国海外公民安全　您们辛苦了！！”稍远一些的“盛海5号”，挂的是“祖国亲人向亚丁湾护航舰队全体官兵致敬！！！”“盛海6号”的是“向中国海军第二十批护航舰队致敬”，“盛海9号”的是“为国家利益护航为世界和平护航向你们致敬！！！”横幅上的字，歪歪扭扭，上下左右几乎没有对齐的，很像是刚刚用白色油漆刷上去的；“盛海7号”的横幅稍有不同，字是用墨笔写在白纸上，然后再贴于红布之上，远远望去，像一张张小时候上学时贝过的修改错字的贴纸。

人群中，有人说了一句：“他们把我们编队叫成‘舰队’了，一下子给我们升级了。”没有人太在意这个事情，大家都继续朝渔船挥手。

超越渔船之后，我们的军舰开始左转。这时候我已经从前甲板爬到了驾驶室上方。高处看去，渔船左右各4艘，呈并列纵队朝我们驶来，越来越近，颇有气势。天空云彩很浓，像一瓣瓣豆腐脑，海面在顺光的照射下，碧蓝碧蓝；我们的特战队员手持钢枪在来回巡逻，身姿挺拔；渔船编队在大海之上、天空之下稳当地缓缓地前行，留下8条航迹。在囊括天与地的广角镜头里，这简直就是一幅美丽的画！

我们的军舰从渔船编队前方驶过，绕到了他们的左侧，再向右转，和他们并排航行。我们放慢速度，让他们渐渐追上我们。一条条渔船在我们

右侧超越。渔船编队左侧的船只好像更兴奋些，几个渔民站在横幅后面，拼命地向我们招手。“他们在挥手，在挥手！”值了望更的小伙子在望远镜后面大喊着。我们也赶紧挥舞着右手。对面渔船上的渔民看到我们的回应，把手挥得更用力了。“嘿！”渔船编队那里传来了一声喊声，喊声在呼呼的海风中，音量并不大，但依然穿透力十足。

镜头里，一个穿浅蓝色上衣和一个穿黑色衣服的男子合力扯着一面国旗，奋力地往上举。旁边，几个渔民拿着手机或照相机在拍我们的军舰。看编号，是“盛海5号”，再看横幅，是“祖国亲人向亚丁湾护航舰队全体官兵致敬！！！”这条横幅很是眼熟，与我在他们的右侧看到的内容好像一样。我翻出之前的照片一对比，连写得像“旁”字的“亲”字和末尾那3个感叹号，都是一模一样。原来，看到我们的军舰绕到他们的左侧了，他们竟然在不到半小时内把横幅从右侧解了，再系在了左侧栏杆。如此之“折腾”，就是为了让我们能一直看到这条横幅，看到他们对我们的敬意！

看到对面渔船上依然扯着国旗的2个人，我忽然感慨良多。

在国内时，大家生活得安稳幸福，祖国的概念似乎很模糊。可当出门在外，却发现，离开了祖国，心里竟然会没了底。这些已经起航了1个多月的渔民们，为了生计，穿越万里海域，奔赴几内亚湾。茫茫大海，孤独寂寞或许可以忍耐，但随时可能面临的海盗威胁，却令他们胆寒恐惧。在亚丁湾这片波谲云诡、危机四伏的海域，有中国海军编队与他们一路同行，为他们保驾护航，他们的激动之情可想而知。看到威武雄壮的军舰，他们就看到了可靠与安稳，看到了勇闯大洋的中国海军，他们就感受到了祖国的强大。此刻，一定有一种“我是中国人”的骄傲与幸福荡漾在我们对面的渔民心中。此刻，有一种“我是保卫祖国人民的解放军”的责任和担当升腾在我心间。

对面的渔民里，有的人敞着上衣，露出圆鼓鼓的肚子，有的人穿着短裤，拖着一双凉鞋；有的人一看年龄就挺大，皮肤黝黑，也有的人皮肤还存留着些许白皙，一看就是大小伙子。随舰的一位海事局工作人员告诉

为渔船保驾护航

我，现在渔民越来越少了，这行不好干，有时候一出海，就是一两年，生活补给、捕鱼销售全在海上，几乎全程不靠岸。一年干下来，无灾无难、收成好的时候人均能有十来万的收入。我不禁唏嘘，他们冒着大风大浪远渡重洋，离开祖国和亲人，牺牲安稳与平静，最终能得到的也只是讨个生活。

可今天，就是这些讨生活的朴实渔民们，用他们歪歪扭扭的字，写就了一条条致敬和问候的横幅。这是我见过的质量最差的横幅，也是我见过的感情最真挚的横幅。

祝渔民兄弟们一路顺风！

2015年5月12日 亚丁湾

转战千岛湖舰

这几天真是忙。自从24日利用编队三舰并靠的时机，从济南舰搬到千岛湖舰以来，生活节奏变得快了许多。

我们几个记者来千岛湖舰，是按照编队安排，过来采访挖掘新闻的。千岛湖舰是一艘已入列十六七年的万吨级综合补给舰，执行了5批护航任务，参加过马航MH-370客机搜救，参与的演习演练不计其数，获得的荣誉更是不胜枚举。可以毫不夸张地说，千岛湖舰就是一座新闻富矿。

登上千岛湖舰，我背着行李包，往安排的住所走去。从舰艉到舰艏驾驶室，有一百余米。站在千岛湖舰，往左舷看去，平日里觉得巨大无比的济南舰，此刻竟显得有些小巧，真是不比不知道，一比才知道小。

与导弹驱逐舰前中后段都布满武器装备不同，千岛湖舰的表面到处都是一些用于补给的龙门架、绳索、管道和操作台。我边走边看，一路抬着头，一条条粗细不同的黑色管道悬挂在高耸的龙门架上，真是壮观。

我和央广的记者朱梁文轩被安排到了驾驶室下层的双人宿舍。一走进宿舍，我简直被震惊了。用震惊这个词，毫不夸张，且听我道来：刚一打开门，一束光亮照射了进来，竟然有窗户！住了一个多月的全封闭舱室，现在能住上有窗户的房间，心中特别激动。我赶紧把拉上的一半窗帘拉开，宽阔的海面就呈现在窗里，往外看去，海面在下方10米左右，阳光随

月光下的千岛湖舰（二次曝光）

着海浪闪烁着，照进窗户。这才是真正的无敌海景房！再看宿舍内，除了上下铺之外，还有一张小沙发；2张写字桌，其中1张下面还摆放着1个小冰箱，打开冰箱，里面摆放了饮料、蜂蜜和一些小糕点；写字桌上，除了烧水壶，连新的插线板都摆好了。

深深感受到了千岛湖舰官兵的热情，我甚至有点儿受宠若惊。朱梁打开冰箱的那一瞬间，兴奋得大叫起来："涛涛，快看，有冰镇可乐！"我非常理解一个胖子对碳酸饮料的热爱，更理解他受到宠爱时的开心和不淡定。

可能是换了一个环境，有新鲜感，心情也会更好一些。晚餐的时候，看着自助菜盘里的肉末白菜，我觉得它都更新鲜一些。今天在厨房门口，我这个猜测得到了证实——一筐筐从冷库里抬出来的小白菜，还绿油油的，泛着亮光，用指甲一掐，脆的菜秆对折断了。一艘有着十多年海上补给经验的老舰艇，在食物贮存方面肯定有它的一套。

上舰吃的第一顿，就让我大呼过瘾。有糖醋鱼、酱猪蹄、卤鸭掌、肉末白菜、木耳炒西芹，水果是西瓜。俗话说，俘获了一个人的胃，就抓住了一个人的心。千岛湖舰，一点一点在我的心中加分。

减肥健身是战友们之间一个长谈不衰的话题。我不刻意减肥，但志在吃与运动之间寻找一个平衡点，通俗的说法就是“折腾”。千岛湖舰不仅能让大家吃得好，还给大家提供了一个非常好的运动场地和环境。

从舰艏到飞行甲板，绕着外侧，一圈下来有300多米，比400米跑道短不了多少。下午，我就绕着跑了10圈。可能真的是很久没有跑过大圈，不大适应了，到最后2圈的时候，体力还有点儿跟不上。不过想到在海上能跑大圈的机会难得，便拼命地撑了下来。

中段甲板，2个操控台中间，有一片约3米×5米的空地。官兵们在一边摆上了一个可移动篮球架，打起了“三对三”篮球对抗赛。场上6人在激烈地争抢，一个个铆足了劲儿抢篮板和突破，一会儿又“唰”的一下一个急停跳投。场下四五人在等待上场，不停地喝着彩，遇到球飞得较远的时候，跳起来把球给捡回来。

飞行甲板是千岛湖最大的空地了，有五六百平方米。靠近舰艉的一侧，官兵们做俯卧撑、仰卧起坐，做累了，便坐在甲板上吹着海风聊着天，也不管甲板被太阳晒得滚烫，任汗水流淌。靠近机舱的一块小空地，几个战士在踢球。七八个人围着一圈，把球传来传去，中间一人在左冲右跑，试图抢下被踢来踢去的足球——这玩的是“遛猴”的游戏。七八个人中，踢得还不错的也就一两个人，他们能很稳当地停好球，也能用脚弓准确地把球推向队友，但不管技术如何，大家都非常认真，不停地跳跃着身体，做好随时接球的准备。

其中有一个女兵。她技术也是一般，但在抢球时非常积极，迈开大步子，追随着球的走向，球一换方向，她就一个急停，又奔向另一边。小姑娘的齐耳短发随着她的跑动一跳一跃，不停拍打着她红扑扑的脸；她的小腿纤细而又有劲，亚丁湾下午四五点钟的太阳照射过来，在她小麦色的小腿上留下一条细长的光亮。这光亮时而奔跑，时而急停，时而开怀大笑，

海上足球赛

时而叉腰佯怒，吸引了不少战友的眼球。

同是足球爱好者的舰长涂金虎向我介绍，这个姑娘是操舵班班长陈晶，平日喜欢跟大家一起踢球锻炼。也正是因为这样，她的手臂和小腿都晒黑了。

除了有小型篮球场、足球场，千岛湖舰在甲板下面一层还摆着2张乒乓球桌；室外不宜活动时，官兵们还可以到舱内一个周长120米左右的平台跑步活动。

每天的体能训练时间，我们便会凑在一起踢球，虽然没有绿茵场，但依然能尽情挥汗。

来到千岛湖舰还不到半天时间，我就喜欢上了它。舰政委崔亚东不停说着“欢迎来千岛湖舰做客！”其实我很想告诉他，要不是编队只安排6天的采访时间，我巴不得剩下的几个月都能住在这条舰上，享受“千岛湖大酒店”的美食，在他们宽阔的场地上跑步、踢球。

心情更好了，精神更足了。明天开始，好好采访写稿子！

2015年5月25日 千岛湖舰

初登“远春湖”号

上午9时20分，在西南风5级、浪高2到3米的亚丁湾东部海域，我和4名特战队员一起搭乘小艇，从千岛湖舰出发，前往中国籍油轮“远春湖”号。

第二次搭乘小艇，海浪比上一次大多了，小艇更加颠簸，不仅前后随着浪花翘来翘去，而且左右也摇晃得厉害，有时甚至舷边就几乎与海面齐平了。我的心情有点儿紧张，也有点儿兴奋，倒不是因为今天浪更大的缘故，而是因为我们此行的目的——我们要去给“远春湖”号随船护卫，保护他们平安顺利渡过亚丁湾海域。

约半小时后，我们到达了“远春湖”号的右舷，一段一段的吃水线上，21米的数字正在海平面上下挣扎。抬头一看，蓝色的船体上方，船员们正在放软梯。“再往下放一点。”小艇前方的战士朝上面的人喊道。软梯又往下放了一截，两根粗壮的绳子中间，横着一块块木板。待会儿我就是要借助这玩意儿爬上去？看到在空中飘来荡去的软梯，心里有点儿打鼓。“等下爬的时候，一定要抓紧绳子，身体要贴着梯子，一定不能往后仰。”刚才那个战士边扶着我边交代。我使劲地点了点头，心中有了信心：“虽然我不算身手矫健，但天天锻炼，这个梯子还是没啥问题的。”

第一个爬的是一个特战队员，看起来也挺费力，不像想象中的“噌噌噌”几下就上去了。背着30多斤重的装具，确实不轻松，更不舒服的是，他们胸前还挂着一把步枪，爬起来的时候在两腿之间晃来晃去。

第二个便轮到我了。我背的书包也不轻，里面有睡袋、电脑、相机和另外1个镜头等，加起来有将近20斤。我踩在小艇前端，趁着一波海浪刚刚把小艇顶起来的那一瞬，伸手抓住了绳子，左脚迈向了软梯最下层的木板。等我双脚全部踩在木板上时，软梯就以我的双手为折断点，下面一截往船体方向靠去了。这下真是悬在空中了！第一次爬软梯，不敢大意，我亦步亦趋，左脚先往上一步，右脚再跟着靠过去，也不敢一步一级。爬了一分来钟，终于到了甲板层。等在上方的船员伸出手，把我拉了上去，可算是上来了！

“欢迎来到远春湖！”刚一上去，迎面而来的船员就露出满脸笑容，接过我的背包。我顾不上寒暄，把背包放地上，取出相机就趴在舷边拍着特战队员爬软梯的画面。拍照的时候，船员们告诉我，这个软梯有9米多长。

不到一会儿，4名特战队员全都上来了。迎接我们的是“远春湖”号的政委梁敏，他安排船员帮我们拿包，并给我们安排住宿房间。一开始要带我们去单间，但为了不给他们添太多麻烦，也为了工作方便，我们向船上要了一间六人间，这样大家就可以住在一起了。

“带我们熟悉下你们船上的情况吧。”随船护卫小组组长黄均华刚把行李放到安排的房间，就向政委说道。听介绍、登舷梯、进舱室，特战队员黄均华、龚勇、高兆华、邬晨涛全然不顾被海浪打湿的衣裳，就立即熟悉起了“远春湖”号的船体结构和防护措施，进入各安保部位进行查看，并与船上人员研究商定护卫方案。

“远春湖”号油轮真是大，甲板长330米，宽60多米，一圈下来，差不多有800米，在甲板的中段，还有一个小型的直升机停机坪。这艘30万吨的油轮是目前中国60多艘VLCC型油轮中装载量最大的，去年底才下水。

油轮和军舰不一样，驾驶室并不在前方，而是在后方。我们穿过一道

特战队员爬上“远春湖”号

水密门，来到了驾驶室下方。刚一进门，一股汽油味就扑面而来。令我们吃惊的是，这艘油轮竟然安装了电梯。远春湖的大副向我们介绍，电梯总共分7层，分别是2、UP、A、B、C、D、E层。

我们首先乘坐电梯来到了E层。再往上走一层，也是油轮最高层——驾驶室。驾驶室里操作台、海图区、办公区等设置齐全，崭新整洁。站在驾驶室最前方，放眼望去，宽敞的甲板向前延伸，就像深蓝海域里的一片红色陆地。驾驶室的两翼，分别有座天桥，我沿着这条“空中走廊”往外走，高处的海风呼呼地吹过。我低头一看，海平面在下方三四十米处，不到1海里远的千岛湖舰显得娇小了些。也许是因为太高，油轮有点儿抖动，我站在天桥上，恐高症又发作了，每低头往下看一眼，脚就会感觉发软。

远春湖这个巨大而笨重的家伙，在伊拉克装载了28万多吨价值10多亿元人民币的原油，途经亚丁湾、红海前往荷兰的鹿特丹。因为它吃水深、干舷低，航速也慢，机动性比较差，非常容易成为海盗袭扰的对象。油轮上在甲板船舷四周装满了铁丝网，也备了一些铁棍斧头之类的“武器”，但还是感觉不大放心，便通过大连远洋运输公司向海军申请了护航。这不，4名特战队员就来到了油轮上。

在熟悉了情况后，已经是第3次执行随船护卫任务的黄均华作出了工

特战队员在警戒巡视

作安排：在驾驶室设置24小时警戒哨，并负责左右两舷瞭望警戒，3小时一换岗，每小时向指挥所报告一次情况；若遇海盗袭扰，狙击手和小组长分别在驾驶室左右舷天桥就位，轻机枪手和步枪手分别在甲板左右舷就位……

“远春湖”号的船长何兆锋是一位有着20多年“海龄”的老海员，经历过不少大风大浪，但只要经过亚丁湾，心里就会发怵。“2010年，我们驾驶‘远盛湖’号经过亚丁湾时，因为船期紧任务急，并没有申请护航，一开始还很平安，可等快驶离亚丁湾时，躲避季风的海盗就出动了，好几条小艇尾随着我们，我们拼命加速才甩掉。”谈起那次经过，何兆锋还心有余悸。

“现在好了，有自己祖国的军舰和特战队员为我们护航，心里特别的踏实。”不管是船长水手，还是管轮机匠，船上的每一个人遇到特战队员时，都会报以敬佩和感激的微笑。这种友好和信任，深深地感染着我，出门在外，大家深刻地感受到了“中国人”这几个字的分量和情感。

等我们转了一圈，已经11点多了。大家返回宿舍，准备把床铺收拾下。大家一进宿舍就发现，沙发上用1个大铁盘装着一堆水果：苹果、香蕉、梨子、橙子，铁盘里，还残留着水，苹果和梨是洗过了的。我们又是一阵感动。

我们带了干粮，有饼干、泡面，还带了些牛奶，但要支撑两天半还是有点儿困难。于是我们决定，跟船员们一起吃，最后再交伙食费给他们。11点半是午饭时间。我们被领到了A层的餐厅。午餐已经打好，一个长碟子里装着鸡翅、醋黄瓜、西红柿鸡蛋、虾；再一看，碟子旁边放着2个大小不一的碗，小的那个碗，若要盛米饭，也能盛个一斤多。东北人，吃饭都这么豪爽！

12点开始，特战队员开始按既定方案在驾驶室及两翼警戒巡逻。身背30多斤装具的特战队员，在凉风习习的驾驶室和骄阳似火的室外不停穿梭，一阵冷一阵热，身上的衣服也是湿了又干，干了又湿。

“02情况一切正常！”每隔1小时，站岗的特战队员就向指挥所报告一次情况。对讲机里传出指挥所沙沙的应答声，“远春湖”号驾驶室里每个人都听得清清楚楚。他们不时地往右后方望去——不到1海里处，千岛湖舰一直跟随着。

有特战队员的随船护卫和千岛湖舰的伴随护航，“远春湖”上每个人心里都踏踏实实的。亚丁湾，这片曾经让人胆寒发怵的海域，如今是如此之美丽，令人神往。

2015年6月2日　亚丁湾东部海域“远春湖”号油轮

为“远春湖”号保驾护航

半个小时，从“远春湖”号到千岛湖舰，我们顺利完成随船护卫任务返回了。顺着软梯爬到千岛湖舰甲板的那一瞬间，望着2日前送别我们的领导和战友，脑子里却不停地浮现着“远春湖”号那群穿着船员服的东北哥们儿，顿时有种时空错乱的穿越感。

抬头看远处，军舰左前方的“远春湖”号越来越远。我在心里默默为他们祝福，愿他们一路顺利，愿船上的每一个人都能健康和幸福。2天多的相聚，虽然短暂，却让我印象深刻。这群操着浓厚东北口音的哥们儿，不知道这辈子还能不能再见。有时候就是这样，在一个特定的时期和地点，大家萍水相逢，为了同一个目的聚在了一起。我们，为了“远春湖”号的安全顺利，登上了他们的船；他们，为了家人的期盼和自己的事业，经过亚丁湾这片海，把我们迎接上了自己的船。千百船只在茫茫海域擦身过，不留下一点痕迹，所有人在芸芸众生中都扮演着一个分子，在兜兜转转中遇到另一个分子，不停地告别另一个分子。

人最好不要有感情，这样，每个分子都是一个独立的分子，与别的分子无关的分子。如果我没有感情，我就可以潇洒地离开“远春湖”号。

来到“远春湖”号，特战队员们就开始了24小时的警戒巡逻，我也开始了我的采访。之所以选择和特战队员住在一个房间，是因为我觉得，

我们一行人与“远春湖”号油轮船员的合影

深入他们肯定能发掘出更多的新闻线索。我愿意和他们住在一起，即使会有鼾声和磨牙声，即使会弥漫着汗臭味和脚臭味。这些声音和味道，叫基层，叫贴近。

晚上11点，肯定不是我的睡眠时间。我乘电梯来到了驾驶室。黄均华正在站岗，我便过去和他边聊边巡逻起来。

亚丁湾相比前几年，已经太平多了，多国护航编队常年在这片海域巡航，海盗们也不敢太嚣张。黄均华前2次执行的随船护卫任务中，也没出现过异常情况。即使如此，他还是不敢大意，不停地在驾驶室两侧的天桥来回巡视，和我交谈也从没正视过我，一直盯着海面。

交谈中，我知道了黄均华是广东中山人，知道他是2009年从国际关系学院毕业的。这个跟我同一年大学毕业的哥们儿看着比我干练多了，他有广东人的精瘦，更有特战队员的肌肉，尤其是讲话的时候，一口“粤普”显得兵味儿十足。交谈中，我知道这个特战分队的分队长有着基层管理中的很多烦心事，也忧着军队体制改革的很多事，还关心着国家军队在世界上的实力和地位。

硕大的满月下，海面泛着粼粼波光。红色的“远春湖”号甲板此刻披上了一层浅白色的薄纱。

“吱……”驾驶室右侧的门开了，“远春湖”号的政委走了过来。“下去吃点儿夜宵吧，厨房煮了面条。”黄均华拨浪鼓似的摇头，婉言谢绝了。梁敏政委是真的关心我们，不是装出来的客气，不管我们怎么拒绝他都坚持要我们下去，东北人就是这么耿直。黄均华急了，最后没办法，只能把话说绝了：“我们是绝不能离开岗位的，这是纪律，也是规定，一分钟都不行，不然得受处分的。”从部队教导员岗位转业的梁政委深知部队的规定和纪律，便只能作罢。

梁政委接着又来“缠”我，先是也让我去吃面条，再就是让我从特战队员的房间里搬出来，住到安排好了的单间里面去。我也是找了各种理由，才很不好意思地把他的好意给谢绝了。我是这么觉得，我只是过来采访的，既不能为他们站岗巡逻，也不能为他们做什么宣传推广，能吃能住就很知足了，万万不可多给人家添麻烦。

3小时一班的岗一班一班地轮着，我已经记不太清4名特战队员每人轮了多少班岗了，我只记得对讲机里3个小时一叫的：“下一更，接岗。”印象最深的是昨日凌晨3点，我正在加班写稿，房间里一片寂静，我的电脑屏幕发出微光，时断时续的键盘敲击声小心翼翼地在房间响着，并不想扰他们的美梦。忽然，对讲机里发出微弱声响。3名睡梦中的特战队员“噌”地一下坐了起来，顺手抓起了枕边的枪。“请重复！”“下一更，接岗！”得知只是正常交接岗，2名非接岗人员这才安心地又睡下了。目睹这一切的我终于明白，他们睡觉为何没有鼾声，原来谁也不敢深睡，睡觉都保持着警觉啊！

6月3日，特战队员带着船员们进行了一场反海盗演练，负责安保工作的梁政委在甲板上手持对讲机，认真地指挥着。汗水浸透了他橘红色的衣服，但他部署任务的口号声依然响亮，让我依稀看到了他20年前当教导员时的样子。这位已经58岁的老前辈，眼神坚毅，腰身挺拔，虽然海风吹白了他的双鬓，吹糙了他的脸庞，但让人感觉不到一丝柔弱。

船员们有的手持着铁棍，有的紧握着斧头，跟在特战队员身后弓着腰小碎步跑着，到了船舷边类似墩子一样的遮挡物前，蹲了下来，探头往外看着。他们的动作比特战队员生硬多了，但脸上却是和特战队员一样的认真和严肃。来回练了几次，他们的跑位明显熟练多了。梁政委在一旁看着，脸上露出了笑容："有人带着练几回，你还别说，看着还真有点样子了。"演练在烈日下持续了一个多小时，大家的脸上和身上都满是汗水。

队伍解散之后，船长问政委："船上还有啤酒吧？晚上咱们加个啤酒好了。"还未等政委回答，我们就赶紧插话："万万不可，我们出来执行任务，不能喝酒。""要不我开瓶红酒？""真的不行，特战队员要巡逻，不能喝酒，我们也有纪律，绝对不能喝酒。"我发现，纪律是非常管用的"挡箭牌"，不管是军人还是老百姓，对此都深感敬畏，不敢轻易触碰。

晚上5点半，又到了饭点，我们来到A层的餐厅，心中在期待着，晚上的四菜一汤又会是什么。等到了餐厅，我们傻眼了——除了常规的四菜一汤外，桌子上还摆着两大盘热气腾腾的饺子，盘子是蒸柜里的那种大铁盘，每盘少说也有七八十个；再看一眼其他两张桌上，并没有饺子。不能喝酒，那就给我们做饺子！我们面面相觑，不知所措。我和黄均华商量着，把其中一盘给船长他们一桌送去了。可想而知，要让送过去的铁盘放稳在他们桌上，是有多么的不容易，其中又经历了多少的推来置去。怀着感激的心情，蘸着调好的蒜香酱油，我们一口一口把饺子吃了下去。东北风味的饺子味道就是棒！

今天一早，船长就告诉我们，他们在10点左右可以到达曼德海峡南口，然后停船，我们就可以乘小艇回到千岛湖舰了。于是，我们一大早就把该收拾的东西都收拾好了。因为我自带睡袋，所以我没用船上提供的床上用品，我把它们原封不动地摆在了床头。

等待的时间总是过得特别漫长，我在驾驶室不时地拿着望远镜望远处的军舰。军舰激起的浪花越来越小，到最后荡不起一点儿波浪的时候，有人在左舷放下了软梯；紧接着，挂在军舰中段的小艇里，有2个穿着橘红色救生衣的人上去，然后，小艇一晃，慢慢地被放在了海面。我扔下手中的望远镜，向驾驶室的船长道了别，然后往楼下跑去。

10点半左右，我们的小艇来到了“远春湖”号左舷。我顺着软梯往下滑，这次，我比第一次更有经验，放开了手脚，一步一级地往下踩，两只手也顺势一格一格往下移。我是第一个下去的，然后跨到了另一艘小艇上。我刚站稳，就发现了什么不对：小艇上放着两个被黑色塑料垃圾袋包裹着的四四方方的盒子，缠着的绳子绑得也是非常整齐。我的心里嘀咕，这不是我们的行李啊。我恍然大悟，走之前，船长和政委说要给我们带些小礼物，我们依然以纪律为挡箭牌婉拒了；不死心的他们还通过电台与我们军舰的驾驶室联系，驾驶室的首长给出的答复依然是婉拒。这下可好，他们在我们人下到小艇之前，通过绳子把两箱礼物吊了下去，而小艇上前来接我们的人，以为是我们的行李，便“大意”地解开了绳子。

我们的人都齐了，我和黄均华拼命地朝甲板上叫喊：“政委，把绳子再放下来一下。”明白我们意思的政委和其他船员不停地摆手，完全不顾我们的叫喊。因为没有绳子，我们没法儿把箱子弄上去，就算是身手了得的特战队员也没办法。无奈，通过对讲机请示舰上的领导之后，我们返航了。

小艇掉转方向，朝着千岛湖舰飞驰而去。“感谢你们！中国海军好样的！”小艇后方，传来船员们的呼喊声。

我转过头，看到甲板上一群人正拼命地挥着手。海风中，我的眼睛有些潮湿；模糊中，“远春湖”号渐渐远去……

2015年6月4日　亚丁湾千岛湖舰

亚丁湾绽放格桑花

初夏时节的亚丁湾，烈日炎炎，千岛湖舰劈波斩浪，为4艘中外商船担负伴随护航任务。

驾驶室内，一个纤瘦的姑娘手握舵轮，眼盯前方，随着舰长涂金虎的口令，沉稳操纵。

船舱通道，一个肩背医药箱、手拿血压计，肤色稍黑的女兵，在各战位间穿梭巡诊。

操舵女兵叫央吉次仁，另一个是卫生员古桑卓玛，她们都是中国海军首批藏族女兵中的一员，也是首批赴亚丁湾、索马里海域执行护航任务的藏族女战士。

这两位分别来自西藏那曲和山南的90后藏族上等兵，被中国海军第二十批护航编队官兵称为亚丁湾上的“格桑花”。

藏地有野菊，瓣紫花蕊黄。因其美丽圣洁，西藏人民把它称之为格桑梅朵，意为美好幸福之花。

其实格桑花的种子早已种下。央吉次仁当了20多年村长、村支书的父亲在女儿刚懂事时就一次次给她讲西藏百万农奴大解放的故事，这位亲身经历了西藏农村巨变的老党员，反复告诉自己的孩子——共产党好，解放军好！

古桑卓玛（左一）、央吉次仁（左二）在与战友交流

对于古桑卓玛，如果说她的军营梦在《麻辣女兵》等电视剧的影响下才刚刚发芽的话，那汶川抗震救灾中解放军的英勇表现让梦想在她心中扎下了根——一定要去当兵！

2013年7月，海军首次在西藏征招女兵。正在西藏大学读旅游管理专业的大三学生央吉次仁和英语专业的大二学生古桑卓玛，毫不犹豫报了名。“当兵是我一直的梦想，这次还是海军，我不想错过这大好机会。”古桑卓玛如是说。

经过体检、面试、政审，央吉次仁和古桑卓玛顺利踏上军旅之路。央吉次仁、古桑卓玛站在布达拉宫前，身着新军装、胸戴大红花，那一刻两人四目对视，开心地笑了，那么甜，那么美。

格桑花之美，在于它能经受住寒冷高原的考验并顽强快速地生长。央吉次仁和古桑卓玛，在军旅途中，也经受住了一次次考验。

新兵连刚开始，语言、饮食、风俗等让两位藏族姑娘感觉到了不适应。慢慢地，她们发现，军营除了铁的纪律，更有战友间的温情，战友们把很多藏族的风俗习惯都打印出来，人手一份，还相互提醒注意；她们听不太懂汉语，班长就换多种方式为她们讲解，友好的氛围使她们很快融入了集体生活。

新兵连结束，央吉次仁选择了学习操舵专业，她说：“驾驶室是全舰最高的舱室，操舵时还能看到大海。”古桑卓玛选择了卫生专业，她想成为一名军舰上的白衣天使。

专业学习只有短短6个月，央吉次仁为了掌握操纵技能，认真背记各种口令，在模拟操作台上经常练得手臂发酸，站得双腿发麻。古桑卓玛为了学会注射，把自己的手臂都扎肿了，皮试针尤其疼，为此她没少掉眼泪。

6个月后，她们都以良好的成绩从各自的学兵队毕业，被分到海军“先进舰连标兵”单位——千岛湖舰。先进的单位，团结奋进的集体，催促着她们丝毫不敢懈怠，以昂扬的斗志迎接大海的洗礼。

4月3日，千岛湖舰从舟山起航，赴亚丁湾、索马里海域执行护航任务。航渡途中，海上风大浪高，高速前进的军舰时而左右摇晃，时而上下颠簸。

央吉次仁在航渡初期，平均每天都要吐一次，但她告诉自己，即使吐，也要坚守在战位上。她随身带着1个塑料袋，咬紧牙关，没离开操作台半步，最终圆满完成了航渡操舵任务。

古桑卓玛也吐，连胆汁都吐出来了。她克服困难，依然坚持巡诊。一次，一个大浪袭来，船身一晃，古桑卓玛栽倒在地，半颗门牙被磕掉，鲜血瞬间从嘴唇上和鼻子里流出。她从地板上爬了起来，没流一滴泪。当天晚上，她还把自己摔掉牙齿这事，当作笑话讲给央吉次仁听。

格桑花扎稳了根，长壮了枝，再加些风雨的洗礼，便能开放出灿烂的花。亚丁湾护航，便是这花开前最深刻最隆重的洗礼。

“我们的爸妈至今都没出过西藏，而我们不仅来了部队，还跨出了国门去护航，我们感到特别光荣和自豪。我们将努力工作，不辱使命！”谈到此次执行护航任务，两位藏族女兵一脸的骄傲和自信。

在护航编队举行的“护航尖兵”颁奖晚会上，央吉次仁和古桑卓玛两人共同表演了藏族歌舞——《一个妈妈的女儿》。当她们穿着藏族服饰一入场，就宛如两朵美丽的格桑花绽放在舞台中央，顿时掌声雷动。

“太阳和月亮是一个妈妈的女儿，她们的妈妈叫光明……藏族和汉族是一个妈妈的女儿，我们的妈妈叫中国。”虽然官兵们听不懂，但央吉次仁那天籁之音和古桑卓玛的优美舞姿，让官兵们深深陶醉。

“愿世界永远和平安宁！”演出结束时，两人分别用藏语和汉语大声说出了她们的心声，也道出了护航官兵的共同心愿……

2015年6月1日　亚丁湾千岛湖舰

翟墨与护航官兵的亚丁湾情缘

“欢迎再来济南舰！一帆风顺！”今天下午4点左右，十几名官兵在驾驶室两侧拼命地挥着手，努力地喊着。顺着官兵们挥手的方向望去，落了一半的太阳下，一艘单薄的帆船穿过济南舰舰艏，向着太阳，一路向西。

这艘帆船是“东南卫视”号，他们的使命是重走海上丝绸之路。今年4月20日，他们从福建平潭出发，以原路寻迹、探访和共说海上丝绸之路为主线，全程途经东南亚、印度洋群岛、非洲、西亚和欧洲众多国家和城市，穿越台湾海峡、南海、马六甲海峡、印度洋、阿拉伯海、阿曼湾、波斯湾、亚丁湾、红海、苏伊士运河、爱琴海、地中海等世界著名的原生态文化圈，最终抵达意大利米兰，参加米兰世博会，总航程逾万海里。

驾驶帆船的，是一位名叫翟墨的男子。在此之前，对于翟墨，我并不熟悉。在接到这个任务后，我去查找了下他的资料，才发现自己的孤陋寡闻。

山东汉子翟墨，生于1968年，职业是一名画家，后来因为对帆船的浓厚兴趣，便勇敢地驾驶着帆船挺进大洋。2007年1月6日，他从中国日照起航，沿着黄海、东海、南海出境，途经雅加达、马达加斯加、好望角、巴拿马，穿越莫桑比克海峡、加勒比海等海域，横跨印度洋、大西洋、太平洋，在2009年8月16日抵达终点日照。

这是中国首次单人无动力帆船环球行动。翟墨从此火了，他成了单人无动力帆船环球中国第一人，被授予了很多荣誉，还被推举为2009年度中央电视台《感动中国》人物。原来是位名人！

在荣誉面前，翟墨并没有停滞不前。这一次，他再出发，只因他的帆海环球梦！

他已经走过了新加坡、马来西亚、斯里兰卡几个站点，积极开展了文化、历史、艺术等方面的交流活动，影响广泛。他是一名艺术家，之所以要重走海上丝绸之路，主要目的就是为了探寻这条古老而神秘的海上丝路沿途，除了贸易商机外的其他领域的魅力，譬如土著文化等。

把画家这个职业和兴趣结合起来，一路航行，一路探寻，一路记录，一路交流，翟墨是这么想的，也是这么做的。

相对于我的孤陋寡闻，舰上很多战友就对翟墨了解得多。听说我们要为经过亚丁湾的翟墨帆船护航时，他们都很兴奋，十分期待。7月5日早上7时，刚刚结束停靠吉布提共和国吉布提港休整的海军济南舰经过两天的连续航行，穿越亚丁湾东部大风浪区，抵索科特拉岛西北30余海里处海域，与翟墨的帆船会合了。

这是翟墨第一次走亚丁湾。还没进入这片危险海域的时候，就有很多商船提醒他为他担忧——亚丁湾海盗猖獗。尽早会合，成了翟墨和编队共同的期许，所以编队特意往东多跑了几十海里，前去迎接翟墨帆船。

6日上午10点左右，受季风影响，亚丁湾的风浪仍然不小。仅36吨的翟墨帆船以四五节的速度航行着，我们的军舰也放慢了速度，并以“S”形的路线行驶着，为帆船“全方位”护航。

飞行甲板上，一群人在忙碌着，他们扛着几袋东西，用绳子把它们和两个救生圈结结实实地捆绑在一起。军舰后方一海里左右，帆船在紧随着。

原来，翟墨等帆船上的5人已经断水断粮两天了，编队正在想方设法为他们提供食物。由于风浪大，小艇没法下水，所以我们决定采取将食物抛入海中，再让帆船去打捞的最原始也是最简易的方法。

“一、二、三！扔！”几个穿着救生衣的战士齐声一喊，便把打包得严严实实的食物扔到了海里。几个袋子在救生圈的托举下，漂在海面上，随着海浪荡来荡去，并向后漂去。大家都和帆船上的人一样，睁大了眼睛，紧盯着食物，生怕它会瞬间消失一样。

向翟墨团队投放物资

食物慢慢地靠近了帆船。我通过长焦镜头望去，一个人正拉着帆船的桅杆，另一只手握着一根铁棍，等待着把食物钩过来。食物离帆船越来越近了，帆船忽然灵活地调整了方向，绕着食物在转着圈。第一圈，伸向海里的铁棍一钩，却扑了个空，离食物还是有点儿远，大家在甲板上叹了口气，极是惋惜；第二圈，这圈的半径更小了，离食物这个圆心也近了，帆船上的那个人终于顺利地钩住了食物，几个人拼命地把袋子往船上拉。“好！”甲板上的我们一片欢腾，悬着的心也终于放下。

获取了食物的帆船开始加速，好像瞬间补充了极强的能量一样。帆船从我们右舷经过，两船距离不到10米，我们可以近距离看到帆船的模样。经过飞行甲板时，大家清晰地看到，几个人站在帆船上，用力地向我们挥着手。其中一个穿着白色保罗衫的中年男子，高举包裹着食物的大黑袋子，用沙哑的声音向我们喊着："感谢中国海军！中国海军万岁！"

一条帆船三片帆，露天的操作台，几个人风里来浪里去，饱受着毒辣阳光的炙烤和无情海浪的冲击。除此之外，还有无尽的孤独，以及未知的巨大的恐惧。这该是一种什么感受和体验？眼前的这几个人，就是在这样的条件和心态下，仍鼓起勇气，高扬起帆，坚决远航。

甲板上的官兵们似乎被他们所感染，也向他们挥着手，不停地为他们欢呼着。我也很激动，用足了劲吼了一声："牛！"

7月7日，我们航行到了亚丁湾中部海域，风浪也小了些。按照安排，刚完成一批次护航任务的千岛湖舰赶了过来，加入了护航编队。

两艘战舰为一条小帆船护航，一左一右，真是壮观。不过，千岛湖舰过来的主要目的，是为了和济南舰一起，联合开展一次反海盗演练。

演练，肯定要有假想敌，那便是前来抢劫的海盗船只。于是，一艘搭载着几名化装成海盗的特战队员的小艇入水，先驶向较远海域。

演练开始！济南舰的雷达更在发现目标后迅速上报：一艘不明小艇向编队靠近，距离×××，方位×××。一系列的反海盗部署立即展开：喊话驱离、小艇入水、舰载机起飞……

演练中的"海盗"总是冥顽不灵，毫不知趣，甚至不管死活地向编队驶来。我在直升机上看到，两艘军舰中间，是翟墨团队的帆船，再往前方，是两艘正在角逐的小艇。小艇飞奔，在海面上留下两道宽广而洁白的航迹。

"海盗小艇"离帆船越来越近，情况危急！搭载着几名正宗特战队员的小艇一个转向，卡在了"海盗小艇"与帆船之间，阻挡住"海盗小艇"向帆船靠近。两艘小艇仍在周旋，围着帆船不停地转着圈，划出一道道洁白的螺旋纹路。

抛弃危情不说，此时的画面真是壮观。两艘战舰调整了航行，向事发地点驶来；孤立受惊的帆船不敢乱动，漂荡在海面；最活跃的就是两艘小

艇，加足了马力，用马达在海面不停地划出各形线条。蓝天碧水之间，上演着一场猫捉老鼠的戏！演练的结局可想而知。

我也收获满满，用快门把发生的一幕幕记录了下来。不管是从色彩、构图，还是图片的故事性上，都令我十分满意。

演练并不是演戏。看似夸张的演练却是将海盗袭击的情况作了最坏的打算，“大动干戈”的场面是编队对情况处置作出的最全最足的反应。用编队指挥员王建勋的话说：“解放军总是喜欢把准备做得最足，等到情况真的来的时候，我们心里就更有底了。”

不知翟墨团队在这场演练中收获了些什么。

7月8日，已是编队护卫“东南卫视”号帆船的第4天。被护帆船也从亚丁湾东部海域安全顺利航渡至亚丁湾西部海域。应编队官兵邀请，驾驶帆船的翟墨团队4人登上济南舰，和官兵们进行了深入交流。

名人上舰，自然轰动不小。上午10时左右，翟墨一行乘坐着前去迎接的济南舰小艇，顺着舷梯爬上了济南舰飞行甲板。我趴在栏杆上，看到他们几个人飞一般地踩着舷梯往上蹭，没有丝毫的谨慎和小心，有的是兴奋和激动。

“欢迎翟墨团队回家！”4人刚登上军舰——这方流动的国土，就被眼前的场景震撼到。几十名官兵手拉着横幅，向他们挥着手，热情地打着招呼；4名靓丽女兵把4捧花献上，翟墨等人已是眼眶潮湿。

闪光灯不停地发出阵阵白光，快门声音此起彼伏。翟墨等4人，与济南舰舰长、政委在横幅面前拥抱、合影。

我这才真正地看清翟墨。一头齐腰的长发被简单地扎了起来，随着海风飘荡着，发质不是很好，已有些枯黄；一米八多的个子，修长的双腿；俊朗的脸庞，留下阳光和海风雕刻的痕迹。长发之外，黑、帅、高是翟墨给大家留下的印象。

在大家的簇拥下，翟墨等4人沿着通道往舱内走。除去上更值勤人员，几乎所有的舰员都涌在通道内，来一睹这位航海家的风采。大家把兴奋的表情写在脸上，把翟墨等4人羞涩而又激动的表情印进了照相机。

官兵们热烈欢迎翟墨团队登舰

洗澡！翟墨等4人上舰后的第一件事，便是痛痛快快地洗个澡！原来，对于饮用水都是稀缺物资的他们来说，洗澡是奢望，他们已经1个多月没有洗过澡了。舰上早就安排好了4个房间。于是，他们4人在里面洗澡，舰员们在房间外等候。这是我见过的粉丝追偶像的最奇特场景，见过堵酒店、堵会场、堵大巴，从来没有听过堵洗澡的。

最先出来的是杨金石，就是那位高举着包裹向我们呼喊的中年男子。这位卖掉工厂跟随翟墨15年追逐帆海环球梦的山东汉子，洗完澡后一脸的轻松惬意。“哎呀，太舒服了！这澡洗得真是说不出的滋味啊，心里酸酸的，又感觉十分温暖。”说着说着，老杨有些激动。“本来我洗澡都是打两遍肥皂的，但我知道大家都比较缺水，我今天打了一遍肥皂就出来了。”

老杨洗完澡后没有穿他那件白色保罗衫，穿上的是印有“中国海军第二十批护航编队”的黑色T恤，这也是舰上为他们准备的。

接着，两位小伙子郑兵和徐和亮也出来了。洗完澡的他们显得更精神了。他们分别是从第41集团军和武警安徽总队退伍的战士，在帆船上主要负责安保工作。

大家都在翘首以盼，但翟墨迟迟没有出房门。后来一打听才知道，原来他早就洗完了，只不过因为带了几十本自己的著作《一个人的环球》要送给大家，正在房间内签名呢。这让大家更有期待了。

洗澡加签名，大约过了20分钟。翟墨终于出来了，真是千呼万唤始出来。热情的官兵们赶紧冲上去，邀请翟墨合影留念。有的官兵很用心，到我这里拷走了一张济南舰护卫“东南卫视”号帆船的航拍照片，打印制作成了明信片，还邀请翟墨在上面签字；还有的官兵更甚，在明信片后作了一首诗：“古老与现代，帆船与战舰，环球航行亚丁见；轻舟一叶重走丝路，中华神盾贴身护佑。”

合影、签名，小小的会议室，变成了明星见面会。要求合影的人换了一个又一个，但翟墨和老杨始终站在那里，一直是满脸的笑容，还变换着姿势去配合前来合影的官兵。我拿着相机给大家拍照，闪光灯闪到快没电了，可战友们还在我的镜头里来回穿梭变换。

快到11点半，拍照的人才差不多满足。翟墨等4人终于能坐下来，轻轻松松和编队的官兵聊聊天。

“踏上军舰的那一刻，我就感觉无比地踏实！真的是回家了！”这是翟墨的开场白，也是内心的表白。翟墨打开了话匣子，把他的帆海环球梦向我们讲述了一番，更是和我们分享了他曲折而精彩的环球之旅。翟墨慢慢地讲，大家细细地品，我心里对“环球”这个词更有了一些概念。同样是在海上，同样是要环球，可是，他们的环球梦显得是如此的艰难和富有挑战；我顿感幸福，能跟随着伟大祖国的军舰出海环球，在多方面的协调和努力下，访问一个个国家。

环球并不是我的梦想，我也不敢有这个奢望，只不过这次任务需要，我便有了实现一般人想都不敢想的梦想。翟墨，不仅敢想，更敢做。他用帆船，这件原始的海上交通工具，闯入大洋，挺进深蓝，去实现他在某一天忽然冒出的一个念头。开始了便不会停歇，他不仅一次沿着水路出发，去到不同的国家，去看他乡的日出月升，去领略异国的风土人情。我想，帆船、海洋、环球，这些词，已经深深地烙进了他的生命。

翟墨团队与编队分航，继续前行

翟墨是一个有梦且敢于追梦的人！在座的人听得非常认真，没有了刚才要求合影签名时的狂热，眼睛里多了几分沉思和钦佩。

翟墨等4人在舰上待的时间并不长，不超过4个小时。最后的1个多小时，是编队宴请他们。在为他们投送食物的第二天，翟墨就通过甚高频和济南舰舰长刘冕通话：“刘舰长，你们那还有包子吗？昨天那包子真好吃！”我没进会议室，不知道编队为他们准备的是些什么菜，但通过这句话，我就能猜到他们大口扒饭大口吃菜，甚至有点儿狼吞虎咽的表情。放开吃吧，这里就是你们的家！

我把思绪拉回，紧紧盯着海面上朝落日驶去的帆船。在茫茫大洋里，这片孤舟越来越小，越来越小。送君千里终有一别，编队把帆船送到吉布提领海边缘才和他们分航。

不知能否再相见。不管相见不相见，他们都不会记得我，但是，他们一定会记住，中国海军第二十批护航编队，记得这段与护航官兵的亚丁湾情缘。

祝你们一帆风顺，帆海梦圆！

2015年7月9日 亚丁湾

“蓝色盾牌”愈发闪亮

——写在中国海军第二十批护航编队结束护航任务之际

今天上午10时，中国海军第二十批护航编队济南舰、益阳舰、千岛湖舰驶离亚丁湾，将护航接力棒交在了第二十一批护航编队官兵的手中。

航行4325小时，航程56200余海里，护送39批90艘中外船舶……这组数据是中国海军第二十批护航编队在亚丁湾、索马里海域向世界交出的合格答卷。今年已经是中国海军执行护航任务的第8个年头了。他们在亚丁湾破浪前行，守卫和平，让护航编队这块“蓝色盾牌”愈发闪亮。

远洋护航，和平形象传遍亚丁湾

亚丁湾，这条处于亚非之间的“黄金水道”，近年来并不太平。猖獗的海盗，让过往船舶提心吊胆。

重走海上丝绸之路的“东南卫视”号帆船，刚过马六甲海峡，就收到商船提醒：亚丁湾海盗多，一定要注意安全。善意的提醒，让驾驶帆船的翟墨团队忐忑不已，而中国海军护航编队的接护，瞬间扫除了他们心中的阴霾。

济南舰主炮射击训练

我们与第二十一批护航编队分航

像翟墨团队一样，被护的90艘中外船舶，对中国海军护航编队第一感受便是放心。5月27日凌晨，正在为“瑞宁10”“利波拉”2艘船舶护航的益阳舰，发现1艘不断向编队靠近的不明小艇后，果断采取机动隔离、鸣笛警告、强光照射、发射信号弹等措施，成功驱离了不明小艇。

143个日夜里，护航编队驱离了疑似海盗活动小艇11批13艘。突发情况的及时处置，得益于他们综合运用警戒雷达、电子侦察、光电探测等手段，建立严密高效的预警探测体系，实时准确掌握了航经海区态势。他们还针对不同船舶的特点，采取特战队员随船护卫、“S”形护航等特殊方式，确保被护船舶的安全。

保障船员们的生命财产安全，中国海军义不容辞。6月3日上午，益阳舰舰载直升机紧急起飞，将被护渔船“金生水10”号上患急性阑尾炎的船员裴健送至综合补给舰千岛湖舰，对其成功实施手术，上演了一场海上生命接力。护航过程中，编队成功为2名患病船员进行手术，还组织医疗人员登上被护船舶，为船员体检，送去药品。

被护船舶上，船员们打出一条条横幅，向护航官兵致敬；甚高频电台里，传来船员们一声声“感谢”。

以“战”载训，成长拔节在碧海深蓝

从近岸到远洋，从黄水到深蓝，这是一个大国海军发展的必由之路。近年来，海上巡逻、远海护航等任务呈常态化，舰艇出海天数逐年增多，中国海军已由训练型转向任务型。

新常态呼唤新思路。编队刚一出航，战斗警报声就骤然响起。济南舰、益阳舰互为对手展开攻防演练；千岛湖舰利用不同海况，进行横向、纵向航行补给和多舰靠帮补给训练，提高了远洋综合补给能力；直升机组跨昼夜行进着舰，进行超视距引导，协同特战队员空中射击……

航行一路，训练一路，提高一路。近5个月的时间里，第二十批护航编队组织主副炮射击训练22次，轻武器射击训练72次，直升机飞行

千岛湖舰正与济南舰进行航行补给

300架次。

编队指挥舰济南舰入列不到5个月，基础训练相对薄弱。对此，他们将基础课目训练与护航针对性训练有机结合，贯穿任务全程，见缝插针组织战位、模块和全舰训练，分阶段推进、分步骤实施，把符合训练条件的内容全部训完，达到全训课目的75%左右。

战场打不赢，一切等于零。亚丁湾护航虽是非战争军事行动，却是中国海军一场自我检验、自我提升的“远洋战争”。护航怎么护，兵就怎么练；护航需要什么，他们就练什么。反恐反海盗、临检拿捕、海上搜救……一个个针对性训练课目在海上陆续展开。

编队指挥员王建勋说：“护航过程中，我们以任务牵引训练、以训练支撑任务，始终在高度警戒的实战环境下锤炼官兵，部队在任务中成长拔节，编队护航核心能力也得到进一步提升。”

6月6日，济南舰在为3艘船舶护航时，从发现1艘疑似海盗母船，到驱逐其离开，仅用时12分钟，处置快速高效。

着眼新形势，兵力运用效益大幅提升

近年来，通过国际社会的持续努力，亚丁湾、索马里海域护航行动取得明显成效，索马里海盗遭受沉重打击，海盗活动得到了基本遏制。据第二十批护航编队作战参谋王延生介绍，现在申请亚丁湾、索马里海域护航的船只逐年减少，每批次被护船舶数量也不多。

针对这一现状，中国海军第二十批护航编队科学灵活统筹护航行动，在1艘军舰伴随护航时，另外2艘军舰根据海区气象和海盗活动动态，最大限度扩大区域警戒巡逻，充分发挥兵力使用效力。

然而，反海盗形势并不容盲目乐观。曼德海峡、红海中部、索马里东部以及阿拉伯海近岸等区域的海盗威胁仍然存在；非洲西部海岸几内亚湾的海盗活动又日益猖獗，中外船舶的安全面临着新的威胁。

6月3日，益阳舰将“金生水”船队延伸护送至红海内100海里才解护；7月5日，济南舰前出至索科特拉岛附近海域，提前接护“东南卫视”号帆船……类似这样的特护行动，已成为护航编队适应反海盗新形势、科学调整兵力使用的经常性举措。

在护航过程中，中国海军第二十批护航编队积极与欧盟、北约的护航编队等建立有效信息交流渠道，全方位掌握海盗活动规律。他们还同韩国护航编队“李舜臣”号驱逐舰、法国“絮库夫”号导弹护卫舰、巴基斯坦“塔姆希尔”号导弹护卫舰等外国军舰，进行指挥官会面、非正式会面等活动，交流护航行动方法，构建了顺畅沟通协调机制，为护航兵力运用提供了更加全面的信息保障。

“亚丁湾好声音”

一个海湾，几艘军舰，几百水兵。有人说，茫茫大海中，人难免会寂寞；有人说，远离尘嚣，难得的洒脱。不管寂寞，还是洒脱，饭照吃，步照跑，值更的照样值更。

以上是我在今日跑步时的所有感悟。为什么它这么短？因为我才围着导弹平台跑两圈，就在一个弯道华丽丽地滑倒，手中听歌的手机碎得不忍直视，左小腿外侧留下四道漂亮的血痕，跑步不得不终止。

照跑的步今天是跑不成了，灰溜溜地逃回宿舍吧。

经过士兵餐厅的时候，发现里边无比热闹，欢呼声一阵接一阵。刚一推门，呵，一股强烈的冷风随着音响的震动强力袭来。我用双手顶着门，身体侧着钻进好不容易推开的门缝。

士兵餐厅变身为卡拉OK厅的大包厢了！餐厅正面的电视机上是点歌系统的界面，左右两边还立了俩大音响，2个战士在一旁分别操作着功放器和点歌界面。餐厅后方，挂着大红条幅，上书“中国海军第二十批护航编队‘快乐护航兵，亚丁好声音’卡拉OK比赛”。餐厅的每个座位上都坐着人，后排的桌子上也靠满了人，连过道里都没有插脚的地方了。电视机前方的一张桌子上8个人，手拿小红旗，主持人介绍，他们都是评委，有4面以上的红旗举起，选手就晋级下一轮。

海上卡拉OK

我挤进去的时候，比赛刚刚开始。啪啪两声，餐厅后方的灯光暗了下来，十几根荧光棒一挥动，色彩缤纷，晃得眼花。官兵们又是一阵欢呼。

一个多星期前就知道有唱歌比赛，当时还动员我们媒体记者组报名，我们一致推荐了来自中央人民广播电台的朱梁文轩。不过还没人通知我是今天开始海选呀，搞得我毫无准备。

别看我只是名观众，但准备工作还是要做的嘛。我赶紧挤出餐厅，把手中的污渍洗干净，把碎裂的手机扔到宿舍，再背上相机——就算做观众，也要做一个高格调的观众！

等我背着相机再次回到餐厅的时候，歌手们已经开唱了。台上的小伙子我肯定是不认识的，关键是他唱的歌我没听过，MV中的歌手我也不认识，心中默默地猜测了下，这个小伙儿肯定是90后。小伙子虽然唱得用情，紧闭双眼（我估计他是不大好意思看台下的观众），但是声音毫不加修饰，直通通地就从嗓子里冒了出来，还是稍显粗糙了一些。可台下的观众不管啊，他们要求可没那么高，一到副歌部分，台上的选手一嘶吼，台下的他们就一欢呼，一吼一呼，相得益彰。唱罢，掌声热烈。

接着上场的选手叫张梓宸，穿着体能服，没有肩章，看不出军衔，但看那个黝黑但青涩的脸庞，应该20岁左右，大概入伍了两三年吧。张梓宸一上台，竟然没冒一句中文，叽里呱啦一大段英语。本来喧闹的观众一下静了下来，大家竖着耳朵听。英语中间，夹杂着好多个停顿的“额”字，大家听着听着笑了起来，然后是一阵掌声和叫好声。叫好声停歇，张梓宸还在继续用英语做自我介绍。人群中谁叫了一声：“翻译在哪儿呢？”大家齐齐把眼光看向了坐在左侧的赵思南，专业翻译赵思南只能憨憨地笑笑。

英语终于结束，前奏响起，屏幕上显示歌名是《hurt》。十几秒的前奏后，竟然冒出两行中文歌词。“怎么是中文版本的，不对不对。”这句话，是张梓宸今晚在台上唯一讲过的汉语，也是他比赛的结束语。歌曲不对，他决定好好在曲库里找找，下一场再来唱。

想不到还有组合。梁佳良、张毅两人上台，唱的是筷子兄弟的《老男孩》。还是这种脍炙人口的歌曲更有市场。“青春如同奔流的江河，一去不回来不及道别，只剩下麻木的我没有了当年的热血……”一高一矮的张毅组合边唱边摇动着手臂，颇有歌星范儿。再看台下，几十只手臂也举了起来，跟着节拍在晃动。一曲《老男孩》，唱成了全场合唱！

代表我们媒体组的朱梁文轩终于要上场了！在《老男孩》这种引爆全场的大众歌曲之后，唱一首相对小众且安静的《好久不见》，会不会没那么受欢迎啊？我心中默默地为小朱的选歌捏了把汗。伴奏响起，一幕卓别林式的MV在屏幕上放映。“我来到你的城市，走过你熟悉的路……”小朱的声音温柔细腻，像诉说，像低吟。观众中没有刚才的喧闹，却多了几分认真和陶醉。看来，小众也有大市场！

第一个高潮来自臧傲。首先说这人名，就特别容易让人念不好，念着念着，就念成了“藏獒”。臧傲是海军陆战队的战士，身高近一米八，精瘦精瘦的，胸前的体能服微微凸起，肌肉还挺发达。歌名《别动我的人》刚一出来，下面就一阵起哄。评委中有人调侃了一句：“谁是你的人啊？”臧傲挠了挠头，咧着嘴：“这会儿暂时还没有呢。”

“别动我女朋友，就算你喝了点酒……”陈小春的古惑仔风格歌曲实在是让我无法欣赏，但其中的歌词却刺激了战士们的荷尔蒙分泌。起哄声一浪高过一浪，臧傲也越唱越来劲，音也越来越高，最后破音了。破音无所谓，反正已经淹没在了起哄声中。

几个女兵在起哄声中打闹着，笑得格外开心，你推我我推你。一会儿，一个也是精瘦精瘦的短发女兵把大家收集的几根荧光棒一起送上了台，推给了臧傲。之所以说是推，是因为这个女生压根儿就没敢抬头看臧傲，来去匆匆，一路小跑着下了台。这可是今晚第一个上台送“花”的观众，还是个女观众，起哄声，自己想去吧！

女兵们也是玩开心了，自己没上台，但当观众特别卖力，手中的荧光棒摇个不停，也几乎是全程跟唱。

济南舰的对海长于人伟剃着个接近光头的短发，一副坏坏的样子。他一上台，女兵们就一阵尖叫，人气真是高！屏幕上的画面长时间是零点乐队的光头主唱戴着墨镜陶醉歌唱的特写，于人伟忘情地唱着，闭着双眼。人群中发出几声“哈哈哈”，其余观众也恍然大悟，画中人、台上人，此神此态此光头，真像！有人开始嚷：“赶紧拿副墨镜来给对海长戴上。”

于人伟依然忘我，毫不受影响。“你到底爱不爱我……”唱到这句，他张开了双眼，右手一扬，指向台下的观众。“爱！”女兵的声音到底是频率更高，几个人的回答就响彻了全场。这一答，引得全场的目光都投向了后排的女兵们，男兵们的起哄声也变成了尖叫声。

气氛越来越热烈，观众们笑得前仰后合，笑得涨红了脸。

外事组秘书陈冲的《饿狼传说》刚一报幕，观众就嗨了起来。平日斯斯文文的陈冲少校一上台就像换了个人，几声号叫信手拈来。还好船舱是封闭的，不然来往的商船还会以为中国军舰上还养着饿狼呢。除了号叫拿手，陈冲的粤语发音也不赖，果然是语言专业毕业的。对于陈冲的号叫，我是真惊呆了，原唱有号叫的部分他号叫，原唱没有号叫的部分他依然号叫，完全停不下来！大家笑得直拍桌子。我笑得快岔气了，扶住一旁站着的张皓。张皓跟陈冲住一个宿舍，拿着相机正给他拍照呢。“陈冲今天这也太嗨了吧？”“你不知道，陈冲是喝了两罐啤酒才上台的。”我顺着张皓手指方向看去，陈冲的座位上果然还放着一个“雪花”罐子。

正当陈冲专注于号叫的时候，外事组2个女翻译上台了。她们手捧着“鲜花”，双双围住了陈冲。陈冲顺手接下，再高高举起，朝观众挥舞。这一挥，大家才看清，原来这2束鲜花是2根大葱，上面系了打着蝴蝶结的粉红丝带。“鲜花”可真脆弱，陈冲手一甩，竟然把其中一根甩折了。折了没关系，陈冲照旧号叫，他已经彻底把观众给征服了。

号叫完毕，陈冲喘着大气：“谢谢CCTV，谢谢济南舰TV，谢谢护航TV，谢谢各种TV……”入戏太深了！“最后我再说三句话。”“今晚的小伙都很帅！”“wow！”“今晚的美女都很靓！”“wow！”“今晚的卤子有点咸！”“哈哈哈！”晚上吃凉面的时候，怎么没见陈冲嫌卤子咸，一碗接一碗的。

观众们彻底玩开了，几乎每首歌都成了全场大合唱。参赛选手们也越来越放得开，唱得越来越在调上了。

“时光时光慢些吧，不要再让你变老了……”特战分队老班长夏友权把《父亲》唱得触人心弦，大家都在跟唱。我透过前排观众肩膀和脑袋之间的空隙，看到一个人紧闭着嘴。他坐在评委席最左侧，戴着眼镜，从侧后方看去，脸上的肌肉僵硬，并不如其他观众一样放松自然。是王飞，济南舰的政委，他的父亲在7天前离开了人世，而在亚丁湾的他无法赶回家中。此刻听到《父亲》，看到一句句歌词，他应是心如刀绞。我的眼睛一下子有些泛酸。

一个海湾，一艘军舰，几百水兵，一个夜晚，十八首歌曲。不管寂寞还是洒脱，饭照吃，步照跑，更照值，歌照唱！中国海军第二十批护航编队“快乐护航兵，亚丁好声音”卡拉OK比赛海选明日继续！

我突然想起，到底哪些人晋级了下一轮啊？我现在真不记得了，也没关注评委们举旗，记得的只有今晚的无数欢笑和尖叫。

2015年4月28日 亚丁湾

亚丁湾的小海豚

午饭过后，“开始午休”的广播刚刚响完，我正在代宗锋干事的宿舍喝“代氏凉茶”（菊花+甘草+枸杞）的第二泡。茶杯刚到嘴边，广播又响起：“大家请注意，我舰右舷附近有海豚群。”代干事扔下手中的茶杯，拉开抽屉，拿出他的佳能1D-X相机，用不到十秒钟的时间把广角镜头换成了长焦小白镜头，然后摔门而出。我紧随其后，但是我没带相机，我的相机在办公的房间。

我换镜头的速度没有代干事快，但是我从他宿舍跑到楼上的办公房间、打开门、换好镜头再到前甲板，我敢肯定，我花的时间没到一分钟。

当我奔到前甲板的时候，右边围栏上全部围满了人，压根儿就没有挤进去的希望。大家趴在上面，有端着单反相机的，有举着手机的，竟然还有扛着摄像机的。“那里那里！”只听得人群中有人一吆喝，大家的镜头齐刷刷地转向，对着远处的海面。我踮起脚尖望去，约1海里远的海面上，一些小小的海洋动物从水中跃出，再跌入海里，激起一朵朵白色的水花。

我赶紧找了一个较高的栏杆，踩在它下面的一层钢板上，探出头，把镜头搁在上面。镜头里，小家伙们三三两两跃出水面。在空中的时候，它们身体上反射着太阳光，肥肥的躯体显得可爱至极。这就是海豚了！我没去过海洋世界，也没看过海豚顶球表演，这还是第一次见着海豚呢，心里有点小激动。我没有尖叫，也没有欢呼，我的精力全集中在对焦和按快门上。

远处跳起的海豚越来越多，你方跳罢我登场。这时的海面就像一个魔法箱，每个地方都有可能钻出几条海豚，然后再开出几朵浪花。“哗！”镜头外面一个浪花激起，我赶紧对准，可是等了好一会儿，又不见海豚跳起。又是一个“哗”声，另一个地方又有海豚跳起，我又把镜头扭过去，使劲按着连拍不放，可是再怎么快，都赶不上海豚落水的速度。相机里，全是水花的照片，海豚连个影儿都没有。

我把相机放下，索性不拍了。远处的海豚依然在欢快地跳着，可是我们的战舰越来越远，海豚们越来越小了。大家正叹气的时候，发现舰艉留下的白色航迹竟然划出了一条弧线——右满舵，舰船正在转向，准备围着海豚群绕圈。

舰艉航迹的圈快要划完了，海豚群离我们又近了。它们可真是人来疯，看见军舰把海里的浪搅起来了，它们更欢快了，一个一个跳得真来劲儿。有的小海豚从海里飞出来，在空中尾巴一摇，甩出一把水花，滞空一下然后平躺着跌入海里；有的海豚更调皮，钻出来之后一个转体，肚皮朝上，一个后仰式躺了下来，远处看着大白肚皮，雪白雪白像一条大肥鱼；还有的海豚比较懒，游着游着，靠近水面就露出大半个背，这也算是一次跳跃了。

这回我学聪明了，看到哪里有水花溅起，我就对着那里，然后顺着跳入海里的海豚游水的方向，静待它们再次跳起。这招还挺管用，抓拍住了几张海豚腾空的照片。有时候在跟踪的过程中，画面里会有两三只海豚比较配合，“嘭”地一下腾跃而起，然后随着我的快门声印入了我的相机。

海豚群离我们越来越近，它们也越来越高兴，跳得越来越高，也越来越频繁。海豚小分队开始在海上表演。三两只海豚排成一个横队，齐齐地朝前游着，连躯体和尾巴摇摆的方向和动作都是一致的。游着游着，海豚小分队一个跃起，两三只海豚就一起飞在空中了，出水、腾空、入水，动

作极其同步。

海豚大表演真正开始了！我估算了一下，这群海豚的数量不下于100只。放眼望去，整个海面不停地有海豚从水中跳出，你也无法预见到它们会在哪个地方跳起。这让我想起了一个游戏，打地鼠。

海豚还真的是通人性，它们不怕搅得海水暗流涌动的军舰，反而跟着军舰一同前进。舰艏两侧，好多海豚游来游去。舰艏下面的海水在阴影中蓝得特别清澈透亮，水中游动的物体也看得清清楚楚。一只只海豚们摆动着肥胖浑圆的躯体，奋力地向前游着。从正上方看下去，前半部分像大蝌蚪一样，后半部分的尾巴又跟鲨鱼一般。它们游着游着，颜色随着潜水的深度越来越浅而从黑变灰，等到它们的躯体颜色呈灰白的时候，按快门的手就要准备好了，因为它们基本是贴着水面，准备跳跃了。

“咔咔咔咔！”相机快门像机关枪一样，海豚们在镜头里从远景变成了一个个特写。到这时候，我基本熟练掌握了拍摄海豚的核心技巧，即为看着深处一条黑黑的游动物体，用镜头一直跟着它，待它跳起时按下快门。

后来我看看相机里的照片，湛蓝湛蓝的画面里，一些海豚跳出海面，激起一阵水花，身体绷直，犹如海底潜艇里发射出来的导弹一般；有的已经是在空中弯曲成了一条弧线，鸭嘴一般的嘴唇紧闭着，身体上油光发亮，脊背和躯体侧面的鳍张开着，像小小的翅膀；还有的半个身子已经扎进了水里，激起的水花向四周迸溅，尾巴还在水面，呈扇形状张开，极富力量，颇有几分鲨鱼一般的杀气。

聚集在舰艏大锚下的海豚越来越多，它们窜来窜去，既有个体表演，又有分队跳跃，并且一个比一个来劲儿，一个比一个跳得欢，此起彼伏。真是没见过这么壮观的景象，上百只海豚在你的眼皮下来个大会演。这时候根本就不需要担心拍不到它们，只要把镜头调好焦，随便对着一处海面狂按快门就行，一定有海豚进入画面的。我尖叫了几声，一是因为太兴奋了，二是想用声音来和这些可爱的家伙们交流交流。可能是我的音调不够高，远远达不到像张靓颖那样的海豚音效果，这些家伙们完全不顾我的尖叫。

我这一叫，没引起海豚的共鸣，反倒引得甲板上围观拍照的战友们附和起来，顿时间，甲板上的尖叫声一浪高过一浪。你听，甲板上大家拼命地在喝彩欢呼；你看，甲板下的海水里，可爱的海豚们拼命地在跃起，好一幅欢快和美的景象！

2015年4月30日 亚丁湾

军人的样子

护航生活日渐单调，初时的新鲜感也慢慢退去。于是乎，舰上总要组织各种文体活动来调节大家的生活，譬如卡拉OK比赛、演讲比赛等。

得知有演讲比赛的时候，我同时得到了我“被报名”的事情。因为负责管理护航编队指挥所的领导认为，演讲比赛要选文采好的，那肯定派记者。为何几个记者里面，是我被推举出去呢？是因为他们都说我有一种“演讲的气质”，我理解便是表面看起来比较正经和严肃。

于是乎，演讲比赛的事情，早在一个多月之前就定了下来。可后来因为工作繁忙，我慢慢地把这事儿给忘记了，并且平日也再未得到演讲比赛的任何消息。直到大前天，也就是演讲比赛的前两天，我才得知，比赛定在了7月10日，也就是昨日。这让我有点儿措手不及，因为最近一直在忙于做护航重走海上丝绸之路帆船的新闻报道，压根儿就没时间去准备。

两天时间，准备一个演讲比赛，这让我有点儿犯难。我去找领导，请示能否不参加，得到的答案是否定的。老实说，我可以随便拿一个稿子去应付一下，也算交了差，但一想到我是代表着护航的媒体组去的，心中便感觉责任沉甸甸的。

我已经没有时间和精力去责怪组织这项活动的战友为何不通知我任何事项，包括主题、时间和地点。我现在要做的，就是把新闻稿尽快写完，然后抽出时间去写演讲稿，至于背记、诵读这些，边走边看吧。

7月8日，离演讲比赛还有1天时间。我得知了主题：关于新时期革命军人的样子。这个概念，是习主席在全军政治工作会议上提出的，并概括为“有灵魂、有本事、有血性、有品德”。当前，全军上下在广泛开展新一代革命军人的样子大讨论，意为引导教育大家对军人有一个清晰而准确的认识，并以此为目标，引领广大官兵奋斗前行。说句实话，要按照四个方面的标准去论述谈认识，我可以准备上千字的“八股文”，但是这绝对不是演讲比赛所需要的。

在没有思路的时候，我选择去跑步。在围着飞行甲板不停转圈的1个小时里，我头脑里面闪现过我从军6年多来见过的一个个军人的模样和事迹，于是，我决定了，把对我影响深刻，在我心中颇有分量的几个人几件事，和大家一起分享，然后再试图去勾勒出军人的模样。

于是，就在当天晚上，我花了三四个小时，把演讲稿写完。写完稿子，已是凌晨三四点，也就是北京时间的上午八九点。正好，趁上班时间，我把之前的新闻稿传回了编辑部。稿件传完，亚丁湾的太阳已经升起。

对于把稿件背下来，我是毫无信心的，于是，我选择了把稿子导入kindle，希望在演讲时，它能给予我一点提示。

就这样，在忙忙碌碌的工作中，我挤出了一点时间通读了几遍演讲稿，算是做了最后的准备吧。

7月10日，比赛当天上午，我把我留了一个月的小胡子刮掉；中午，我利用与千岛湖舰靠帮补给的机会，去找一个理发技术相当可以的战士理了头发；比赛前2个小时，我突发奇想，找了2首背景音乐；比赛前1个小时，我洗了个澡，穿上了海军的白军装，还喷了发胶。

演讲比赛开始。甲板上坐满了人。

我抽到的参赛顺序是第三，很快就到我上场。

我毫不紧张。

我微笑着上台，用心地向大家倾诉着。我环顾场下，看到了一双双睁得大大的眼睛，大家认真地望着我，神情投入。我的信心越来越足，即使偶尔会忘掉一两句词，但发挥得越来越自如。

8分多钟的演讲很快过去，我得到了大家热烈的掌声。回到台下，走到观众席后方，座位上的领导们竖起大拇指，纷纷为我点赞；当时不同意我退赛的领导伸出手和我握手：“两天时间准备成这样，真的让我服气！”

倒不是因为骄傲自满，或者是夜郎自大，只不过，参加演讲比赛的次数实在太多了。同台竞技的，是舰上的战士们。看到他们，我看到了自己刚入部队时的影子，那么的青涩稚嫩，还稍带些拘泥与勉强。

尽管我只是12个选手中出场的第三个，但是很多人都走过来向我祝贺：“第一是你的了。”我唯一能做的，就是不动声色，笑脸相迎。

最终，我拿的是第二名。这让我有点儿吃惊，就像某一年皇家马德里参加国王杯，被西乙球队阿尔孔科淘汰一样。

忽然之间，我想起了以前参加的各种比赛，基本都是第二名。“千年老二！”脑子里闪现这个词。我无奈地笑了笑。

比赛有输赢，战争有胜负，谁都不要输不起。但是，当你被一个你从来没有重视的对手击败时，你就更应该保持冷静和理性，而不是去埋怨，去纠结。

当然了，比赛总有比赛的规则。或许是因为我带了具有提示功能的kindle，也或许是因为我不够帅，没有靓丽女兵们吸引眼球，或许是别的什么我不太懂的原因，比赛的最终成绩，我就是第二。

晚上，媒体组的几个哥们儿请我喝了顿“庆功酒”，演讲比赛的事情我也便抛诸脑后了。

最后，为大家奉上演讲稿，还请批评指正。

坚守平凡

尊敬的各位首长，亲爱的战友们：

大家晚上好，我是编队媒体组来自新华社解放军分社的曾涛，非常荣幸能站在这里和大家一起交流，共同探讨关于新时期革命军人的样子这个话题。

何为“样子”？我想便是一个人、一个群体在大家心目中的印象。我试图去勾勒出新时期革命军人的轮廓，却从身边一个个战友身上看到他们清晰的模样。

我之前所在的单位，广州军区75766部队有这么一位老班长，坚守在海岛20多年，始终奋斗在电磁战场第一线，获得荣誉无数，回家的次数却屈指可数。有一年夏天，妻子带着放暑假的孩子来部队看望他，却因为台风来临，前往海岛的客船停运，一家三口只能隔岸相望。妻子的假期就要结束，台风仍不停歇。返乡那一天，老班长的儿子站在码头，哭着向电话里喊道：“爸爸，你为什么不来见我和妈妈啊！”我不知道在对岸的老班长是如何回答的，却始终记得他儿子挂满泪珠的脸。哦，军人的样子，就是那个不能来见自己的爸爸。

我身边有这样一位战友，他出海17天，父亲就撒手人寰。我们的战舰劈波斩浪，穿过南海，驶过马六甲海峡，离亚丁湾越来越近。他遥望家乡，望到的只有无边的海疆和无边的悲伤，他知道，自己离家越来越远，离父亲越来越远。浪花滚滚泪无痕，海风呼啸哭无声。哦，军人的样子，就是那个没能送老父亲最后一程的儿子。

我身边还有这样一位战友，我认识他，他却不认识我。因为我见他的时候，他已经安详地躺在了灵柩中。去年夏天，在珠江边巡逻的他，为了救一位轻生的男子，纵身一跃，跳入了滔滔江水。邱兴和，这位广州军区警卫营的班长，把生的希望留给了别人，却献出了自己26岁的宝贵生命。遗体告别仪式上，我望着他煞白的脸庞和黑白照片里帅气的笑容，望着上千名前来送别的群众，忽然明白，哦，军人的样子，就是那个纵身一跃的身影。

一千个人眼中有一千个哈姆雷特，不同的人，对军人的认识和印象也不尽相同。亲爱的战友，在你心中，军人又应该是什么样子呢？

和妻儿隔岸相望却不得见是大家不想要的，但老班长2次一等功、3次二等功等荣誉是大家所崇拜的；不能为年迈父母养老尽孝是大家不情愿的，但忍住悲痛坚守岗位的坚强是大家所钦佩的；让宝贵生命戛然而止、多彩青春定格黑白是大家不能接受的，但为了群众敢于献身的血性是大家所敬仰的……

刚才所说的几位战友，他们是崇高的，值得我们尊敬和学习，可要成为他们，却似乎总要经历破茧成蝶般的阵痛，或浴火重生的煎熬，或生离死别的悲情，让我们觉得遥不可及，甚至望而生畏。

看看我们身边，有的是熬夜值更的辛苦，高温机舱的轰鸣，颠簸摇晃的眩晕，永无止境的公差与勤务，哪里有一点点崇高和伟大的身影？忆当初，豪情壮志，挥斥方遒，指点乾坤，无垠大洋显身手，现代战场争雌雄；看今朝，却不如沧海之一粟，浑浑然泯于众人矣。你迷茫了吗？你失落了吗？

亲爱的战友，先不要急，我们再来看看几个军人的样子。

你是否对这样一张照片还有印象？满脸灿烂的小姑娘，手持五星红旗，从军舰上走下。这是海军护航编队在也门撤侨行动中的精彩一瞥。在小姑娘的眼中，军人的样子，就是身边那个牵着自己的解放军阿姨温暖的笑容。

你是否还记得，5月上旬，8艘被护的中国籍远洋渔船驶出的横幅？“祖国亲人向亚丁湾护航编队官兵致敬！”“为国家利益护航，为世界和平护航，向你们致敬！”“维护中国海外公民安全，你们辛苦了！”一条条横幅，是渔民们一颗颗感激的心，在他们的心里，军人的样子，就是为他们保驾护航的祖国军舰。

我依然还记得，6月4日，我随4名特战队员从“远春湖”号油轮返回时，全体船员在甲板列队为我们送别。我从小艇上回头望去，船员们不停地挥着手，大声地喊着：“感谢你们！中国海军好样的！”在他们的眼中，军人的样子，是4名特战队员在烈日骄阳下和皎洁月光里手握钢枪来回警巡的身影。

这些军人的样子，你是否觉得很熟悉？对，这便是我们在座的每一位，是千千万万在亚丁湾留下铿锵足迹的中国水兵。你们有的在驾驶机台操舵掌航，有的在高温机舱维修保障，还有的在枪炮部门警戒武备……你们的岗位都很平凡，可正是你们的坚守让我们的护航编队运作规范，让中国海军日益盛强，让被护船只感到安全可靠，让祖国百姓感到骄傲自豪。

莫问前程，但行前路。我们都不可避免地选择了平凡，但崇高始终没有抛弃我们，她一直在前方等待着。坚守一天是平凡，坚守一年是平凡，可无数的平凡汇聚在一起，就能成就伟大和崇高。我们是一群平凡的坚守者，却不敢忘却心中强大国防、振兴中华的伟大梦想；我们都有着相同的使命，这个使命是筑梦；我们都有着相同的样子，这个样子叫军人。

军人如你，你如军人。

2015年7月11日 亚丁湾

03

第三章 印度洋里看亚非

冲出亚丁湾，拥抱全世界

在航海室，地图已被换成了红海区域的海图，亚丁湾的海图已被锁进了资料柜。我这才真正地感受到，亚丁湾的日子，已经成为过去式。

130多个日夜，在人的一辈子中只能算是短暂一瞥。可对于一直都居住在陆地上的我来说，在亚丁湾劈波斩浪的日子，却会是我生命中浓墨重彩的一笔，值得铭记一生。

犹记得，4月3日的上午，我们从舟山起航。军舰在浑黄的海中越驶越快，驶向那个叫作亚丁湾的地方。军舰激荡起汩汩水花，大家的眼里也泛着点点泪花，听说，亚丁湾的海水碧蓝碧蓝，大家脸上又充满了期待。

犹记得，4月9日，我们驶出祖国传统疆域线，大家在飞行甲板举行隆重的宣誓仪式。这次是真的走出国门了。兴奋激动，心中一直牢牢地记着自己的使命——我们为打击海盗而来，我们为维护海上和平而来！

离亚丁湾越来越近，心中也越来越充满期待和紧张。我们很想看看海盗到底是什么样子，看他们到底能嚣张到什么程度！大家都跃跃欲试，巴不得海盗们现在就来犯，而所谓自身安危，好像全然不顾了。

犹记得，与第十九批护航编队交接会面时，看到他们一身疲惫而又轻松的样子，看到他们不停地从我们小卖部搬运零食，不禁畅想：4个多月后的我们，会是什么样子？

犹记得，单独执行第一批护航任务的时候，我在驾驶室看着在军舰前方稳当行驶的商船，听到船员们偶尔从电台里传出的话语，不禁感慨：隔着几海里，在身后默默地守护着，没有过多的交流，到预定地点接护，送到安全目的地解护，来来往往，行去匆匆，这就是护航。

犹记得，第一次靠帮补给，看着三艘战舰，在舰长的指挥下，妥当地停靠在一起，搭上舷梯，物资和人群就像接上了电池的电流，来回穿流。真是神奇啊！

犹记得，第一次登上大型油轮“远春湖”号，见到那一群亲切的船员，和他们聊天，听他们讲在海上的故事，品味他们的不易与艰辛，也感受他们对祖国军舰的感激。在油轮上住的两天两夜充满了故事，充满了油汗味的故事。

犹记得，我们转换舰艇，住到了千岛湖舰的“海景房”，在“亚丁湾体校”踢球、跑步，体会在移动的国土上畅快呼吸亚丁湾的空气的滋味。

犹记得，第一次坐小艇，上下颠簸，抓住舷边的手紧紧不松；犹记得，第一次爬舷梯，在船舷边悬空飘荡；犹记得，第一次有被护船员登上我们的军舰，在我们军舰上洗澡吃饭，和我们交谈聊天；犹记得，第一次俯瞰亚丁湾，感受它的辽阔与宁静；犹记得……

第一次太多，太多记得和不记得。相机的快门，不知已被按了几万次，崭新的镜头上，也蒙上了一层细细的沙粒，那是亚丁湾给它留下的印记。我的皮肤好像没怎么晒黑，亚丁湾始终不肯给我留下些什么记忆，可是它好像失败了，因为它的故事，我留在了相机里，留在了心脏里。

亚丁湾啊亚丁湾，亚非两洲之间的你，战略意义不言而喻。你用丰富的海洋资源，养育着两岸的亚非人们。可是，他们好像并不争气，一次次地负你——也门动荡不安，国内一片混乱；索马里政局动荡，民众贫穷潦倒，不少人走上出海为盗的歧途……

我们，为了你的安宁来了！我们在你的怀抱里，把那些铤而走险的人赶回了他们应该待着的地方，不让他们的野蛮行径发生在你的身上，不让他们把你玷污。

好几个凌晨，我们的编队及时发现了来路不明的小艇。我们第一时间用适当的手段驱离了他们，保证了被护船舶的安全。“海盗”们落荒而逃，而幻想中将他们一个个活捉，甚至是一同击毙的刺激场面并未出现。我忽然明白，编队“温和”的处置方式，既保证了被护船舶，又为“海盗”们留了一条改邪归正的归路。我们对亚丁湾的爱，是能包容万物的大爱，是愿世间一切皆能和谐的慈悲。

然而，就在我们和第二十一批护航编队交接的时候，在另一海域巡逻的益阳舰、三亚舰、青岛舰又发现了15艘疑似海盗小艇。索马里的海盗们似乎并不愿意就此放手，他们对抗和平对抗正义的决心好像还很坚定。

今年已经是中国海军执行亚丁湾护航任务的第8个年头，一个护航编队走了，另一个护航编队又来了，来来往往，远离家乡，不畏艰难，这就是中国海军对亚丁湾的诺言，也是对一切试图扰乱海上秩序的人和组织的警示。

第二十一批护航编队的兄弟们接过了我们手中的枪，他们也将在亚丁湾这片海域坚守近5个月的时间。希望他们安全顺利，希望亚丁湾能太平安宁。

我们驶过曼德海峡，进入红海，把亚丁湾抛在身后。环球访问正式开始！

这是中国海军舰艇编队第二次进行环球访问，是访问国家最多、航程最远的一次访问。此刻，我在编队的指挥舰济南舰上，参与着、见证着这一伟大的行动。我们将把和平与友谊，带到苏丹、埃及，带到丹麦、芬兰、瑞典、波兰、葡萄牙，带到美国、古巴、墨西哥，带到澳大利亚，带到东帝汶、印尼，把我们的足迹印在五大洲四大洋，印在全世界。

甩掉在亚丁湾的疲惫与单调，我们迎来了快节奏的航行。我们将跨越印度洋、大西洋、太平洋，走进地中海、波罗的海、加勒比海，穿越苏伊士运河、基尔运河、巴拿马运河，去看看这个世界到底长什么样子，去看地球另一端会不会有另外一个“我”。

从来没有想过，自己能有机会去环游世界，入伍之后，连出国都成为奢望。现在，我们迎着海风，迎着朝阳，迈出了环球访问的第一步。拍拍自己的脸，告诉自己这不是个梦。望着碧蓝的海水，忽然感觉这又像是一个梦。这是我们的环球梦，这是中国海军走向远海的深蓝梦，这是中国友交世人的和平梦。

行驶在宽广的大海上，四处都是碧波万顷，一望无际，这空荡的世界让我们深刻地感受到梦的存在；军舰减速，驶入异国军港，一切又变得真实而饱满，梦的幻想正一步一步变为现实的画面。真是件奇妙的事情！

我站在飞行甲板上，往后望去，还有两艘军舰，是益阳舰和千岛湖舰。3艘军舰终于不用再分隔百里独自执行任务，而是以威武壮丽的“1”字编队在大洋上劈波斩浪，驶在环球的路上。

亚丁湾，我们走了！

世界，我们来了！

2015年8月24日 红海

阿曼初印象之萨拉莱

护航编队在出海1个月之后，终于靠港休整了！5月4日上午10时，济南舰缓缓驶入阿曼萨拉莱港口，在当地港口引水员的引领下，稳稳停靠在了萨拉莱港的2号码头。

军舰驶入萨拉莱港口，看到远处码头的塔吊，大家的内心无比激动，终于可以上岸了！

我们站在驾驶室，看着外面的港口，一个完全陌生的地方，水面碧清，天空整洁，阳光刺眼。眺望远处，全是被太阳晒得发白的小山坡，上

面寸草不生，光秃秃的，甚是荒芜。不远处有个类似水泥厂之类的工厂，不停地往外排放白色废气，在上空形成一朵朵白云。

济南舰2014年年底才入列，此次护航是第一次出海执行任务，舰上的很多官兵也是第一次参加护航任务，第一次来到阿曼这个阿拉伯国家。大家拿起相机，留住阿曼的第一印象。

舷梯放好，我和两个同事便跑到了码头。踏上陆地的那一刻，无比地踏实和牢固，不需要担心有一丝的摇晃。我穿的是布鞋，一股热气从脚底蹿了上来，在阿曼这个白天气温近40℃的地方，地气是热的！我们在舰艇附近走动，抬头看阿曼的天，低头看码头海里的鱼，几个人满脸笑容，脚步也愈发轻松。一个穿着荧光绿背心的码头工作人员走过来，向代宗锋说着什么。代宗锋一脸茫然，赶紧朝我们问："谁英语好点儿，赶紧过来！"我一看，几个同事里就我最年轻，硬着头皮上吧。一过去，我大概听懂了"area"这个词，明白过来，他们给我们的人员用集装箱划定了一个区域，只能在那里边活动，不能擅自出来。

接下来的几天，在饭后时间，都能看到官兵们在这块由集装箱围起来的区域里散步、聊天，纵使天气炎热，也抵挡不住大家对接地气的渴望。

萨拉莱是阿曼第二大城市，仅次于首都马斯喀特。我们用了足足3天去了解这座城市的方方面面。

萨拉莱的地理气候。萨拉莱位于亚洲西南部的阿拉伯半岛东南部，临阿拉伯海，但降雨少，十分干燥，太阳照射强度大，白天气温十分高，典型的热带沙漠气候。我这几天有几次徒步在萨拉莱市区的经历，太阳直射过来，毫无遮掩，地上的热气随着尘土往上冒，让人有一种置身于沙漠般的无奈和绝望。

在萨拉莱的郊区，到处都是小山坡。岩石呈浅黑色，有些石头的棱角处显露出的灰白色应该是它们的质地本色。地上大块的石头少，基本是碎石或者是经长期碾压之后形成的尘土，所以只要在这里走上一段路，必定是一鞋子的灰。

与满目荒芜、毫无生机的陆地景象相对比的是阿曼干净的天空。天空

马尔尼夫岩

难得一见的绿色和水

在阳光的照射下十分通透，一片蓝色，从天际到天上颜色渐深。在萨拉莱拍的风景照片，只要不是逆光，必定是以蓝色为主色调。阿曼的蓝天，不像远海那样蓝得让人窒息，它蓝得平和且素雅，不炫目，但温和，给人特别自然舒服的视觉感受。

这次休整安排的一个景点——马尔尼夫岩，就是阿曼地理环境的典型代表。透亮蔚蓝的天空下是澄清海水，海边的沙滩后面，就是几座由岩石形成的小山。海浪一波又一波地袭打着岩石，冲得岸边的岩石瘦骨嶙峋，尖挺挺地立着。一些大的岩石下面被冲刷镂空了，但上面一层的石头还依然牢固；更神奇的是，有两处地方的岩石有一个顺通的洞孔，站在地面上可以听到地下海浪的声音，浪大的时候，冲击的水花通过弯曲的洞孔从地下喷出，形成两柱喷泉，高的时候可以达两人多高，很是壮观。我听说有个战友在洞旁边一直等待喷泉到来，结果来的时候猝不及防，被喷了一身。

相比荒郊野外，萨拉莱的市区里却是一片生机盎然，看得出来，阿曼人对此费了不少功夫。

萨拉莱的交通。在郊区，一望无际的荒地里，一两条高速公路从天的一头延伸到另一头，没有任何遮挡，弯道也是极少，所以司机们都是踩着油门不放。载着我们的中巴车一路狂飙，走了二三十分钟路上都碰不到几辆车。

到了市区，车渐渐多了起来，繁华的路段也会有红绿灯。但是，萨拉莱好像没有限速这一说法，车辆依然是飞奔的速度，所以，在萨拉莱过马路，一定不能贸然横穿马路，要严格遵照红绿灯指示，虽然他们也没有斑马线。

萨拉莱的整个马路上，放眼望去，几乎是清一色的日系车：丰田、雷克萨斯、铃木，偶尔会有宝马、奔驰、现代等非日系车。马路上，基本是城市越野车、小轿车和皮卡3种车型，很多人家里都会有一辆皮卡，普及程度如中国农村的摩托车，大概是人货均可装载，非常实用。萨拉莱算是地广人稀，城市里主要建筑之间相距都较远，再加上天气又炎热，所以大家出行基本都选择以车代步。

说到萨拉莱的交通呢，就不得不提到他们的的士了。这几日出行，因为地点不熟，所以去较远的地方基本都选择打车。在家乐福或者是露露超市门口，都会有的士站，而且司机们都会热情地招呼你。不过，司机们通常都是狮子大开口，3公里左右距离会要人均1阿曼里亚尔（1阿曼里亚尔折合人民币约16元），再远一点就会要2阿曼里亚尔。要知道，在这个国度，1阿曼里亚尔可以买到5升汽油。可以跟他们砍价，但一般收效甚微，他们大有“地头蛇”之气焰，几个车之间都有“价格联盟”。在马路上拦的的士，就好很多，不会如此之狮子大开口。萨拉莱的的士没有计价器，全凭口头协商；有时候拦下来，发现里面还坐着其他乘客，拼车在这儿属于非常正常的事。

萨拉莱的生活。在阿曼这个伊斯兰国家，大家的穿着便是典型的穆斯林风格，男人戴白帽或者围头巾，着长袍或是衬衣配裙子。在阿曼，穿白色长袍的人一般是有身份有地位的，他们围的头巾质地好、花纹多，并且会垂下一绺流苏，非常有阿拉伯贵族范儿。信奉伊斯兰教的女人基本都是一身黑纱，然后再围着头巾和面纱，严丝合缝，远远看去就像一个个移动的黑色雕像；有部分女人会露出眼睛，这大概是阿拉伯女人唯一可以被外人看到的身体部分了吧。当然，面对身穿黑纱的阿拉伯女人，不管她们有多迷人，都不可以给她们拍照，这是不允许的。阿拉伯国家的男人们则没这么多禁忌，只要征得他们的同意，都可以为他们拍照，甚至合影。

阿曼这个国家石油资源丰富，所以国家的福利好，国民可以享受医疗、教育、养老等资源，他们也基本不用担心自己会被饿死。在阿曼，水资源非常稀缺，一瓶1000毫升的矿泉水在超市要卖0.2阿曼里亚尔（折合人民币约3.2元），这比一升汽油还贵，真正的“水比油贵”。阿曼基本不生产东西，日常生活物资大部分是从阿联酋、印度、马来西亚、新加坡等亚洲国家和德国、法国进口过来。他们税收不高，所以同样商品的价格比中国国内要低一些。

阿曼应该是个慢生活节奏的国家。在太阳无比毒辣的白天，他们基本不外出活动，都是在室内。做礼拜是穆斯林一天中最重要的事情。下午1点左右，他们聚集在清真寺，脱鞋、沐浴，走入朝拜大殿，虔诚祈祷。做礼拜时，一个诵念经文的男声会传遍整个城区，偌大一座城市，都笼罩着一层神圣的氛围。有少部分人会选择在家中祷告，同样是洗净全身，再铺上毯子，进行朝拜。我在一家餐馆吃饭时，就见到服务员小伙子如此。在做礼拜这个时段，清真寺内是不允许非穆斯林进入的，他们不希望自己在祷告时受到任何干扰。

下午1点到4点这个时段，萨拉莱就像一个空城，街上看不到几辆车，所有的店面基本都关着门。4点之后，太阳开始西下，火力减弱，商店一家一家陆续开门，人们从一栋栋两三层的居民楼中走出，来到巷子里，开始逛街，或者去觅食。5点多钟，路灯全部打开，放射出点点光芒，照射着干净整洁无一丝垃圾的街道；待到六七点时，路灯的点点灯光变得明亮，街上的车打开车灯，白的、黄的、红的，望向远方，刚刚落下的太阳把天际染得通红，视线往上，微微昏暗中藏着一片湛蓝湛蓝的天。这时的景色五彩斑斓，这时的萨拉莱风情万种，有穿行在路上的车流和游荡在街边的人流，有远处肃穆安静的清真寺和一排排阿拉伯风格的白色建筑，有大放异彩容着白昼与黑夜的天空，美得让人心醉。

街边的店铺都不大，大部分都是服装店、杂货店和餐馆。餐馆里，一些人在用手抓着用长米粒做成的米饭，或者是拿着大饼，蘸着黄色浓稠的咖喱酱吃着。咖喱酱稍稍有点儿辣，它们也一般会裹在鸡块、牛肉等食物上。我们在萨拉莱的3天时间，吃的基本就是在炸鸡、咖喱饭、比萨、薯条、蔬菜沙拉中选择或组合。

萨拉莱人们的热情。第一次来到阿拉伯国家，由于不是特别了解当地人的风俗习惯，我们对他们基本都是敬而远之，不会主动去打招呼攀谈。大家心里都有所顾虑，万一由于文化差异，产生了摩擦和误会可不好。可这几天下来，却让大家心里的顾虑烟消云散。

萨拉莱夜景

前天我们在专卖阿曼特色产品的haff街上买了几条阿拉伯头巾，回到家乐福超市时，不知如何系戴的同事就把它拿在了手上。迎面走来一个穿着白色长袍、胡须修整得整整齐齐的中年男子，他微笑着主动跟我们打了个招呼。见我们停了下来，他拿过同事手中的头巾，利落地一抖，再对折，然后在同事头上开始复杂地缠绕着。不一会儿，一条方形的头巾在他的几番整理下，稳稳当当漂漂亮亮地扎在了同事头上。为同事扎好头巾后，这个男子竖起大拇指，说着："Very nice!"他还主动伸出手，和同事握了个手，并邀请同事和他一同合影。这是我们第一次被阿曼人的热情所感动。

阿曼人和人交谈时，眼神充满诚恳，能让人心底的不安慢慢退去。和他们相熟之后，会发现他们的热情是出于本性，毫不带目的性，让人踏实放心。昨天我们在街边一家蜂蜜店看阿曼当地产的蜂蜜，刚一开门，还没问几句，老板就从柜台取出半瓶蜂蜜，递给我们一人一个勺子，请我们

萨拉莱的小商品市场

品尝。说句实话，当时我有一丝防备，生怕我们尝了之后不买老板会找我们麻烦，甚至是讹我们一把。我们4个人中，2个同事已经尝了，1个婉拒了，我不大好意思拒绝，就拿着勺子尝了一勺。我害怕的事情并没有发生。我们和老板交谈了一会儿，问了一些关于他产品的问题，可是都没有下定决心买。我们即将出门的时候，顺便向老板询问haff街怎么走，他笑了一笑，拿起一串钥匙，说道："Follow me（跟我来）"我们还在疑问的时候，老板已经随我们一同走了出来，并且拉下了店门，把我们带到店铺左侧。他用钥匙打开一辆超大个头的豪华皮卡的门，向我们招了招手，示意我们上车。我们简直不敢相信，他竟然要送我们过去："For free?（免费吗）""Of course。（当然）"他爽快地答道。就这样，我们坐着他的车，到了目的地。一路上，他问我们来自哪个国家，跟我们介绍haff街有什么特色产品值得买，我们为他拍照，同他交谈，有说有笑。下车的时候，我们不停地重复："Thank you very much!（非常感谢你）"此刻好像找不到任何的词语来表达内心的感动和感谢。我突然想起了他让我们尝蜂蜜时我的戒备，顿感羞愧，看着他的车渐渐远去，消失在街的尽头，我很想真诚地向他说句：“对不起！”

其实，不仅仅是阿曼的大叔热情，阿曼的姑娘们一样热情，只不过她们的热情会表达得委婉一些。在家乐福，有时候会碰到三五个不戴面纱出来逛街的姑娘。迎面走来时，她们会不经意把眼光从你身上扫一遍，然后立马转过头，笑着跟同伴交谈，几个人会捂嘴而笑，眼神中露出一丝害羞。有一次我在一家眼镜店试太阳镜，当我戴好眼镜朝镜子望去时，发现镜子后的透明玻璃外，几个阿曼姑娘恰巧路过，她们朝店内看了看，一个眉清目秀的姑娘朝我抿嘴微笑，还朝我竖起了大拇指。我是真感到意外，顿时竟不知如何回应，只能木讷地堆起笑容，回应了一个竖起的大拇指。在另外一家商店，我们向一位店员询问商品情况，她非常耐心，虽然黑纱蒙住了脸庞，但仍能从她闪动的双眸中看到热情的笑意。我们试探性地问她能不能合影时，她大方地答应了，并且还非常熟练地摆出“V”“OK”等手势，相比拘谨的我们，这位阿曼姑娘显得大方多了。

我们在萨拉莱待的时间不长，只有短短3天；我们在阿曼待的地方不多，仅有萨拉莱这一个城市。但是，萨拉莱的5日游，足够让我们认识这个阿拉伯国家，体验到阿曼人的生活，领略这个到处弥漫着芳香的国度人们似火或似水的情意。

2015年5月7日　萨拉莱港

初到吉布提

吉布提，说句实话，在护航之前，压根儿就没听说过这个非洲东北部亚丁湾西岸的面积只有23000多平方公里的国家。后来百度之后才发现，这个传承部分索马里文化的国度，曾经是法国的殖民地，直到现在，它依然摆脱不了法国文化的影子。

吉布提是扼红海进入印度洋的要冲，港口运输是它经济来源的一大支柱。自从亚丁湾、索马里海域有护航编队以来，各国的护航军舰都会选择在这里停靠休整。12日上午9时，我们的千岛湖舰在引水员的引导下，缓缓驶入吉布提港口。舰还未停稳，一道几十米长的涂鸦墙就映入了大家的眼帘。定睛一看，上面画着几十幅军舰的漫画，有韩日军舰、欧盟军舰，当然，还有我们的中国海军军舰。我用望远镜仔细寻找，终于在离泊位约20米的地方找到了千岛湖舰的涂鸦画，不过因为久疏打理，涂鸦已经变得有些掉漆，甚至脏乱，认真看，才能发现蓝色海面上一艘黑色的军舰，标志性结构就是军舰中部2道高耸的龙门架，军舰的前方，印着白色的“886”。

军舰靠定，舷梯搭好，我们终于可以落地活动活动了。距离上次接地气，已有40余天。热带沙漠性气候果然名不虚传，我们一走出舱室，就感到热浪袭人，一股带着腥味的热风扑将过来，让人瞬间就湿了后背；抬头

这是吉布提最繁华的街道之一

望远处，白茫茫雾蒙蒙一片，能见度不足五公里，整个大地和海面像在一个蒸馒头的蒸笼里。

吃过午饭，我们按照安排乘车外出。因为时间短暂，所以只能在市区逛逛。所谓市区，其实就是人口相对集中、店铺相对较多的区域。港口大门外，就是一个集贸市场，当地居民围着一字排开的铺面在选购商品。商铺就是用几块木板、几块破布围成的小棚，集市门前的地上，塑料瓶、破布随地都是，再加上被风和人们的拖鞋带起来的尘土，显得特别脏乱。

汽车把我们带到了一个小商品市场，这里应该是市中心了。我们来的时间有点早，很多店铺都还未开门，在当地，下午4点之前是基本没有人出来逛的。这里的店铺比刚才路过的集贸市场看着要整齐一点，马路两边未开门的店都用整个一大块的粗布遮盖着，既挡阳又当门。从街上走过，看到店铺内有人在休息，他们三三两两，在地上铺一块布，或坐或卧，悠闲地聊着天。“你好！”看到我们走过，他们熟练地用中文跟我们打着招呼，似乎知道中国海军又来了。

几个卖木雕工艺品的老板把我们拉过去，钻到他们店里。店里卖的木雕工艺略显粗糙，雕的都是非洲土著民、大象犀牛等形状，挂在墙上的一些土著人像的面具，看着有几分来到非洲部落的感觉。只要你拿起一个满是灰尘的小饰品看看，老板会立马给你报价，当然，肯定是往高里报。如果真心想买，可以往一两折的价钱去还，反复几次便能成交。同行的千岛湖舰政委便以1美元的价格买下了一个报价5美元的狒狒雕件。

慢慢地，店铺都相继开门了，街上走动的人也多了起来，大部分都是妇女们带着小孩，或者是一群闲逛的10来岁的大点儿的少年。穿着花色长袍的妇女们是不允许被拍摄的，即使是你的镜头无意把她框进了边缘，她们也会立马拉起长布遮住自己的脸。在路上闲逛的少年们比较友好，同样能用“你好”跟我们打招呼，还会主动摆出酷酷的姿势，要求我们为他们拍照。个别小孩子就不那么文明了，他们随自己的母亲一起出来逛街，看到我们的镜头，会摆出一个手势，即右手大拇指和食指合成一个圈，另外三指高竖。起初，我以为这是“OK”的意思，但听到他们口中爆出的以“F”开头的某词，才知道这是侮辱人的手势。

他们基本不会说英语，却学会了这个单词，真是让我感慨。

商品街主要卖的是服饰和小饰品，店铺全部开起来，一溜儿的五大足球联赛俱乐部和世界杯各国球衣，五颜六色挂了起来，背后的号码和名字几乎囊括世界上现役的优秀足球运动员：C罗、内马尔、卡卡、法布雷加斯、伊涅斯塔、吉鲁、迭戈·科斯塔……除了成年妇女外，街上的人基本都是穿着这类足球衣，让人感觉来到了踢野球的大操场。

商品街的尽头，是一个清真寺。受阿拉伯半岛文化影响，吉布提的大部分人宗教信仰为伊斯兰教。洁白的宣礼塔在一堆破败乌黑的房子中高高直竖，显得与众不同和出类拔萃，就犹如在宣告宗教在这个国家人们心中和灵魂里至高无上的统治地位。在清真寺的门口，不停地有人进出，而在围墙的两侧，则总有一些人随地而坐，两眼呆滞地望着地面或天空。

沿着清真寺的围墙往下走，就是吉布提的中心车站了。车站上空，拉着杂乱的电线，几块站牌也是歪歪扭扭地竖着，上面的字斑驳得让人看不清内容。清一色的小巴士上，挤着一二十个人，而所有行驶的巴士都是不关门的，门口都还会有一两个人站着扒在车上。这要放在中国，是根本不允许的！当然，吉布提的人们不在乎，他们还会透过车窗跟路上的人打招呼，车一停，街上十几个人就冲了上去往里面挤。

小商品市场真是没啥逛的，又到处都是苍蝇，加之天气还特别热，我们就赶紧闪人了。路过海边的时候，看到成百上千的人在游泳。司机告诉我们，周五是这个国家的休息日，所以大家都赶在傍晚出来游玩。对于非洲人民，游个泳消消暑，必定是游玩项目首选了。漂着不少塑料垃圾的海里，布满了密密麻麻的人，小伙子们打着赤膊，姑娘和妇女们便穿着长衣长裤。他们互相泼水，或者是传递着皮球，欢声笑语在海上回荡。

几个小男孩把我们拉着，示意我们去他们那边拍照。我们心存疑虑，但又不好拒绝，只能前往。挤入人群，这才发现，几个少年在翻着跟斗，做着杂技展示。看到我们来了，他们更加来劲儿，一连串的后空翻，甚至还搭起了四个人的障碍，一个筋斗翻了过去。我们的快门不停，少年们的热情不减，即使满身都沾满了沙子。围观的人越来越多，大家不停地为他们鼓掌欢呼，少年们像英雄般享受着荣耀。

杂技表演结束后，围观的人群来到了一个舞台前。舞台上，一个歌手在键盘手的伴奏下欢快地唱着歌，脚下也变换着舞步。围在四周的人们在节奏的带动下，高举着双手，扭动着身躯，发出阵阵欢呼。人群前的保安们也不敢怠慢，不停地催促着躁动的人群往后一点，再往后一点。一曲唱罢，一个身着蓝色衬衫、搭着一条毛巾的人上台了，他发表着演说，场下的人也不时地附和着。司机告诉我们，刚才的歌曲和现在的演说，用的都是索马里语，而正在演说的人，正是一位总统竞选者。原来，我们见证的，是一场总统竞选！传说中的总统竞选，竟是小木台、小沙滩，竞选者是一位搭着汗巾的大叔，台下的群众是一群光着上身的少年……

吉布提的市区如此之小，我们花了两三个小时就逛完了。面对这个杂乱而躁动的城市，我是真的没有多少兴趣去领略人情风俗了。对我唯一有点吸引力的，便是让吉布提享有“地质学上的活标本”之称的阿萨尔盐湖和东非大裂谷了。

终于，就在昨日，我们顶着烈日，一群人浩浩荡荡地去感受吉布提的自然风光去了。

不得不吐槽乘坐的中巴车，空调里吹出的风虽然不热，但夹杂着尘土，让人呼吸着有些难受，关掉了又闷热。整个车内，从座位到靠背、窗户到扶手，统统都是烫手的。我们只有打开窗户，祈祷热浪吹起来的时候能带走一点身上因它而产生的汗水，可是，这就犹如饮鸩止渴一般，只会让你爽快一时，湿透一身。

下了高速，车子就异常颠簸。窗外，是黑漆漆的山。吉布提的山，满是黑色的火山岩，平铺在山上，犹如为大地上凸起的一个个小包披上了黑色纱布。地势较为平坦的地方，会有一种类似小叶榕一样的树，树干约一米多高，再往上就是伞一般撑开的枝杈，长满了暗绿色的叶子，细细一看，枝杈上都长着白色的尖刺，可不能去碰它。这种树应该是这戈壁里唯

一的植物，也是当地的野山羊唯一的食物。我们不时可以看到，干瘦的山羊们爬到树顶，或站在高处的岩石上，用嘴去采摘这仅有的绿色。沿途的山羊不少，可是没见一个放牧人。骆驼也没少见，它们和野山羊们一样，干瘪无肉，甚至能看到单峰下露出的肋骨形状。

最触动人心的不是野山羊和单峰骆驼，而是在荒芜贫瘠的戈壁上，那一个个简陋的难民窟。只要到一个稍微平坦一点的地方，便能看到用石头、木棍、硬塑料板和破布撑起来的一个个棚子。棚子外面，会坐着几个妇人，周围，大一点的小孩们在打闹着，小一点的要么被抱在怀里，要么呆呆地站在地上，吸着手指，直勾勾地看着我们的车和车里不一样的我们。打闹的孩子们很调皮，他们会不停地向我们喊叫，如果有人朝他们拍照，他们会捡起地上的石头砸过来。有个女兵战友看他们追着车不停，实在可怜，便扔了一瓶矿泉水下去。巴士后的漫天灰尘里，十几个孩子在为争夺一瓶水打闹着。

首先到的景点是东非大裂谷。东非大裂谷的中部经过的吉布提境内，便是此处。站在栏杆内，看到的东非大裂谷，完全没有想象中的非洲大陆与阿拉伯岛海底大陆分裂的壮观震撼，战友们纷纷感到失望，还有人打趣，在国内的大型采石场，说不定都能看到比这个更壮丽的景象。也是，目测不到10米深裂缝的两边，是两座仅两三百米高的山，并且因为山顶上的碎石往下滑落，看起来并不险峻，是有点儿像两堆堆砌的石头。

大家虽然做不到“上车睡觉”，但是“到景点拍照”就没什么问题了。“咔咔咔……”大家嘴上说失望，但快门还是不会停的。几个当地的小贩被吸引过来，他们极力向我们推荐用石头打磨成的飞机模型、瓶瓶罐罐等东西。一个小孩手拿着一个红色的石头罐子走过来，想让我们花5美元买下。我对这东西并不感兴趣，但看他并不滑头的样子，便想为他拍张照片。小孩听不懂英语，但通过我的手势了解了我的意思。我为他拍完照，想跟他握握手，没想到他做出了一个数钱的动作，不停地说着“money”。小孩可怜的眼神和近乎哀求的语气让我动了恻隐之心，便给了他一瓶矿泉水，令我大跌眼镜的是，小男孩拿了水之后继续伸手要钱。

吉布提的车站

当然，相对另外一个小孩来讲，这个小男孩也不算怎么过分。另一个男孩在向我们推荐东西遭到婉拒后，在我们乘车离开之际竟然做出了那个侮辱的手势，嘴上也不停地爆着粗口。

对于这些连饭都吃不饱、水都不怎么能喝上的孩子们来讲，挣一点点钱便是挣一点点生命，这是他们最原始最强烈的渴望，当这种渴望不能实现的时候，便转化成了愤怒。我虽然对爆粗口的行为感到生气，却能理解这种愤怒。

收拾好心情，又经过近1个小时的颠簸，我们终于来到了盐湖。

车还未停，便看到了白茫茫的一片，和远处的天空一样。阿萨尔盐湖是非洲最低的地方，低于海平面155米。海水经一条天然水道源源不断地汇入这个湖泊，但因天气炎热，湖水不断蒸发，便形成了大量的盐。据说，阿萨尔湖现在盐的总量已经达到了3亿吨，这为贫穷的吉布提带来了大量的财富，所以，阿萨尔湖被这个国家视为聚宝盆。

若是不戴上太阳镜，白色盐滩上反射出来的光会刺得人睁不开眼。湖边，全是细细的盐粒，脱了鞋踩上去，软软的。湖水轻轻地漾着波浪，粼粼波光在水中柔柔地飘摇着。水下，是一大块一大块盐的结晶，搬起来一看，就如珊瑚礁一般，长着一根根的白色盐碴，晶莹剔透。这时候踩下去，容易扎脚，甚至划破脚底。再往水里走走，脚下又变得柔软起来，细细的盐粒摩挲着脚掌，舒服极了——这才是真正的海盐足浴！

再往前走，水就深了，颜色也慢慢由白色变为浅蓝色，最后变成深蓝色。有几个战友想亲身体验下阿萨尔湖水的密度，于是脱了上衣扑到了水里。果然，湖水的浮力很快便将人从水里托了上来，把人轻轻松松地举在湖面。“哈哈哈！”深蓝色的湖水里，几个小伙子仰面朝天，头、手臂和脚都露在外面，随着波浪一摇一晃。不过，漂浮虽好玩，湖水却不好喝，几个小伙儿从水里上来，拼命地吐着口水，还嚷着要喝水。

不一会儿，大家湿漉漉的裤子都干了，一摸，竟是硬邦邦的，用力揉搓，还能搓下细细的盐粒。刚才游过泳的战友这会儿头发也干了，却变成了满头白发，挂满了盐粒，真正的“发如雪”！

东非大裂谷和盐湖像两个宝藏，深藏在吉布提的荒原戈壁之中。领略它们的风采，我们用了不到1个小时，但为了寻觅它们，我们在酷热与灰尘中来回颠簸了六七个小时。难怪，非首次护航的战友们都选择了在舰上待着，再也没有勇气选择享受炙热火烤的“寻宝之旅”。

千岛湖舰慢慢驶离码头。望着窗外依然白茫茫的吉布提，我的内心有些复杂。这是第一次踏上非洲大地，也是第一次亲眼见到非洲人民的苦难与贫瘠。颇感悲凉，却又无比无奈。吉布提每家平均要生育5.1个孩子，可是大部分儿童都因为营养缺乏而发育不良。在沙滩上，一个妇女背着的男孩往外凸出的额头上长满了痱子，和他肤色一样黑的双眸紧紧盯着我，盯得我心中无限感伤。在吉布提，有万千这样的生命存在，并且可能是很短暂地存在，匆匆看一眼这个贫瘠的国度然后离开人世。他们的父母也无奈，因为当年他们也一样经历饥饿与贫穷，他们没有任何办法改善这个现状。顿感生命之脆弱，个人之于天地世界之渺小……

吉布提，再见。

2015年6月15日 吉布提港

别了，吉布提

“离码头部署！”还在睡梦中，就听到广播里传来舰上指挥员洪亮的口令。睡眼惺忪的我从床上坐了起来——这就要离开吉布提了。

此刻，时间还不到当地时间早晨6点。太阳或许刚刚冒出海平面，还是如鸡蛋黄一般的昏黄，慢慢地往上升。我忽然想起来，我在吉布提没有留下一张日出的照片，也没有记录过她月升的影像印记，顿感有些遗憾。日出代表朝气蓬勃，月升则意味着宁静与沉思。吉布提的朝气和宁静，我好像都不曾体会。这个以后我或许再也不会来的国家，在我脑海里究竟留下了什么呢？

我们护航5个月，总共要停靠4次港口，其中就包括2次吉布提。此次，已经是第二次来到吉布提了。上回来的时候，已经基本领略了吉布提的地质气候、人文氛围，也观赏到了大自然赋予的鬼斧神工，阿萨尔盐湖、东非大裂谷……这次来，还有什么可期待的呢？

很早就听闻，吉布提是非洲明珠，特别是在雨季的时候，气温相对较低，大批的游客前来吉布提海滩避暑度假。虽然我们停靠的时候都不是吉布提的雨季，气温也高达40多摄氏度，但是我依然对那些因此而让吉布提冠上“东非明珠”盛誉的景点特别感兴趣。沐莎岛便是特别具有代表性的一个景点。它拥有柔软细腻的沙滩、令人神往的红树林，还有烈日下遮阳的太阳伞、海滩肆无忌惮爬行的小螃蟹……对我来说，这一切，吸引力太大了！

我早早地就准备好了泳裤、太阳镜、防晒霜，甚至连毛巾和冲洗用的淡水都装进了书包，可是，我没有拉到靠谱的伙伴。去沐莎岛，得先打车到渔码头，然后坐近40分钟的快艇。一趟快艇要支付费用300美金，最多只能去8人。我拉的六七个伙伴里，有四五个人打了退堂鼓，最终，沐莎岛之行如泡沫般幻灭。这也成了我在吉布提最大的遗憾，没有到真正的沙滩去击水冲浪，没有躺在柔软的沙子上让阳光晒爆我的皮……

没法儿，沐莎岛之行不成，也不能宅在宿舍不出去。我决定了，靠港的第二天，跟着大部队去超市和小商品市场再转一圈。

吉布提的白天真是热，热得都让人想不起词来形容，就只想脱。街上的男人们，大部分都是拖鞋大裤衩搭配一件敞怀的褂子；女人们，则依然是那严严实实的黑纱或长裙。我们坐在没有空调的中巴车上，经历不到10分钟的"桑拿之旅"，到达了吉布提最大的超市——"casino"。这家法资超市是当地装修最好、商品最全、价格最高、冷气最好的超市。大家在门口排成长龙，等待着安检人员的检查，一个一个往里挤。

"你看，空的。"大家一个个迫不及待地打开自己的背包，主动出示给安检人员，就等着他们说一句"OK"。旁边的女兵们就郁闷了，因为超市唯一的一名女性安检人员还没上班，她们没法儿接受搜身等安全检查，只能呆呆地在外等着，眼巴巴地看着男舰员们朝凉风习习的超市里鱼贯而入。

有女兵按捺不住了："就让你们搜身呗，我们不在乎被摸这一下。"话音刚落，旁边的男兵一阵哄笑。看懂了意思的黑人男安检员憨憨地笑了下，摊了摊手，无奈地说："不行，这不允许。"有调皮的男兵朝挨着墙排队等候的女兵们开玩笑："哎哟哟，让人摸人家还不愿意呢。"不用猜，接下来的，必定是一顿粉拳。

安检时间不到10分钟，所有男舰员都冲入了超市。我赶过去存包，发现人家的卡片都不够了，拿到手的是一张被裁成一半的A4纸，上面用圆珠笔写着“V26”。在平时，估计他们都没存过20个以上的包。

女舰员们仍在外等候，男兵们则一窝蜂似的涌向了超市的右侧。不明真相的我跟着大部队的步伐赶过去一看究竟。一到超市的熟食柜，前面已经黑压压的一片人了，大家挥着手，不停地喊着“two”“three”“five”等各种数字；再到柜台后面一看，2个工作人员正慌忙地拿纸袋包装着一只只鸡。吉布提的烧鸡，价格不低，但个头不小，一只足足有两三斤，裹上孜然、辣椒、胡椒等作料一烤，非常美味可口，也符合中国人的口味。对于长期漂荡在海上，只能吃上冷冻食品的海军战士来讲，一只烧鸡可敌一桌满汉全席！

当然，我必定是抢不到烧鸡的，我能做的，只有远远地围观，然后再默默地走开。

我在超市漫无目的地逛着，不知道要买什么，把东西从架上拿了下来，端详一番，再把它放上去。走到冷柜旁，拿起一包冰冻的春卷和馄饨，正准备研究研究时，发现身边有两个陌生而又熟悉的面孔。黄皮肤黑眼睛，穿着打扮和气质一看是中国人，但是年龄偏大，不是护航编队的人。我手拿着冷冻品，却无心看包装袋上的文字，专注地听着旁边两人的对话。“这一包要1200块，还蛮贵的嘞！”一听到这口音，顿感无比亲切！

年长一点的中年男子看了我一眼，朝我笑了一笑。“你们是不是武汉的？”我用我蹩脚的武汉话向他们问道。“是的撒。”他们的回答既在我意料之中，又让我惊喜万分。自从在武汉上了四年大学之后，我对武汉话就如对萍乡话一般亲切，只要在非湖北地区听到武汉话，我都会厚着脸皮过去攀上半个老乡。现在是在远在东非的吉布提，就更别说了。我跟他们聊了会儿，当然主要是提到我在武大上了四年大学，对武汉特别有感情。从交谈中我了解到，他们在吉布提已经工作七八年，他们的同事中还有在这儿工作了20多年的；他们想念家乡，但为了工作，每年只能回家一趟……

交谈的时间并不长，不到5分钟，但是，就像老朋友一般，亲切、自然，毫无顾虑和防备，也肆无忌惮地表达着思念祖国、思念亲人的共同情感。祝你们在吉布提一切安好，多赚钱，早日回到祖国与亲人团聚，结束这两地分居的日子。

在超市一无所获，只为图一个清凉。中巴车载着我们又来到了下一个目的地——小商品市场。

中巴车司机不懂英语，连基本的地名都分不清楚。大家很费力地向他解释“小商品市场”，结果他还是把我们带到了吉布提的另一个超市。

对超市，我已经是一点兴趣都没有，即使里面凉爽无比。一下车，我就单溜了。我走出超市停车场，准备顶着烈日去逛逛吉布提的街道。刚走到街上，就听到正前方闹哄哄的一片。定睛一看，好几个人在一群人的围观和劝阻下，厮打开了！和中国大街上打架一样，一人指着另一人的鼻子大骂着，眼神凶狠。旁边各有几拨人分别拉着抱着起冲突的几人，让不要冲动不要动手。火气上来的黑人小伙瞬间就挣脱了劝架人员的怀抱，一把冲出去，几个拳头就抡出去了；被打的人自然要报仇，也冲出了人群，跳着去揍对方……

一时间，人群乱了起来。打架的、劝架的、对骂的、围观的，大家操着当地口音，我虽然一个字没听懂，但能听出那嘶

一位当地的小女孩

吼声里的愤怒。一人被揍倒在马路上，但又很快爬起来跑了。马路上的汽车、摩托车、人群都停了下来，围观着这一幕闹剧。一个骑摩托车的小伙见我胸前挂着照相机，向我示意把这一幕拍下来。我摆摆手，抱歉地还以微笑，赶紧逃离了。

走了四五十米，身后的吵闹声渐小，车辆也恢复正常行驶。我走过一个三岔路口，看到前面有几条小巷子，便欣然前往。

刚走几步，一个黑人小姑娘拦在前方。她讲着当地语言，我并没有听懂，但我看懂了她的手势，意思是让我给她拍照。我反复确定之后，这才端起相机，向站立在街边的她按下快门。这一按不要紧，旁边一个黝黑而又壮实的大汉大吼了一声，然后凶狠地朝我嚷着。我本来想解释是小姑娘自己让我拍的，但一想语言不通，多说无益，赶紧双手合十，不停地说着“sorry”，这才安全“逃离”。刚刚见证一场斗殴，心有余悸，现在就被人恶狠狠地吼，心里难免有些发毛。

吉布提街头

我赶紧往前走，想赶快逃离这是非之地。走了不到100米，发现刚才被拍的小姑娘一直跟在旁边。她一扫拍照时的诚恳和友善，摩挲着手指，不停地说着“money”。我这才明白，原来她让我拍照是有所图。我本来想给她一瓶水，或是1美元，但看到大街上到处都是黑人小朋友们直勾勾的眼神时，我犹豫了。我拍了拍裤子口袋，说了声抱歉，飞快地逃到了马路另外一边。

我漫无目的地逛着，看到了路边身材肥胖卖着当地香料的黑人妇女，也看到了在工地里光着膀子埋头干活的小伙子，还顺着路上行人的指引找到了中国餐馆，虽然餐馆里只有黑人老板和黑人服务员，并且到中午11点了还没营业。

不知不觉，我竟然逛到了小商品市场。那条街对我没有什么吸引力，我换了另外一个方向，便到了清真寺和车站。相比上次，我觉得此次的车站更有秩序一些，没有那么喧闹，也没有那么多疾驰而过的未关车门的巴士。

车站对面，就是吉布提的水果市场。摊主们或坐在摊子旁，或蹲在摊子上，热情地招呼着顾客。摊上，有黄澄澄的橙子、红彤彤的苹果，还有熟透到有黑点的香蕉……我对水果没什么兴趣，却想拍一张照片。找到一位守摊的妇女，刚拿起相机想商量着拍照，她就给我示意了一个要钱的手势。说实话，我很受伤！这个贫穷的国家，吃不饱、住不好，是他们丧失信仰迷失心灵的理由吗？

正郁闷着离开，来到另外一个水果摊。坐在水果中间的小伙子咧着嘴朝我笑，我也友善地打了个招呼。我指着相机，示意要拍照，小伙子有点儿害羞，扭头向店里的老板请示。老板大方地跟我说“没问题”，于是我也放心地举起了相机。小伙子这下更害羞了，两排大白牙全露在外面，眼睛眯成了一条缝，不时地瞥着一旁。我按下快门，他真诚而又腼腆的笑容就印在了我的相机里，他和善友好的眼神也记在了我的心里。

我走走停停，时而拿起相机，时而匆匆而过，相机和心里都留下了很多美好的，或者不怎么友善的画面和表情。来到一个陌生的地方，我特别

吉布提的清真寺

喜欢深入小街小巷，和小摊小贩去交谈去聊天，讲讲价、问问路，顺道打听点儿街头巷尾的趣闻逸事。从最基层的群众脸上，最能读懂一个城市的生活状态，最能了解这个城市里人们的真实心态。限于语言，我没法和更多的吉布提当地人打交道，但是我送出去了一个个微笑，竖起一个个大拇指，按下一次次快门，也收到了他们一张张灿烂的笑脸，竖起的一个个大拇指，还有一声声生硬的“你好”。

此次离开吉布提，这辈子估计再也不会来到这个地方。买了几张明信片，寄给挚友。我写下这么一段话：“在亚丁之滨，有这么一个国家，她炎热无比，荒凉贫瘠，却充满着原始的神秘和独特的魅力。最重要的是，在这里，留下了我的足迹。”

2015年7月4日　吉布提港

“印”象

离开印度孟买已经两天了，暂且从悲痛情绪中逃离出来，为短暂的印度之旅留下些许文字。我问住在下铺的小朱对印度的印象如何，他说短短几天很难对一个国家、一个民族去定性，不好评价。言之有理，我认同他的说法，但窥一斑而知全身，通过所闻所见这些感性的认知，做些肤浅的思考也未尝不可，权当游记。

总是出人意料的暴雨，是印度给我们的第一印象。从热带沙漠气候的吉布提和阿曼过来，大家都习惯性轻装外出，即使舰上提醒了大家要带雨伞，可不少人都没当回事，这其中也包括我。可就在我们刚刚从舰上走下不到5分钟，一场暴雨就毫无预兆地倾盆而至。大家赶忙躲到了一个小棚子底下避雨，但无济于事，膝盖以下的裤子、鞋子很快就全部湿透。阵雨不会持续太长时间，长则半小时，短则几分钟，所以大家在空地上和狭小的雨棚下被阵雨来来回回地赶着跑。印度当地人倒是对下雨见怪不怪，暴雨来临，该在街上走的继续走，该骑车的继续骑，一点没有惊慌失措的样子，俨然对下雨已经泰然自若了。后来仔细一打听，原来6月至10月是印度的雨季，降水量大增，当地人恐怕是早已习惯。在我外出的两天时间里，孟买当地下了不少于20场阵雨，这真是极好的欢迎仪式。我忍无可忍，花了200印度卢比（折合人民币约20元），在一位怀抱小孩的妇女手

孟买街头

孟买的街道

中买了一把花伞，于是这把花伞陪伴了我两天的时间。

在经历了靠港的系列事件后，大家对印度人的办事效率颇有质疑，但外出第一天的经历就更让大家印象深刻了。我们早早地在码头等待车辆过来接我们，可到了9点40，约好8点钟到的三辆大巴车才来了两辆。当大家被暴雨折磨得没有耐心了，决定三拨人挤在两辆车上的时候，码头的哨兵又和我们“过不去”了。他们要求我们将外出证的照片、编码和事先的名单一个一个进行比对。一百多号人，一个一个详细核查，恐怕又要耽误一个多小时吧。还好使领馆的副武官比较给力，和他们努力交涉，甚至不惜使用提高讲话分贝的方式来说服他们，最终，他们让步了，只检查我们的外出证照片。

大巴车终于出发。我们透过车窗，往外扫描着孟买的街景。印度的车辆是右舵左行，与国内恰好相反，这让我们觉得有点儿别扭，上车要从左边上，过马路看车流方向也经常弄错……印度的人口众多，车流量也大，但是马路却并不宽敞，大的主干道都只是双向四车道，于是堵车便成了家常便饭。坐在大巴车上，往前看去，一排矮矮小小的汽车排着长龙，望不到尽头。值得一提的是，印度虽然车流量大，行车速度快，但行人过马路镇定自若，丝毫没有慌乱的感觉；印度虽然堵车，但不会大堵长堵，通常是过个几分钟车就能通，不像中国的个别城市，经常一堵就是个把钟头；印度人的开车技术非常不错，在车挤车的路上，也不会发生一点儿碰撞和擦剐，我出来的两天时间里，只看到了一起非常小的擦碰事故，那还是因为乘客大意，没注意到后方驶来的公交车，突然开门导致出租车的一扇车门被擦。不过公交车继续行驶，出租车司机也没有面露愠色，大家都好像没事儿一样。印度人真是淡定！

要说起印度的交通，那就不得不提起神奇的印度火车了。印度的火车站相当自由，大家随意进出，不需要检票，也不需要候车等待，只要你进去，只要你看到了火车，只要你跑得足够快，你就可以上车！放心，印度的火车是没有门的，上下车也不一定需要等车完全停稳。我没有到火车站

印度门

去亲自体验，但在立交桥上看到了行驶中的火车，车门确实是开着的，还有人站在门口。有同事去车厢里拍照，当地人却在一旁窃笑，后来下车才搞清楚，原来他们上的是一节女性专用车厢。

编队安排我们参观游览的，是几个经典景点：印度门、泰姬马哈酒店、孟买大学、维多利亚火车站、市政广场等。几个景点逛下来，发现印度到处都是大不列颠的影子。印度门，是孟买的象征，是105年前为迎接英王乔治五世和玛丽皇后来印度时建造的，当年他们就是从印度门登陆上岸的；它和法国的凯旋门较为相似，具有印度和波斯文化建筑特色的拱门艺术。来这儿游玩的印度人并不少，他们以其为背景，争相留影，不知道他们是否知晓这拱门背后的历史故事。维多利亚火车站是印度最繁忙的火车站，人流如织；它是1887年为纪念英国维多利亚女皇登基50年而命名的，但后来印度政府在1996年把名字改为了贾特拉帕蒂·希瓦吉火车站，试图摆脱维多利亚的影子，但从名字传播度上看，改名并不是特别成功。火车站旁边就是市政大楼，市政大楼对面就是大法院，几座哥特式风格建筑，加上熙熙攘攘的人群和川流不息的车流，让人有置身英伦城市的恍惚感。

古印度是世界四大文明古国之一，它有着悠久辉煌的历史，特别是其语言、宗教等文化领域，有着无穷无尽的学问和魅力。但是，印度的近代史，则深深地烙下了殖民的印痕。从最早的葡萄牙、荷兰，再到18世纪的英国、法国，印度人在欧洲殖民者的统治下生活了两三百年。直到1947年二战之后，实力骤减的日不落帝国才被迫提出蒙巴顿方案，以印巴分治方式结束了在印度的统治。在这期间，印度人奋勇抗争，谋求独立，经历了风风雨雨，付出了无数的鲜血和生命。被印度人称为“圣雄”的甘地，便是印度民族独立运动的最具代表性领袖。

为我指路的两位印度小姑娘

菜市场上的印度人

独立后的印度虽然面临着一系列问题，特别是与邻国的领土争端问题，但其发展速度大大加快，特别在农业、服务业、软件制造业等方面，取得了巨大成果。21世纪初的印度，已成为世界新兴经济体之一，GDP总量进入世界前十，被广泛认为是未来的大国之一。

孟买，作为阿拉伯海上最具活力的港口城市，其在印度的地位好比上海之于中国，这两个城市，也经常被拿来相互比较。

孟买街头的建筑

和上海一样，孟买有很多的高楼大厦，高楼大厦里有着各类高级商店。这些其实可比性不大，如果真正要比较，那就要去到躲到高楼大厦脚下的那一条条巷子，一栋栋民居。绕开凤凰商场，从疯狂购物的同事中逃脱，我来到了一条并不宽敞的马路。

两车道的马路，塞满了汽车，红绿灯几乎没有，但狂躁的喇叭声也同样没有。马路两边，是一排排两三层高的房子。这些房子有些年份了，墙壁斑驳，油漆脱落，还挂着几道雨水冲刷留下的污迹；栏杆上，挂着颜色丰富的晾晒衣物；屋顶上，装着空调挂机和接收卫星电视的天线锅；阳台上，妇女们凭栏而立，或索性坐在地上，朝街上望着。

房子的第一层，是一个个拥挤的店铺。就像中国的小街小巷，卖什么的都有：饮料店、复印冲洗店、彩票店、五金店、服装店、理发店、手机店……店主们在柜台里安静地坐着，看着从店门口走过的我，面露笑容。

再往前走，车辆就少了，店铺也少了，路上安静了许多。马路两边，更多的是汽车修理店、垃圾回收站等；菜农们把他们的车子推了出来，摆在马路两边，摆好了摊。下午4点左右，这条街道便成了此处居民区的菜市场。摊子上，有洋葱、秋葵、茄子、西红柿、辣椒、卷心菜等新鲜的蔬菜，还有大米、玉米等主粮。一个胖胖的黑人男子在地上拉开了一张塑料布，把一包包饼干摆在上面，腾出一小块空地，自己席地而坐，这便是他的摊位了。有个卖菜的小伙子看到我的照相机，异常兴奋，一会儿把称重的盘子戴在头上，一会儿双手举着西红柿，摆出各种造型让我拍照。我拍一路，卖菜的人和买菜的人都是笑脸相迎，或腼腆，或爽朗，但从未有排斥和不满。不过让我感到奇怪的是，我用英语与一些人攀谈，他们的语言我都不大能听懂。正当我疑问的时候，来了两位小姑娘，她们很热心地告诉我，有一些人不懂英语，听不懂我在讲什么。

通过交谈得知，两个小姑娘分别是12、13岁，是刚放学回家。当我告诉她们我来自中国时，她们都报以非常夸张的惊叹——“哇！”我顺着话，问她们对中国的印象，无奈她们都没去过中国，对中国的印象只有“good”一词。两个小姑娘非常活泼可爱，当我为她们拍照留念时却有一丝害羞，两个人咧着嘴，露出洁白整齐的牙齿，不好意思地笑着。印度小姑娘成了我眼中的风景，我却成了街上行人的风景。看到拿着相机的我，道路两旁的人都停下了脚步，看着黄皮肤的我，真正的围观！这让我有点儿尴尬了，于是我匆匆告别那两位小姑娘，加快脚步“逃离”现场。

在孟买的街道，我遇到了一群可爱的人，他们对待我这个“外来人”十分友好客气。

后来我拐进了一个小巷子，几户低矮的平房昏暗潮湿，因为印度电力较为缺乏，所以房子里并没有开着灯。一个妇女在门口洗刷着东西，另外一家的门口，则坐着一个光着膀子的中年男子。他们见到陌生人闯入，稍有些警惕，我马上向他们道明了来意，他们脸上的紧张立刻就换成了笑容。沿着巷子往里走，见到一个七八十岁的老妇人坐在门口，满脸的皱纹，额头正中点着一个红点。在印度，人们经常会去寺庙接受洗礼，司仪人员会将各种颜色的花粉点在信徒的额头上、手臂上，代表得到神的庇护。老妇人不懂英语，我举起相机示意，她慢慢地摇了摇头。几秒钟之后我才反应过来，在印度，摇头是代表同意的意思。

因为不认识路了，我打了个的士。在一个路口，又堵车了。车窗外，下着小雨，一位怀抱婴儿的女孩（看着年纪实在是小，不能够称之为妇女）光着脚丫，无力地踱着步子，敲着一个又一个车窗，企图把它们敲开，向车里的人乞讨到一点点钱，或者是食物。可悲的是，在等待的5分钟时间里，这个女孩儿没有敲开一扇车窗。

的士继续走，经过孟买外滩。雨已经停歇，凉爽的海风拂面而过，海的对面，是一排排高耸的现代建筑。岸边，坐着一对对情侣和一群群嬉笑打闹的少年，他们有的在窃窃私语，有的在举手自拍，还有的用面纱蒙着，在偷偷亲吻。一个海浪打过来，溅起的水花落到了岸上，人群一阵尖叫，大家躲闪不及，男男女女又大笑着坐回了岸边。

的士走啊走，经过一座桥。桥上的人行道上，几个用绿色雨布搭建的棚子特别显眼；栏杆旁边，一个还没洗完的锅被扔在地上；一群衣着破烂面容脏乱的小孩围坐在一起，在玩着什么游戏。司机告诉我，这是当地的一些难民。我低头向倚栏而建的棚子里望去，里面杂乱地堆着衣物、柜子和一些厨具。由于下了很久的暴雨，一些衣物被褥上泛着黑色的亮光。我真不知道，他们的生活是如何度过的，那些孩子的未来又会是怎样。

网络上曾经流传着一个印度女孩对孟买与上海的评价：孟买是印度的上海，她破旧、肮脏，但是她开放、有活力，她的混乱是有创造力的，这里是软件奇迹的来源，孟买有着自己的灵魂。在上海，这些并不能被感觉到，上海是领先的，也许她有自己的精神，但是对于一个第一次来的游客来说，她留给人的商业印象最深。

印度孟买之旅匆匆，看到的景和接触的人都是寥寥无几。这位印度女孩对于孟买的评价，我非常赞同。的确，只要你能容得下孟买的破旧与混乱，你就能领略到她的生机、友善、宽容，无限魅力。

2015年7月26日 阿拉伯海

告别马斯喀特

今天是8月1日，建军节。我们在阿曼的首都马斯喀特，度过了这个属于我们军人的节日。上午8时，我们冒着马斯喀特炎热的气温，在飞行甲板举行了隆重升旗仪式；下午5时，我们在这座城市的余晖下缓缓离开码头，结束了在马斯喀特的停靠。这是护航官兵度过八一建军节的独特方式。

离开码头的时候，我站在驾驶室外侧，夕阳下，望着马斯喀特港口沿岸的风景。层峦叠嶂的群山脚下，是一栋栋灰白色的阿拉伯风格建筑，房屋前面的道路上，不时有车辆驶过；微风拂过的海面波光粼粼，反射的光打到远处的房子上和寸草不生的山上，显得有些晃眼。我们的军舰离码头越来越远，整个海湾的风光尽收眼底。

昨日坐大巴车回到码头时，正好是傍晚。在车上见到海滨大道上有不少行人纷纷拿出手机，拍下美丽的风景，而自己却要赶着回舰上不能下车，顿感遗憾万分。哪承想，今日在离开之时，以更好的角度和视野欣赏到了昨日错过的风景，心中欣喜不已。我端着相机，不停按快门，生怕错过一丝美好。远处的几个山顶上，立着圆柱状的建筑，跟山的颜色差不多，土黄色。这些碉堡样的建筑是瞭望塔，也相当于岗亭。

军舰的速度越来越快，港口美景被抛在了远处，映入眼帘的是另一

马斯喀特海边的群山

个海湾。这个海湾上，一座金黄色的建筑在白色建筑群中非常显眼。定睛一看，这不就是前天去参观的旗帜宫嘛！旗帜宫是国王办公的场所，它的主体建筑四面都有三个大拱形，顶着一个巨大的平面房顶，远远望去像几个巨型大头针支撑着一块木板一样。房顶上方，有一根旗杆，如果国旗升起，说明国王在办公；如果国旗未升，则说明国王不在。我们去的那天，房顶上就一个光秃秃的旗杆，所以整个旗帜宫都是大门紧闭，我们也只能在两道铁门外拍照留念。

不到五分钟，旗帜宫的背影连同群山一起渐渐消失在了海面的薄雾里，大家手机上阿曼通信公司的信号也越来越弱。我们是真的离开马斯喀特了。7月28日停靠，8月1日离开，不到5天的时间，让我收获满满，流连忘返，甚至竟然有了些许不舍。

马斯喀特很热，5月至10月为热季，最高气温在40℃以上。我们一走出舰艇舱室，热浪就扑面而来，让人猝不及防，汗水立马就打湿了衣衫。

不过，在我们上次停靠的阿曼另一个城市——萨拉莱，这个时候就凉爽了，因为七八月正好是那里的雨季。

天气再热，也没有官兵们下码头接地气的欲望强烈；太阳再毒，也挡不住大家出去参观游览开阔眼界的热情。

走在马斯喀特的大街上，能见到许多大大小小的清真寺，风格一致的宣礼塔、大拱顶，成了这座城市的一道风景线。这座城市里最有名的，当属排在圣城麦加禁寺和麦地那禁寺之后的世界第三大清真寺——卡布其苏丹大清真寺。这座清真寺是国王为了纪念他的母亲，在1995年开始建造的，历时6年才完工。据介绍，大清真寺占地达到了41.6万平方米。前天下午，我们一行人兴冲冲地跑去参观，却被告知非穆斯林只能在非周五的上午8点至11点入内参观。我们只能在外面一睹这座大清真寺的风采。当我们到达它的正门外时，深深地被眼前这座雄伟壮观的建筑震撼了。最先映入眼帘的一座白色的宣礼塔，它足足有七八十米高，直插云霄；宣礼塔后，是一个反射着光芒的大拱顶，大拱顶的下方，便是主厅了；主厅的

国王的办公场所——旗帜宫

四周，是4座土黄色的宣礼塔，高约50米。听当地人介绍，宣礼塔的大小和数量能表示一座清真寺的规模。普通的宣礼塔，一座则表示能容纳200人，大一点的则表示能容纳400人；而像卡布其苏丹大清真寺这样的，一座宣礼塔代表的人数应该超过上千人。这座清真寺最多可以容纳2万人同时做礼拜，足见其规模之大。

大清真寺门口，种植着郁郁葱葱的树木，它们有规律地成行排列在道路两旁，为行人遮阳。门口的广场上，则种植着成百上千株颜色鲜艳的花卉，或白或红，排列得像一个方阵。多彩花朵和盎然绿意后，是雄伟壮丽的清真寺，这清真寺的内部，又会是何等壮观呢？我们不甘心，决定择日再来一探究竟。

今天上午，就在我们马上要离开马斯喀特之际，我们终于争取到了再次来大清真寺参观的机会。我们脱掉鞋子，步入这座略带神秘色彩的建筑。一走进去，就感受到了一股清凉与寂静，整个人都被空旷与清幽的氛围吞噬了。这座大清真寺分主厅和其他几个旁厅，分别是君主祈祷厅和男女祈祷厅。时间有限，我们径直来到了主厅。主厅4000多平方米的地面，铺着一整块全手工编成的波斯地毯，这块地毯有着28种不同深浅的颜色，约15亿个结，重达21吨。据说从设计阶段开始，600名女工用了4年的时间才把它编织完。

抬头，是一个画着各式花纹的巨大穹顶，这便是在外面看到的那个大拱顶。拱顶下方，悬挂着一盏长达14米的水晶枝形吊灯。这盏重约8吨的吊灯直径达到8米，由大约1000盏小灯组成。仰头望着巨大的吊灯和拱顶，就像是一张绣着规律花纹的地毯正中铺着一盏圆形的宝石。变换观察角度，物体瞬间就由立体变成平面，真是神奇。主厅的墙壁上，也画着各式花纹，还画着经文。从地毯到穹顶，从石柱到窗台，主厅里大大小小的建造和摆设都透露着庄严与辉煌，更彰显着精美与细致，真是让人叹为观止。

不去大清真寺，不算来过马斯喀特！

马斯喀特是一个港口城市，有着绵长的海岸线，自然有着十分不错的沙滩。几经打听，丘尔梅沙滩（Qurum beach）被公认为当地最好的沙滩，于是我在昨日便打车前往。司机把我放在了君悦大酒店的门口，告诉我眼前这个沙滩便是有名的丘尔梅沙滩。说实话，我当时有点儿傻眼，沙滩上没几个人，海水也没有想象中的蓝……经过反复和司机确认，这里真的就是丘尔梅沙滩。没办法，我只能硬着头皮走下去。

我脱掉了鞋，瞬间就感受到了大地的炙烤。我赶紧往海里奔、朝湿润的沙滩跑去，不然脚掌过不了几分钟就会被烤熟。走着走着，见到了一片椰树林。树林里，几群人围坐在草地上，在吃着食物聊着天，十分惬意。也有几个人，铺开一块布，躺在地上闭目养神。炎炎烈日下，寻一处阴凉，享受着徐徐海风，真是惬意。树林旁，有凉亭，还有免费的淡水冲洗区，设施比较齐全，难怪这么多家庭会在这儿聚会休闲。

海里，不时传来小孩子们的嬉闹尖叫声，他们正在大人的带领下游泳戏水。我走着走着，遇到了一个穿着粉色吊带连衣裙的小姑娘。小姑娘看

卡布其苏丹大清真寺

大清真寺内部

起来两岁左右，一头自然卷的头发，大大的眼睛忽闪忽闪地看着我，两个小脸蛋被太阳晒得红扑扑的。我朝她眨了眨眼睛，她开心地笑了起来，露出两个甜甜的小酒窝，我的心瞬间就被融化了。我走出五六米，又转身走向了她，因为我觉得，不给这么美这么萌的小萝莉留下一张照片，我会遗憾的。我走到她身边，问她爸爸妈妈在哪里，她好像没有听懂，我换了种方式，问她妈妈在哪里，她用甜美的声音念出了“妈妈”这个词，然后手指向了不远处的树林里。我朝她手指方向走去，是一大家子在野炊。聚会的女性身披黑纱，一看就是穆斯林。我向他们表明了来意，请求给他们的小女孩拍张照片。穆斯林的女性是不大愿意被拍照的，我也很担心他们会拒绝我，于是我又赶紧解释，说着 “你们的女儿很可爱很漂亮”之类的好话。还没等我说几句，其中一个男子就大方地告诉我“没有问题”。

得到允许的我赶紧跑到了小女孩的身边，拿起相机，对准了她。小女孩倒是一点儿也不介意，总是甜甜地笑着，萌萌地看着我，真是让人喜欢得不得了。我拍完照，伸出手去，小女孩也可爱地伸出了她的手，和我握了握手。我刚走出没几步，却被她家人叫住了。树林里，一个可能是小姑娘母亲的女人朝我招了招手，拿起一块西瓜，示意我过去和他们家人一起享用。我心里一阵感动，却又十分不好意思，于是婉拒了他们的好意，继续向前走。走出几米，回头看看沙滩上的小女孩，她竟然还在原地，呆呆地望着我，估计心里还没回过神来。我挥挥手，她马上笑了起来，也向我挥手道别。

一路上，在沙滩上玩耍的小孩不少，他们在水边跳跃，或手拉着手往海里冲，一阵阵欢声笑语，伴随着海浪声传到不远处的小树林里他们父母的耳朵里。大人们很惬意，也不去管他们，自顾自地在草地上享用着美食。穆斯林比较保守，所以在海滩上基本见不到人穿泳衣泳裤。女人们下海游泳，依然裹着黑纱，大部分男人也会穿着长衣长裤。好不容易在沙滩上见到了一对男女，穿着比基尼在晒着太阳。我依然奉行着厚脸皮和微笑兼施的方法，过去为他们拍了几张照片。他们应该是欧洲人，非穆斯林，男人一头金色长发，戴着一顶牛仔帽，非常大方；女人一身黑色比基尼，弓着腿，左手不停地撩着头发，稍有点儿害羞。

越走，风景越多，好玩的事儿也越多。不远处，一群人围着一辆驶入了海水里的皮卡，这引起了我的极大兴趣。过去一看，原来是渔民们在拉网收鱼，旁边的皮卡是用来装鱼的。渔网已经拉上来了，他们围在了一起。我钻到人群中一看，打开的网里，白花花的海鱼还在活蹦乱跳。几个渔民在交谈着什么，然后便有两个人拉着网兜往岸上走去了。他们吃力地

偶遇一位拥有天使般笑容的小女孩

海边渔民在展示收获

拉着网，双脚溅起水花，网兜里的鱼好像放弃了挣扎，只是在沙滩上拖下了一道痕迹。

在一群黝黑的渔民中，我这个背着相机的黄种人显得有些特殊。我告诉他们，我是来自中国的游客。一位中年男子告诉我，大鱼都已经装到皮卡车上的冰桶里面去了，于是，我便爬上了皮卡的货箱。果然，两个大冰桶里装着上百条大鱼，这些鱼小的也有一米长了。我说我想拍张照，刚才的那位中年男子便从冰桶中拿出一条鱼，一会儿捧着，一会儿提着，让我拍了个够。

下了皮卡，另外一个渔民把我拉到沙滩上，要我拍他刚捕获的两条大鳐鱼。两条鳐鱼一正一反地摆在沙滩上，已经没了动弹，它们铺开的身子上沾着沙子，似乎在告诉人们它们刚刚也挣扎过。渔民们很有意思，一个个争相拉着我去给他们的鱼拍照，还配合我摆出各种姿势。

告别了可爱的渔民们，我来到了丘尔梅沙滩的尽头。之所以说是尽头，是因为再往前，就没有沙滩，而只有巨大的岩石了。巨大的岩石上，建造着海景别墅和一栋大酒店。这边的沙滩上，游泳的人多，并且还有摩托艇之类的水上项目。我换好泳裤，终于投入了大海的怀抱，好好享受享受这清凉。

下海之前，我把相机和衣服统统收到书包里，把包寄存在了一个卖水的摊位上。这是整个海滩唯一的摊位，它还可以租售一些游泳用具。存包的时候，我询问价格，裹着头巾戴着墨镜的穆斯林妇女告诉我100里亚尔（约1600元人民币），我大吃一惊，以为是我听错了，便去问在场的另一个顾客，这个顾客告诉我的价格是100美元。我心里一阵疑虑，更是一阵惊慌，莫不是碰到黑店了？还没等我寻思过来，摊主和顾客一阵大笑，我这才明白，原来他们是在跟我开玩笑，他们不收我的钱，免费帮我看包。最后游完泳上岸，也是这位女摊主招呼我去她的杂物间里更衣；她还热情地告诉我哪里能打到车，到我要去的目的地大概要多长时间多少费用。

时间非常有限，我急匆匆告别了沙滩的美景，赶到了大部队的集合点。坐在大巴车上，翻阅着在沙滩上拍下的照片，回味着遇到的人和事。正如此刻，我躺在床上，敲打着文字，浏览着这几日的照片，把最美好的回忆留在硬盘里，留在脑海里。

别了，马斯喀特！

别了，阿曼！

别了，热情的阿拉伯人民！

2015年8月1日 阿曼马斯喀特

似火的苏丹，似火的人群

今天是编队环球访问的第一站，大家都十分期待，早早地便爬了起来，换上了洁白的海军服。9点不到，我就挎着相机，拎着镜头，爬上了驾驶室，去占据视线最高点。刚到达驾驶室，才发现已经有不少的战友在拿着相机等候着。

前方一海里处，就是苏丹港。苏丹港的上空笼罩着一层厚厚的黄沙，让天看起来十分浑浊。“沙真多！”一位准备分区列队的战友刚感叹完，左臂就蹭到了一根天线，衬衫上留下一道黄色的印子。进入红海后，从沙漠吹来的黄沙不断地落在军舰上，让白色的甲板蒙上了一层黄色，近看显得稍有些脏。

站在驾驶室外，湿热的风呼呼地往身上吹，瞬间就让人的毛孔张开了嘴，使劲地往外排着汗。虽然有黄沙的阻拦，但阳光依然毒辣，高强度紫外线射在人的脸上让人感觉生疼。汗一出，浑身都快湿透，可又有阵阵风吹来，可以加快汗水的蒸发，带走一些热量。这样的天气，倒是能忍受个把小时。

军舰离码头越来越近，码头的景物也在眼前放大，逐渐清晰。跟编队以往靠的几次码头不一样，这次靠的码头不见雄伟的塔吊，不见堆积如山的集装箱，也不见来回穿梭的船舶，海面平静如水，极其静谧。苏丹港与

繁忙热闹的吉布提港、阿曼萨拉莱港还是有不小差距。

不过，苏丹港的海水与深海海水的颜色不同，它呈现浅蓝色，稍微浅一点的地方还泛着白，碧蓝澄清，有种马尔代夫海滩的感觉。听人介绍说，海水之所以呈现这个颜色，是因为海底全是珊瑚礁。我有了一种扎进水里游上一圈的冲动。

有战友拿起长焦镜头，寻找岸上欢迎的人群。“看到那片红色了吗？那就是欢迎的人！”战友显得有些激动。于是，大家纷纷抢过他手中的相机，往岸上看去。

“嘟——”一声汽笛响彻天空，分区列队的官兵们抖擞了精神，军姿站得笔挺。

看到了！看到了！我们看到了岸上迎接我们的人群，他们拉着横幅，有一支长长的队伍，统一穿着橘红色的衣服。

“五星红旗迎风飘扬，胜利歌声多么响亮……”熟悉的歌声从码头传来，音响的声音很大，传到了舰上的每个人耳朵里。一瞬间，我的情绪

在苏丹华人华侨在码头欢迎编队

开始激动，在红海之畔的苏丹，竟然听到熟悉而久违的旋律，心中无限感慨。

近了！近了！军舰慢慢向岸边靠近，大家纷纷举起右手，朝岸上的人挥手。人群越来越清晰，我慢慢看清了上面的内容。穿橘红色制服的长队伍举的是“和平之师”“文明之师”“胜利之师”“驻苏丹中资公司、华人华侨向中国海军将士致敬”；一支穿藏青色衣服的队伍，是来自中国港湾公司驻苏丹公司的员工，他们举的横幅是“威武之师”“中国港湾向中国海军护航官兵致敬”“热烈欢迎中国海军护航编队访问苏丹”；还有一支穿着便装的队伍，手中也举着“热烈欢迎中国海军第二十批护航编队访问苏丹”的横幅。横幅都很长，红底白字，在横幅后面的队伍延伸了一百多米。他们一些人手拉着横幅，另一手还举着中苏两国国旗，或者拿着手机在拍照。

“欢迎欢迎！”人群里发出整齐嘹亮的喊声。几声之后，便是欢呼

当地民众用民族舞蹈欢迎中国海军

声。有的人拼命地挥着红旗，大声地喊叫着，像是在拥挤人潮中呼唤街头另一端多年不见的老朋友。

我跑上跑下，到处寻找角度拍照，汗水也不停地往下流。额头上的汗流进了眼睛里，刺激得厉害，我使劲揉搓，却发现眼睛越来越痒，越来越湿。

船舷离码头只剩几米，帆缆班的战士用力把缆绳抛到了码头，早已在码头等待的工作人员捡起缆绳迅速地往桩上套。

这时候，在码头的一支军乐队开始奏乐。他们穿着红色的衣服，戴着大檐帽，身扛大鼓或手持军号，在指挥下吹奏着。乐曲是我没听过的曲子，时不时还有个别军号跑个调，但声音嘹亮，节奏明快，瞬间吸引了大家的注意力。

在军乐队的身后，是身穿洁白军装的苏丹海军官兵。在阳光的照射下，他们的黑色皮肤闪闪发亮。

军乐队一直演奏着，而另外一支来自某部落的舞蹈队却丝毫不受影响。他们穿着橙白搭配的大花纹长裙，上身的紫色衣服上罩着一件白色的花纹褂子，头上披着一串串白色的饰品。身形肥硕的他们往前探着身子，双肩带动着拿起的手扭动着，脚下一步一步踩着节奏。没有人向我们介绍这是苏丹哪个部落的舞蹈，但他们手中拿着的人偶道具，或捏着的麻雀，嘴中念唱的听不懂的歌词，甚有几分原始和古老的魅力。

靠好码头，战士们迅速把舷梯搭好。我紧随着另外两个拿着相机的同事冲下去，成为了编队第三个踏上苏丹土地的人。

见到我们下码头了，人群又是一阵欢呼。他们不停地喊着，大叫着“你们好！”手中的小红旗都快被摇得甩出去了。

苏丹军方到码头迎接的，是苏丹的海军副参谋长。他笔直地站立在红毯上，等待着编队指挥员。王建勋指挥员刚从舷梯上下来，苏海军副参谋长立刻就迎了上去，紧紧握着指挥员的手，欢迎我们的到来，中苏海军之间的交流正式拉开了序幕。

这时候的舷梯口，围满了拍照摄像的人员，黄皮肤的、黑皮肤的，都把机器举得高高的。问候完之后，指挥员踩着红毯，在苏海军官员的陪同下，沿着队伍同前来迎接的中苏人员问候致意。“首长好！”华人华侨们格外激动，纷纷伸出手同指挥员握手。“非常感谢你们！”指挥员放慢了脚步，回应着大家。

指挥员周围挤满了人，我也被人群挤了出来，白色的鞋子上还留下了半个黑色的鞋印。我索性走到人群后面，去拍一张他们的背影。转到人群背后的时候，我才发现，很多人的后背已经湿透了，衣服粘在背上一动不动。但是，他们的手一直没有停止过挥动。

经过他们身边的时候，我仔细看了看他们的脸。他们比我们的海军官兵还黑，皮肤还要粗糙，岁月和思乡的情绪在他们的脸上刻下几道痕，略显得沧桑。一个个大男人，漂洋过海来到贫穷的东非大地，在这里支援建设，努力打拼，心中多少酸楚我并不知晓，但此刻却能见到他们脸上绽放着孩子一样的笑容。

“快给我俩拍一张。”一个操着浓厚河南口音的中年男子把手机交给了他的朋友，然后走到我身边。我这才知道，原来他是要跟我合影。说实话，还真有点儿受宠若惊，但想想自己身上这身白军装，此刻在这位老乡的眼中，便是海军和祖国的一个符号吧。我挺直了胸膛，睁大了眼睛，微微一笑，希望能给这位老乡留下一个好印象。

后来我和他聊天得知，他们是中国三峡集团公司的，为了迎接我们，特意从苏丹首都喀土穆赶过来。来一趟，坐大巴，12个小时。

我在国内看到过一些欢迎场合，群众被领导拉过来，皮笑肉不笑。今天码头上的两三百人里，也肯定有一大半的人是使馆协调安排的，但是，今天码头上的每一个人，笑容都是如此真诚，挥手都是如此卖劲。我不知道该说些什么，嘴里不停地说着“谢谢！谢谢！”这群面容淳朴、笑容可掬的老乡，让我甚是感动。

烈火一般的欢迎热情背后，是细水一般悠长的思乡情。祖国也想你们!

2015年8月25日 苏丹港

告诉你一个真实的苏丹

和欢迎仪式一样，苏丹海军的官员来到码头，在军乐队的乐声中和编队的领导握手，只不过这一次是送别。一声汽笛后，军舰离开码头，码头上的人往前走了几步，直到最岸边，挥动的手不舍得放下。

苏丹是此次环球访问的第一站，也是我跟随海军正式外出的首个国家。苏丹给予中国来的我们的待遇，让我记忆深刻，感悟颇深。

短短的四五天时间里，除去高层之间的会晤和拜会，中苏海军之间也进行了很多的交流活动。舰艇开放日，苏丹海军的官兵们在我们的3艘军舰上流连忘返；甲板招待会、苏丹海军招待会，双方在愉快的氛围中交流沟通；文体活动中我们的武术和太极表演让他们目不转睛，而足球友谊赛、拔河比赛、百米和四角接力比赛更是将活动推向了火热的高潮。

苏丹海军对我们是极其友好的，整个苏丹国家对中国的态度也是非常友好的。中国是苏丹的老朋友，双方在1959年就建交。中国是苏丹的最大贸易伙伴，也是最大的投资来源国。以往，我国给予了苏丹很多的援助，后期慢慢发展，双方在电力水利、通信、工业等方面建立了良好的贸易关系。

这个红海沿岸的国家，资源贫瘠，气候炎热，且长年受战乱的影响，发展十分落后。联合国把苏丹列为世界最不发达的国家之一，失败国家指

来自原始部落的舞蹈

城区内，三轮摩托车是主要的交通工具

三轮摩托车司机

数曾把它评为世界上最不安定的国家。对于苏丹，大家充满了陌生感、神秘感，甚至还有一丝恐怖感。

提起苏丹，大家首先想到的是苏丹红。苏丹红是苏丹的一种植物花卉，味酸，具有良好的药用价值，甚至被称为“能治百病”。到苏丹的游客，基本都会带上苏丹红的茶叶。然而，苏丹红常常被人们误解，与致癌化学剂“苏丹红一号”联系起来。也因为这样，苏丹红的出口销售都受到了较大的影响。其实，这两者风马牛不相及，苏丹红只是一个无辜的受害者。

关于苏丹，大家能联想起来的，则是新闻界一幅非常有名的照片——《饥饿的苏丹》。一个骨瘦如柴的小孩趴在地上，他已经饿得直不起身子，在他的身后，同样饥饿的秃鹫虎视眈眈，正瞄准着眼前的这个小孩。照片的作者因为饱受争议，被批评不去救这个无辜的生命而是按下快门，最终选择了自杀来逃避这场关于新闻工作者职业的操守与尊重生命之间的“战争”。抛去争议不说，这幅作品非常真实地反映了苏丹人民的生活现状。

带着对这个国度的好奇，我背上相机，走在了去了解它的路上。

大巴车把我们扔在了市中心，很多人一窝蜂地涌进了一家卖苏丹特色商品的店铺。除去苏丹红，苏丹比较有名的是黑木和蟒皮制品。黑木的密度堪比水泥，入水即沉；蟒皮钱包等物品，我没有见到，也不是很感兴趣。

我与人群背道而驰，拐弯走到了另一条道路。刚过马路，一间咖啡屋就映入了我的眼帘。巨大的红色招牌下，是两间茅草顶的木房子，里面一间是后厨和吧台，前面一间摆着桌椅，用来招待客人；木屋外的道路上，也摆着几张桌椅，一旁还有炉子和燃尽了的炭灰。现在是大上午，天气炎热，咖啡屋没开门，不知到了凉快的晚上，这里是否会灯火闪亮、热闹非凡。

继续往前走，与来来往往的人群擦肩，他们中有的穿着似乎永远洗不干净的长裤和长袖，也有的穿着白色的阿拉伯长袍。穆斯林从阿拉伯国家

街边的咖啡摊

传入苏丹，现在是这个国家民众的主要信仰之一。他们看到黄皮肤的我，知道我是中国人，向我投以微笑，还有的人向我大声地喊着“你好”！这让我很是吃惊，他们的那声“你好”讲得还挺标准的。短短一百来米的路，竟然碰到好几个用“你好”和我打招呼的苏丹人。

一直听人说，苏丹的禁忌颇多，问候、拍照、会客等，都有很多规矩，舰上也反复向我们交代，不要轻易给当地人拍照。我刚把相机的参数设置好，就看到了前方一棵大树下坐着一个妇女，怀中抱着一个婴儿，旁边还跟着两个小孩，一个三四岁，一个估计就一岁。他们坐着的一大堆树叶树枝前，放着一个空无一物的碗，而在他们的右边不到5米处，就是一堆垃圾。我微笑着走过去，拿起相机向他们示意能否拍张照片。一直对自己沟通能力十分自信的我，这次却被拒绝了。不过妇女的反应不算大，她笑着摇了摇头，表情和气，并无愠意。“看来关于苏丹人不爱被拍的传言不假”，我心中想道。

走过这条岔路，我又来到了主道上。路上的车辆并不多，来往的基本是载客的三轮摩托，这就是他们的的士。黑色的三轮摩托在空荡的马路上奔驰，上面的司机和乘客有的会朝我挥着手，喊着“你好”！有时候，竖起大拇指，喊着“China”！

马路的一边，是一个并不大的农场，一个年轻人和两位老人在里面工作着。我正在门口犹豫要不要敲门进去参观参观，正在工作的小伙子起了身，朝我招了招手，用英语招呼我进去。小伙子满脸笑容，露出洁白的牙齿，开始与我交流起来。见他态度如此友好，我便询问他能否拍照，我以为我得到的回答肯定是“yes”，没想到他依然微笑着告诉我，我可以尽情地看，但不要拍照。接下来，小伙子热情地向我介绍园子里的各种植物，不厌其烦地告诉我这个园子的基本情况。原来，这里是当地的一个树苗培植厂，负责种植苏丹的几种主要树木的树苗。我心中冒出一个疑问：他能主动招呼我进去，还能为我介绍植物品种，但为何就是不能同意我留下一张照片呢？

海边停泊的船只

带着这个疑问，我走出园子，继续往前走。我看到一个建筑工地上，一群黑人小伙子正热火朝天地干着，我很想记录下他们劳动的场面，没想到依然被他们拒绝，甚至还有个小伙子情绪比较激动，大声地驱离着。看来，我是拍不到照片了。

正当我郁闷的时候，迎面驶来一辆三轮车。穿着蓝色足球衣的司机边向我打招呼边停了下来。他把车停到我身边，和我握手，然后指了指我的相机。他和苏丹大部分人一样，并不懂英语，我只能用手势和他交流。手舞足蹈之后，我才明白，他是让我为他拍照。被人拒绝了许多次之后，我的心变得敏感脆弱，而这位司机大叔的主动和热情，让我受宠若惊，还有几分感激。

我看了下光线，告诉他要去马路对面可能会更好，于是他马上掉头到马路对面去了；我还让他从车上走下来，扶着自己的小三轮，摆好造型让我拍。面对我的“得寸进尺”，司机大叔没有一丝厌烦，还非常配合，露出灿烂的笑容。前前后后，我耽误了他好几分钟的工作时间，拍完之后，握握手，他便又开着车拉客去了。

在司机大叔这里，我又重新燃起了“行摄”的信心。两个小男孩进入了我的视线。同样，他们很爽快地答应了我的拍照要求，但是无论如何都要把肩上扛着的捡垃圾的麻袋放下再拍。再后来，我拿着我的相机拍下了街头的裁缝师傅、卖糕点的小伙儿、钥匙铺前的小男孩、街边咖啡摊的妇女、扛水的工人、卖杂粮的店员……他们每个人，对着我的镜头，或羞涩，或大方，但都是带着友好而可爱的笑容。

我越拍越多，越拍越明白，终于搞懂了，苏丹人喜欢把他们最好的一面展现在外人面前，让别人看到他们开心快乐的生活状态，但是不喜欢别人记录下他们比较脏乱的形象和在土地里、工地上工作的场景。你可以拍他们的车，拍他们的饮食，拍他们的店铺，但是不能去拍他们的工地、农场、废墟等。我终于明白了！

弗洛伊德说，满足基本的生存需求后，其次的是对于安全感的渴望。对于苏丹人民，得到别人的尊重恐怕和吃饱饭一样重要。一位路人拉住我，跟我交谈，他告诉我，他们当地人对自己的姓名十分重视，陌生人打招呼的首要内容便是询问对方姓名。

我徜徉在苏丹的街道上，看到周围的人朝我投来好奇的目光，犹如我对他们街上的一景一物都十分好奇一般。

在极度缺水的苏丹，一些街上竟然有免费的水桶供路人饮用，这让我很吃惊。苏丹的街上到处都是上了年月的土黄色建筑，一些房子废旧了，一些新的建筑在地基上慢慢生长。这里有岁月的破碎与衰老，也有事物的更新与发展，形成强烈的对比。

苏丹的街道比吉布提热闹，马路边上，人们累了就找个摊位坐下，裹着黑纱的妇女会把炭火上的咖啡壶拿起，为客人倒上一杯当地的咖啡。咖啡的浓香与好友的闲聊，让工作的忙碌和生存的烦恼暂时抛在脑后。

热闹的店，是那些卖高粱玉米的粮食店和摆着桌子的小餐馆；生意不那么好的，是电器维修店和布匹行；最冷清的，是街上偶尔出现的书店。

在街上逛了一上午，我从他们一声声招呼中感受到了苏丹人民对中国人的友好、热情，从他们的笑容中体会到了他们对生活的乐观豁达，也从一次次婉拒中明白了他们对于尊重的定义与阐释。单独从街上看，这个国家，只是发展比较落后，基础相对薄弱，但远远没有想象中的贫穷与可怕。

然而，在经历了下午的另一段旅程后，我才能算是较为全面地了解了苏丹人生活的现状。

大巴车载着我们出了市区，在高速路上疾驰，目的地是苏丹古文明的一处遗址。遗址是一堆废墟，不加任何保护，在废墟中的低洼处，飘散着恶臭，随处可见人的排泄物。没有人向我们介绍关于废墟的历史，我们也不了解任何苏丹古文明的知识，于是，一趟“文化之旅”便成了走马观花。

沿途的风景，可能比目的地更能吸引我。用“风景”一词，并不准确，因为一路过去，都是苏丹的贫民们的简陋住所。高速路两旁，是辽阔的黄沙地，再望远一点，是深蓝色的大海。不过这片沙地并未能得到大海

难民区景象

的浇灌，它依然风吹沙走，到处都是一片干涸。不时会有几株绿色的植物闪现在车窗，但又很快消失。

一直没有消失的，是用烂布、树枝、茅草支成的窝棚。窝棚五颜六色，造型也极不规范，让人很容易联想到乞丐衣服上的百花补丁。窝棚一个隔着一个，成片成片的，排列混乱无序。偶尔有小孩在枯树下坐着，百无聊赖；有时候会有穿着长裙的黑人妇女在行走，提着水壶或拿着锅具；一些人家还比较“富有”，窝棚旁边还关着一两头羊。一些破烂了的黄的绿的红的水桶，随处可见。

贫民区里，并不见很多人走动，只有小孩和妇女偶尔活动。在一些贫民区的不远处，建着一座座水泥厂、电力厂、化工厂，不知道这些厂里有没有贫民区里的工人。我把在车窗里拍摄的照片放大，想清楚地看到贫民区的样子。

一个水井口，盖着两块木板，上方的手摇铁架上的绳子，吊进了井内。水井旁边，几只山羊踱来踱去；一个着白色长袍的男子，牵着一头驴，驴的身上绑着好几个水桶。这样的水井，我观察了很久，一路下来我都只看到一个，而我也不清楚水井到底有多深，它里面真的有水吗？

吉布提的贫民区在荒野戈壁，到处都是黑色火山岩，让人绝望；在苏丹这一路看过的贫民区，却不远于市区，还紧挨着工业区，让我们这些外人对他们的未来仍乐观地充满了希望。

军舰离开港口，我整理好照片，记录下这些文字，企图告诉大家一个我眼中的苏丹，一个真实的苏丹。苏丹人民需要大家的了解，更需要世界对他们的认可。如果你愿意，请来这里，来感受他们的热情开朗，感受他们的善良淳朴。如果你愿意，请来这里，他们的未来或许很需要你……

2015年8月29日 红海

新苏伊士运河首次迎来中国海军

告别了苏丹，我们沿着红海一路北上。红海的尽头，是一个叫苏伊士的城市。在1869年以前，苏伊士这座城市让红海与地中海不相往来，而在那年的11月17日以后，亚非之间的海域与欧洲的地中海终于交汇在了一起。

它们交汇的地方，叫苏伊士运河。苏伊士运河位于埃及东北部，北起地中海边的塞得港，南止红海旁的陶菲克港，全长190多千米。运河通过地中海和红海连通大西洋和印度洋，紧扼欧、亚、非三大洲交通要冲。这样的运河，在世界上是独一无二的，具有重大的经济意义和战略价值。

按照航行计划，我们今天要航经苏伊士运河，并且是新开凿的航道，今年8月6日才通航。早对世界第二大运河的苏伊士运河有所耳闻，也了解了它的重要性，但是对于刚竣工不久的新航道，我了解的还真不多。

久闻不如一见，那就好好一睹苏伊士运河的风采吧！

凌晨4点不到，我就从床上爬起。虽然无比困，但理性告诉我，不能错过这么难得的机会。于是，我挣扎着起来，挎起相机，拿着三脚架去驾驶室了。

一到驾驶室，便听到官兵们在议论："苏伊士运河管理方的引水员说好2点上舰，可快到4点了都还没出现。"

红海的日落

等吧，反正都起来了。我推开驾驶室外侧的门，来到外舷。凌晨三四点，天空在月亮的照耀下发蓝，无数颗星星散落在四周，海面波光粼粼，月亮的倒影摇曳着。已经快到苏伊士运河的南入口陶菲克港了，天水相接处，一条长长的灯光亮着，像是给海平线描了一层边。

我架好相机，就看到不远处有小艇驶来，原来这就是引水员。在迟到了近两个小时后，他终于登上了军舰，来到了驾驶室，与舰长商定航行规则。

在引水员的引导下，军舰加快速度，很快到达了陶菲克港。辽阔的水面左边，有龙门架和一些建筑，右边则有一个入口，苏伊士运河便是从这里向北延伸。千岛湖舰因为排水量大，被运河管理局安排在了编队最前。千岛湖舰向右调整航行，从入口驶入了苏伊士运河。

自从新的航段开通以来，这是中国海军首次航经苏伊士运河。就在此刻，我们竟然成了新苏伊士运河与中国海军之间相逢的见证者、参与者，我们见证了历史，写就了历史。一瞬间，有些感慨，有些激动，手中不停地按下快门，希望能多用影像来记录下这历史性的一刻。

随后，编队济南舰、益阳舰也紧随其后驶入了运河。进入运河，航道明显变窄，两边的景色也尽收眼底。苏伊士运河在埃及境内，却是亚非两大洲的分界线。运河西岸是非洲，运河东岸是亚洲，可与常人所想不同，左岸的非洲一片绿色，建筑成群，右岸的亚洲却是黄沙满地，一片荒芜。

天慢慢亮起来，东边泛着些许白色，白色上方是空中的黄沙影映出的黄色，黄色上面是一片深蓝，黄色下面是暗绿的运河，运河中间，中国的军舰正破浪前行。此时的运河，完全是一幅色彩艳丽的水彩画，描绘了一个安宁而又充满了生机的黎明。

慢慢地，太阳从山峦的那一边升起，俨然一个硕大的蛋黄，一点一点地往上蹭。太阳出来的时候，整个天空被染成红色，浓墨重彩，甚是好看。房屋、山岭、树林、水泊、电线塔，展览一般在太阳面前一个一个走过，呈现出不同的构图、不同的画面。

济南舰驶入新苏伊士运河

千岛湖舰通过坎塔拉大桥

济南舰通过坎塔拉大桥

随着太阳的升起，起床欣赏运河风景的官兵越来越多，甲板上聚集了大批战士。他们拿着手机、相机，把这美丽的时刻留下。然而，等到进入新挖凿的河道时，他们就要失望了。由南向北走的是东侧航道，所以我们的航道两侧，都是一片黄沙或者正在建造基础设施的作业场景。

新苏伊士运河工程包括新开挖35公里新河道，并对37公里原运河航道进行拓宽和加深，与新河道实现连接。新苏伊士运河的开通，使得过往船只实现南北双向直通，通过时间由原来的22小时缩至11小时左右。在以往，有时经常在入口处等待，在航经船只数量多的情况下，航行效率不高。当然，不管耗时多少，过一趟苏伊士运河并不便宜。编队3艘军舰此次途经，需向运河管理局缴纳50多万美元的费用。据说，苏伊士运河一年获利达50亿美金。

“此路是我开，要想从此过，留下买路钱。”苏伊士运河这条“咽喉要道”“黄金水道”，埃及把它作为国家财政收入的大头。不过，在坐享其成的时候，不能忘记它的历史。当年欧洲殖民者为了打通亚欧非之间的贸易渠道，组织黑奴开凿了这条运河，在随后的一段岁月里，苏伊士运河的所有权成了各方争夺的重要目标，甚至为此引发了战争。记录历史、写就历史，首先要求我们不忘却历史。

近12个小时的航行，我一直守在驾驶室，看到了“尖刀纪念碑”，领略了坎塔拉大桥一桥连两洲的风光，还看到了沿岸向我们招手致意的工人……

下午3点多，编队正式驶出运河北口塞得港，进入地中海。昨日才在红海感受美丽风景，今日便来到了地中海，跨越亚非两大洲，航向直至欧洲。

再见，苏伊士运河！前进，中国海军舰艇编队！

2015年9月1日 地中海

行埃及记

床铺下，我的一双黑色凉鞋沾满了黄沙，似乎在展示它曾经踏上了埃及的土地。我不舍得把鞋底和鞋面的黄沙擦去，生怕来去匆匆，没留下一丝痕迹。

埃及，这个拥有着7000年历史的四大文明古国之一，有着太多的传说和故事，让世人为之神往。多少人想一睹金字塔的雄伟，探寻它的神秘，多少人想沿着尼罗河畔行走漫步……这些情景，在梦里曾经出现过，可让我惊喜的是，梦想竟然如此轻易就变为了现实。

9月2日上午，3艘军舰在上百名欢迎人员的欢呼声中，缓缓靠上亚历山大港，中国海军152舰艇编队对埃及访问正式开始！和在苏丹一样，编队官兵的到来受到了当地华人华侨和留学生的热烈欢迎。在欢迎人群中，我见到了新华社中东总分社的几位同事，他们在总分社曾虎社长的带领下，从开罗驱车赶来，进行采访报道。

见到同事分外亲切，我带他们参观了济南舰，向他们介绍了海上生活的情况，还在前甲板上与他们合影留念。让我感到荣幸的是，他们在编队访问期间，为我当了十分到位的“地陪”。

都说不去金字塔就不算来过埃及，世界七大奇迹之一的金字塔，是埃及的一张古老的名片。到达埃及的第三天，我就跟随大部队前往了开罗，朝拜梦中的金字塔。开罗是埃及的首都，在尼罗河三角洲的南端。人们通常所说的大开罗，包括开罗、吉萨、盖勒尤比3座城市。我们要去的金字塔，是在开罗的郊区吉萨。

金字塔是古埃及国王法老为自己修建的陵墓。目前，在埃及境内共发现了108座金字塔。在古埃及时代，法老们为何把自己的陵墓修建成金字塔形，本身就是一个谜，莫非是有稳固永恒之意。

大巴车开了3个多小时，把我们从亚历山大港载到了吉萨。到达金字塔之后，车上上来一位当地导游，裹着白色头巾的埃及姑娘操着并不标准的中国话向我们介绍埃及和金字塔的历史。短短5分钟的时间里，我们知道了古埃及的三个时代，也了解了眼前这几座大金字塔的来龙去脉。

刚一下车，一座庞大的金字塔就映入眼帘。开阔的黄土地上，金字塔的底座四散铺开。站在跟前，抬头往上望，竟然望不到顶，只见层次叠放的石块一层一层往上垒，一直垒到了天。这便是胡夫金字塔，是埃及最大的金字塔，建于公元前2690年左右。有游客站在石块前照相留影，可拍照的人却怎么也没法儿把全貌放进相机，而被拍的人，却不及一块石头的高度。就是这样的石块，重量从2吨到20吨不等，有足足230万块。

胡夫金字塔的塔顶有一个小的铁架，与塔身相比，显得十分袖珍。不过，铁架足有10米高，它是为了替代被风化掉的10米。这座原有148米的巨石堆，在岁月的侵蚀下，足足“矮”了10米。这10米，岁月用了千百年，而当年从6万平方米的底座，到塔尖的最后一块巨石，10万工人花了20年的时间。胡夫在位29年，其中有20年是在建造自己的陵墓。用如此浩大的工程，为自己留一处葬身之地，胡夫的目的，应该就是让自己千古永恒吧。虽然岁月无情，风雨吹打，金字塔慢慢在销蚀，可胡夫的目的达到了。熙熙攘攘的人群前来朝拜瞻仰，前赴后继的专家来解当年的建造之谜，瞻仰和解谜一直在继续，法老已经永恒。

第二大的金字塔，是胡夫的儿子，哈夫拉的陵墓。它比胡夫的金字塔要晚建40年左右，规模比胡夫金字塔要小，但是它的建筑形式更加完美壮观。和胡夫金字塔外墙的参差不齐不同，哈夫拉金字塔上层部分则用灰石抹平，显得更加细腻。在哈夫拉金字塔的前面，还建有庙宇和狮身人面像。

狮身人面像高达20多米，能见到前方的狮爪雕石依然清晰。人面的半个鼻子和左脸已损坏得厉害，身子也近乎平整，如果不是靠前方的狮爪雕石，很难辨析出这是狮身。从正面望去，哈夫拉金字塔和它的附属金字塔坐落在后方，像是狮身人面像守护着它；从右前方望去，则像是狮身驮着整个金字塔。有人说人面的损毁是马姆鲁克时期，有人把它当作靶子练习射击所致；也有人说是18世纪拿破仑入侵埃及时炮击留下的痕迹。哪种说法准确，无从考证，但狮身人面像依然矗立在那里，不管风吹日晒，默默地守护着，即使被人类弄得遍体鳞伤，它也从不言说。

第三座金字塔，是胡夫的孙子门卡拉国王的陵墓。它的规模相对胡夫金字塔和哈夫拉金字塔都要小一些。

胡夫金字塔的内部，是对外开放的，买一张门票，便可沿着它幽静曲折的墓道走进神秘的墓穴，瞻仰法老最后的安身之地。不过由于时间原因，我并未进去，而且听人说，关于金字塔有太多的禁忌和讲究，在不太知晓的情况下，还是保持敬畏之心比较好。

狮身人面像

我们沿着修建的道路参观金字塔，不时回头，或眺望远方。漫天黄沙里，有人牵着骆驼，艰难地行走着；有人举着相机，不停地拍着照。热情过头的小贩不停地往你手里塞东西，喊着“免费”，却伸手向你要钱。我不禁畅想，四五千年前，在这个荒野之地，上十万人在这里日夜劳作，将一块块巨石搬来，建造成一座座为后人所敬仰的奇迹。他们的辛劳，镌刻在了金字塔的一石一缝里，烙印在了沙漠的滚石走沙里。

逛完金字塔，带着满鞋黄沙，我钻进车里，跟着中东总分社的同事们前往他们的办公楼。新华社中东总分社在开罗市区，从吉萨过去需要大约15分钟时间。15分钟，我们从东到西，从浑黄到翠绿。一过尼罗河上的大桥，就是满眼的绿色，充分体现了郊区与城区的差距。

总分社的同事们特意叮嘱食堂为我准备了小灶，端上了六菜一汤，

金字塔景区的游人

酱牛肉、红烧带鱼、宫保鸡丁、虾仁西芹……他们说，舰上伙食不好，要好好给我补补。虽然时间太紧，但我还是和摄影记者潘超越小酌了一罐啤酒，绝不能辜负这美食啊。

饭后，潘超越带我去楼顶逛了逛。这栋8层的大楼，是新华社30年前在开罗买下的，至今为止，它都是那一带数一数二高的楼。站在楼顶，开罗城的风光尽收眼底。目光所及之处，是碧清的尼罗河和城市的建筑群。尼罗河自北向南，泛着粼粼波光，浇灌着两岸的土地，养育着埃及人民。宽阔的河面中间，有一个狭长的小岛，长满了树木，郁郁葱葱。再远些，是一个弯道，河水在这里拐弯转向，却有了多停留几分的理由，水湾沿岸的高楼鳞次栉比，和对岸的椰枣树林一般。

开罗的老房子不高，并且与城市四周的沙漠和天空一样，是浑黄色的。这里的房子外表破破烂烂，而且不封顶。潘超越告诉我，不封顶就代表没有建完，这样便可以不用缴税，另外，埃及人喜欢全家人住在一起，每生一个儿子就往上加一层，所以，看一家人有几个儿子，看这家的房子有几层就可以了。四处不封顶的房子上，装满了卫星电视的接收天线，一个个大小不一的银白色天线锅倾斜着，统一朝着东南边，像一朵朵向阳花。因为这样，开罗有“卫星之城”的称号。

本来想去埃及博物馆好好参观下，看看那些陈列着的出土文物：石柱、墓室、石棺、木乃伊……不过编队给我们的时间甚是紧张，我们只在门口拍了几张照片，这为我们的埃及之旅留下了不少遗憾。

在埃及博物馆的旁边，一栋满目疮痍的大楼甚是显眼。这就是前总统穆巴拉克所在政党的办公楼，它在反政府游行示威中被极端分子付之一炬。一路上，我们看到了“软禁”穆巴拉克的医院，途经游行示威集中地的解放广场，随处可见的张牙舞爪的铁丝网和荷枪实弹的警察，让我们感受到了埃及目前紧张压抑的社会氛围。

马路上，地面还算干净，可一旦驶出主干道，垃圾就随处可见。我们的车从一栋栋破旧的房屋前驶过，窗外呈现的是脏乱的场景，甚至暴毙而亡的马就躺在路边，任凭苍蝇叮咬飞舞。从古老而神秘的金字塔，到养育了一方儿女的尼罗河，我感受到了埃及的文明之美和自然之美，可小街小巷的景象，却让我对埃及的现状感到悲哀。有人说这是古老与现代的矛盾，是文化与科技的矛盾，可我却不敢苟同。古埃及为现代埃及铺下了文明的基石，后世的人若如垒造金字塔一般，对自然、对土地、对人性怀着敬意，一块一块石头堆砌，埃及的大厦则可稳立不倒，埃及的文化更能如尼罗河般源远流长。

怀着憧憬而去，带着敬意瞻仰，却载回了几丝悲哀与痛心。开罗之行，来去匆匆，走马观花，却能让生出的情感如此深刻和清晰。我坐在大巴上，脑子里不停地闪现着金字塔的形状，城区里填满垃圾的乌黑河流，还有街边那匹四脚朝天全身肿胀的死马。

回来了，终于从让人沉重的开罗回到了亚历山大。感谢亚历山大，这座地中海东南沿岸的城市，扫除了我心中的阴霾。

亚历山大太美，美得让人沉醉，美得让人忘记回家的路。地中海对亚历山大真是眷顾，给了她充足的阳光、蓝天，还有蓝色的海洋，她的风景和气候让她成为了埃及的夏都和避暑胜地，享有着“地中海新娘”的美誉。

我和小朱打车到了亚历山大大学。这座建在海边的学府，不仅拥有无敌的海景，还拥有着世界最大的图书馆。图书馆外形像一个倾斜的罗盘，正面是高低间隔排列的光面玻璃，反射着地中海的阳光，侧面的墙壁上，则刻满了各类文字，我在其中便找到了汉字“类”。

亚历山大大学的一座红色建筑前，几十名举着写着阿拉伯文字牌子的女学生吸引了我们的注意。虽然我看不懂牌子上的阿文，但是从她们一致举牌的动作和坚毅的表情，我能判断她们正在示威发声。一旁，一个扛摄像机的人正在采访一位情绪激昂的学生，而他们俩则让人群紧紧围住了。一个穿白色长袍的小伙子看到我举起了相机，便向我追了过来，示意我把照片删除掉。见围住我的人越来越多，我和小朱只能老老实实地把相机里的照片删除。当着长袍小伙的面一张一张照片删除后，我和小朱从人群里逃离出来，加快了步伐，远离这是非之地。

我想，我们还是去领略地中海沿岸的风光吧。

亚历山大有着绵长的海岸线，高楼大厦就沿着海边拔地而起，远远望去，深蓝的海水荡漾着地中海的日光，把蓝色投射到原本白色的大楼上，让海天之际生成些许浅蓝的氤氲。我和小朱的目标，是沿着海边边走边摄，一直走到远方的那群高楼。

亚历山大的海底，大多是珊瑚礁，透过清澈的海水，可以看到海底墨绿的礁石。没有细沙的地方，人们站在防潮堤的水泥石上，踩着青苔，手持鱼竿，把小鱼从海里一条一条地提上来。钓鱼的男人们穿着拖鞋，站在石块上一动不动，任凭海水涨落，冲刷着自己的双脚；他们有的戴着帽子，有的裹着头巾，也有的索性连上衣都不穿，任凭太阳照射着自己的臂膀。

有细沙的海滩，被亚历山大的人视为宝贝。他们靠着沙滩，就地建起一座座咖啡厅，撑起一顶顶太阳伞，摆好一张张躺椅，沏好一壶滚烫的阿拉伯咖啡，或者现榨一杯果汁，加上几颗冰块，等待着客人们的到来。不过，沙滩咖啡厅的服务生不需要等待，他们一直在忙碌着。客人们络绎不绝，他们带着自己的家人，能在海边待上整整一个下午。和爱人一起牵着孩子，到清凉的海水中戏水游泳，游累了再上岸，往躺椅上一靠，呷一口咖啡，抽一口水烟，吐出芳香的烟雾，看它在太阳镜片前缓缓上升，再慢慢变淡。休息几分钟，再起身，循着孩子和爱人的呼唤，再跃入水中，尽享天伦之乐。美哉！爽哉！

这不是我在幻想，而是对眼前沙滩上二百男人中的任意一人的写实。埃及人虽属穆斯林，但大多数比较开化，妇女们可以不戴面纱，还能着黑纱下水游泳，男人们更甚，抽水烟也可公开行之。我想，他们肯定也明白，如此天造地设的沙滩和阳光不去享受，是对上天赏赐的极大浪费。

亚历山大的沙滩，大多属于私人，这些拥有者在当地定是富甲一方。还有一些沙滩游泳俱乐部可以向固定的人群开放，譬如工程师俱乐部只对工程师及其家人开放，教师俱乐部、军人俱乐部等同样如此。

亚历山大海边跳水的少年

有一些沙滩，暂时没有得到开发，配套休闲设施还没建起来，这就成了那些普通大众的娱乐好去处。一群晒得乌黑的小孩，穿着陈旧的短裤，正在岸上往海里跳。见我把镜头对准了他们，他们更来劲了，跳下去又爬上来，反反复复，还缠着我给他们看拍下的照片。他们七八个人围了过来，浑身湿漉漉的，海水不时地滴在我的相机上。看到相机里自己飞翔的样子被快门定格，一个个开心地笑了起来。

我和小朱走啊走，走啊走，走过一个又一个海滩，看到无数的孩子在水里嬉戏，碧清的海水溅起白色的水花，浪花带着大人和孩子们的欢笑涌上沙滩，留在细沙里，最终化作一双双小脚丫的印子。我们从中午走到了下午，阳光从白色变成了金黄，可远处的那群房子还依然在远处，只不过蓝色的氤氲换成了一层金黄的细纱。我们多么渴望就这样沿着海边一直追下去，看看亚历山大的海岸线到底有没有尽头。

亚历山大，这座因希腊马其顿国王亚历山大大帝而得名的城市，有着2000多年的历史，曾经作为地中海沿海政治、经济、文化和东西方贸易的中心，在古代和中世纪都名噪一时。地中海的阳光每天都是崭新的，海水一次又一次地轻抚着这位“地中海新娘”，可岁月的痕迹，依然留在了这位“新娘”的脸上。

亚历山大灯塔，与金字塔一样，是世界七大奇迹之一。据悉，灯塔建于公元前280年，塔高约135米。传说当时塔顶装有巨型反光灯，白天靠阳光反射，晚上靠火光反射，为过往船只导航。我很想见识下这座灯塔的神奇，却再无机会了。因为地震，灯塔在1435年完全塌毁，世界七大奇迹之一就此消失。抑或是，这一奇迹将永远成为奇迹，永恒于世。在塌毁45年后，埃及人用灯塔的石块在原址上修建了城堡，并以卡特巴国王的名字命名。亚历山大灯塔，以一种新的生命形式活在这个世界。这座城堡，与开罗的古城堡齐名，被称为埃及两大中世纪古城堡。在1966年，城堡被改为了埃及航海博物馆。

在亚历山大，庞贝柱也是一处著名的景点。当年罗马帝国占领埃及时，在这里建造了象征胜利与征服的庞贝柱，并修筑了宫殿。后来，战败的罗马帝国从埃及撤退时，把建造的巨型庞贝柱带回了欧洲，只留下了一根在埃及。岁月变迁，罗马帝国在埃及的辉煌与胜利，现在只剩下在深巷民居之中的一根形单影只的石柱，以及两座面目损毁的兽身人面守护神。废墟之中，埋葬的是罗马帝国的金戈铁马，积淀的是亚历山大这座城市隐忍和屈辱的历史。

结束埃及之行时，除了收获满鞋的黄沙，我的胳膊也自短袖口处留下了一道黑白分明的分界线。鞋里的黄沙，是开罗给我的礼物；晒黑的皮肤，则是地中海给予我的馈赠。黄沙终会洗去，黑色皮肤也会蜕去，而金字塔和亚历山大的沙滩，将永铭心底。

2015年9月7日 埃及亚历山大

04

第四章
行走在欧罗巴

探寻童话王国丹麦

结束对埃及的访问后，编队穿越地中海、直布罗陀海峡，这也意味着我们已经离开非洲大地，来到了欧罗巴地区。我们航经比斯开湾大风浪区，驶过英吉利、多佛尔海峡，通过北海，于9月18日上午到达了丹麦哥本哈根港。

丹麦位于欧洲大陆的西北，东靠波罗的海，与俄罗斯隔海相望；西濒北海，与挪威、瑞典隔海相望；南部则毗连德国。哥本哈根是丹麦的首都，在国土的东边，并且在地理上与丹麦其他地区被海隔开。

现实世界与童话王国

在哥本哈根市政厅广场的一侧，安徒生的雕像静静地矗立着，任来来往往的游客拍照、抚摸。一手持书本一手持钢笔，侧头45°角仰望天空的安徒生先生雕像，下半部分的双腿被摩擦得锃亮。倒可以理解，来到丹麦的游客，“见”到这位伟大的童话作家，都会情不自禁倚在他身旁享受一番近距离接触。

《国王的新衣》《海的女儿》《卖火柴的小女孩》……安徒生的童话作品，穿越两个世纪，历久弥新，不断给一代又一代的世界儿童带来欢

比斯开湾的巨浪

乐。因为安徒生，丹麦被世人称为“童话三国”。“童话王国”缔造者安徒生自己的国家，这个北半球的国度，会和童话故事里一样美好吗？带着这个疑问和憧憬，我们开始了丹麦之旅。

微雨后的哥本哈根长堤公园，乌云散去，一片明亮与清新。港口内的海面一片平静，枯萎的水草漂荡在水面，天空中不时飞过一群洁白的天鹅。长堤入口处的一块巨大鹅卵石上，铜铸美人鱼裸着胴体，摇曳着鱼尾，婀娜着身姿。这座雕像，是丹麦雕刻家爱德华·艾瑞克森在1913年根据《海的女儿》雕刻的，它现在已经成为了丹麦的象征。丹麦海军还送给了我们编队每名官兵一个小的美人鱼雕像模型。最开始，小美人鱼雕像是在岸边，后来因为一些游客对其进行损坏，丹麦人便将她往海里挪了挪。不过，我去的时候美人鱼雕像前拍照留影的人络绎不绝，大家踩着岸边的石头也要跨到雕像旁，好像不留下一张与美人鱼的合影就是没来过丹麦一样。

安徒生雕像

到达丹麦的当天晚上，新华社丹麦分社的首席记者石寿河带着我和小朱两人，开车来到了位于哥本哈根闹市中心的蒂沃利乐园（Tivoli Garden）。蒂沃利乐园是丹麦著名的游乐园，并且有着悠久的历史，建于国王克里斯蒂八世时期，1843年开始接待游客。在来丹麦之前，我们了解到蒂沃利乐园是在每年的4月22日至9月19日开放，我们在闭园的前一天晚上赶了过来，真是幸运。

18日这天是周五，到了晚上八点多，售票处和门口排队的人依然很多。在简单的检票程序之后，我们进入到了传说中的蒂沃利乐园。游乐园里人真多啊，在闪烁的各色彩灯照耀下，人群密密麻麻，男孩女孩的欢笑声、小孩子们的尖叫声伴着音乐声从四面八方涌来，让人瞬间进入到一个热闹的世界。环顾四周，有的小孩被父母牵着，大一点的孩子就兴奋地跟伙伴们跑着闹着，还有穿着时尚的一群群俊男靓女，手握啤酒，嘴叼香烟。

进门不远处的草坪上，聚集了几百人。一场芭蕾舞剧正在上演。舞台的背景是一幅欧洲园林的风光画，几名演员在聚光灯下正倾情上演着一幕戏码。咧着大红嘴巴的小丑摇动着雕像底座旁的把手，雕像则机械地舞动着，头戴白色卷发的伯爵与美丽的芭蕾舞演员正在谈论着什么。音乐响起，女演员踮着脚尖在舞台上轻盈转动，翩翩起舞，引得场下观众聚精会神。这样的芭蕾舞剧大概一小时上演一场，场下有几百个座位，但几乎场场爆满，来得晚的观众便要站着观看了。有意思的是，舞台的正上方挂着一块牌匾，用苍劲的楷体书写着“与民偕乐”。

在乐园里，有着上十家咖啡屋，人们在晕红的灯光下，围着小桌，品着咖啡，畅快地聊着天。湖面上，倒映着一间间咖啡屋和一群群喝咖啡的人；湖心，半个月亮随着微风轻轻地摇曳着。

到了蒂沃利乐园，不仅要看它的风景，一定还要好好地体验一下里面的游乐项目。石寿河带着我们，取了一个手环，撕开手环的胶贴，套在手上，便能在当天不限次数不限项目地玩。我和小朱像个孩子似的，把大转盘、过山车、跳楼机、旋转飞机等项目玩了个遍。蒂沃利的过山车，加入了许多的中国元素，场内挂着大红灯笼和中国字画，连车道外形都是龙的形状。

在排队的时候，看着并不复杂的器械在空中运动，听着玩耍的人们一个个大呼小叫，心中还有些疑虑——真的有那么刺激吗？等到自己上去的时候，真正体验了完全失重超重、大幅度摆动和旋转，才知道什么叫刺激，特别是在旋转飞机到达顶空倒立时，蒂沃利乐园的湖和密密麻麻蚂蚁大小的人群就在我的下方，心都提到了嗓子眼儿，那一刻我的尖叫和嘶吼估计吓到了邻座的其他游客。

我们周五晚上去，算是赶上了好时候。晚上10点，一周一场的演唱会正式拉开帷幕。我不知道表演的乐队叫什么，也听不清他们的歌声，因为被几千人挤在离舞台百米开外的我，完全就看不到舞台，听到的也只能是观众的欢呼与尖叫。音响里传出的重低音倒是十分清晰，几千人随着它的节奏摇摆着身躯，火辣的丹麦美女扭动着腰肢，摇滚的韵律点燃了每一个人，整个现场一片火爆。

实在是挤不进去了，也看不到演唱会，我们只好往外走。走到湖边时，恰好遇上了喷泉烟幕表演。七彩的灯光从一边射出，在喷出的烟雾里形成几支光束和一片柔软的光幕。阿拉伯风情的音乐响起，灯光换色，光束转动，光幕飘荡，喷泉忽高忽低，偶尔还喷出几把火。灯与烟、光与水，此刻就像一个个小精灵，在音乐的伴奏下欢乐地起舞，娴熟地配合，为大家奉献了一道视觉与听觉的盛宴。

欢乐的时间总是短暂，不知不觉已近12点。我们没来得及玩所有的项目，也没有把乐园的每个角落逛到，更没有坐下来喝一杯咖啡，看着远处的孩子们在小房子里小帆船上爬来爬去……不远处的钟楼敲响了钟声，但蒂沃利乐园里的欢声笑语和狂欢的韵律依然分贝不减。

哥本哈根与自行车

初次走在哥本哈根的大街上，好几次被身后的铃声惊吓到。因为出于习惯，总会在不知不觉中走到了自行车道。在哥本哈根这座“自行车之城”，自行车和机动车一样，是公共交通的重要形式。他们为自行车划定了专门的车道，设立了专门的红绿灯和转车道。这也就意味着，行人不能在自行车道上行走。

哥本哈根城市不大，并且地势平坦，所以自行车骑行非常方便。哥本哈根的人们对自行车是情有独钟，一项数据显示，市中心70%的居民都不买汽车，而是选择自行车。在马路上，可以看到各式自行车：有载人座位在前面的，有拖挂一个小孩座位的，也有在前面搭载一个儿童车棚的三轮车……红灯停绿灯行，街上的自行车秩序井然，来往穿梭，反倒是街上的汽车不多见。

之所以选择自行车作为主要交通工具，除了哥本哈根人本身的环保意识外，昂贵的打的费用也是一个重要原因。在哥本哈根，的士都是奔驰或宝马，起步价是三四十克朗，计费是一两秒钟就加一克朗。几分钟的士打

哥本哈根街头的同心锁

下来，就已经是上百块了。

自行车既经济实惠，又环保无污染，哥本哈根人自然大力推行。他们上下班骑单车，购物逛街骑单车，接送孩子骑单车……几乎能不用汽车的时候，他们绝不开车或打的。甚至在城内的火车上，还专门有承载自行车的地方。在马路上，一个个哥本哈根人猛踩脚踏板，时而停个车，时而举起一只手打着手势。往一侧平举着，则代表要拐弯；往上高举着，说明他要停车。如果听到后面响起了一声清脆的铃声，则是有人需要超车。我在骑行的时候，把左侧车道让出去给他人超车，还收到了人家的微笑和一声感谢。

因为大家都骑自行车，所以哥本哈根的自行车租车行业比较发达。在市区内，凭市民卡可以免费租用带导航功能的自行车，外来游客要租车也比较实惠。一辆普通的自行车，租用6个小时以内是50克朗，好一点的车也只需要110克朗。

我在一家租车行里选择了最便宜的一款车，花了50克朗逛了一下午。不过，从小就会骑自行车的我却不太习惯哥本哈根的车。在国内，踏板可以停止不转或者往后空转，丹麦的自行车则不行，若是停下不踩，则会马上减速，往后倒踩的话就是停车了。更有意思的是，丹麦的自行车只有左边一个前刹车。

来哥本哈根的游客，一定要骑上一次单车，逛遍全城。午后，阳光甚好，微风出来，北欧风格的建筑在马路两旁掠过，泛着微波的海面上，倒映着朵朵白云，你大可以慢悠悠地踩着单车，尽情地享受这一切美景，若是被吸引住了，把车一停，拿出相机拍几张照，那也未尝不可。如此轻松惬意的旅游方式，值得一试！

高税收与高福利

之所以称丹麦是世界上最幸福的国家，是因为它的高福利制度。在丹麦，无论公民的收入水平如何，都可以享受国家提供的免费医疗服务。丹麦、瑞典、挪威等北欧国家，给予公民的福利保障号称是从出生到坟墓。在每个阶段，国家都会提供高额的补助。幼年时，国家给你买奶粉买尿布；上学时，国家为你免学费；毕业后，国家为你发补助帮助找工作；失业时，国家还会给你每月一万多克朗的低保……通俗一点地说，在丹麦，就算是每天躺着睡大觉，都可以不用愁吃喝，因为有政府。这也许是丹麦人能过得如此轻松无压力，生活如此浪漫自由的一个主要原因吧。

当然，福利不会无缘无故地来。丹麦的经济是具有高度社会主义色彩的，公民的个人收入超过50%被当作税收上缴国家，这也正是高福利的基础和来源。丹麦的物价十分高，也正是因为其中包含着15%至30%的税。当然了，非丹麦公民，在购买商品后，可以持消费清单和退税单到相关的退税机构去办理退税。我买了300多克朗的明信片，可以退税70多克朗，但因为我们出访的官兵没有签证，丹麦方面不为我们提供退税服务。

高税收和高消费，必须要以丹麦良好发展的经济为前提。丹麦这个从亦商亦盗的海盗时期走来的民族，如今已经进入了发达资本主义社会。它的工业十分发达，在机械制造、风力发电、造船、医药、化工等许多领域具有世界领先的生产技术和经验。丹麦的工业产品60%以上供出口，很多产品享誉世界。同时，丹麦的农业、渔业和服务业、旅游业也十分发达，哥本哈根作为北欧的交通通衢，在水运、铁路、公路和空运等方面，都具有明显的发展优势。

如此看来，上天真是垂青丹麦人，给予了他们如此丰厚的资源。丹麦人也没有辜负上天的恩赐，将资源转化成了财富，让全民族过上了富裕幸福的生活。

丹麦皇室与城堡

丹麦王国，是世界上最古老的君主国。它的历史，就相当于一部丹麦王族史。丹麦王室的血脉，已继承了上千年，成为了丹麦历史的一条重要纽带、一个重要传统。这千年以来，不少王室叱咤风云，建立了丰功伟绩，留下了不朽名号。1849年以来，丹麦实行君主立宪制，丹麦王室放弃了国家统治权，但作为丹麦王国的代表，王族一直受到人们的尊敬与支持。

漫长的王族历史，使得丹麦这个国土面积并不大的国家，皇宫城堡林立。一座城堡，便是一段王族历史的见证。在阿美琳堡，威武的皇家护卫在广场上来回巡视，守护着旧时的皇宫，皇宫顶上的王旗，迎风招展，高

街头休闲的丹麦人

耸的石柱似乎在宣示它的威严，而建筑顶层的雕塑则屹立不动，俯瞰广场来往的人群。

石寿河记者带着我和小朱，驱车半个多小时，来到了哥本哈根郊外的菲德列古堡。这座别名为水晶宫的古堡，被称为北欧的“凡尔赛宫”。早在中世纪，这里就有一座贵族府邸，当时的丹麦国王弗雷德里克二世，为了讨好皇后苏菲，用一座森林寺院和这个贵族交换了这个水晶宫。他的儿子克里斯蒂安四世在位时，将古堡改造完成。1859年它还经历了一场大火。后来，这个皇宫被嘉士伯集体收购，改造成了一个国家历史博物馆。

水晶宫四周环水，正门外围一道红色砖墙构建起了一道屏障，远望去，就像水中一座红色的小岛。刚一进门，就有一条悠长的道路延伸到城堡的入口，顺着道路望去，一抬头，几座绿色金顶的圆塔直插天空。沿着道路进去，近看一块块红砖垒成的墙壁，看着砖缝里似乎斑驳却依然顽强的石灰，似乎能察觉到隐藏在其中的几百年历史。

在城堡里面，有一座国家历史博物馆，它有90多个厅，收藏着丹麦最重要的人物肖像和历史油画，并按照年代排序。各个展厅，基本是克里斯蒂安四世时期的情景重现，展示着当年的装饰、家具和各类生活物品，一物一景，尽显格调。金碧辉煌的大礼拜堂，可以容下两三百人，而精致的吊顶、绚丽的水晶挂灯和洁白的象牙雕刻，完美地诠释了王室的富贵与华丽。

在城堡的四层一个厅一个厅地参观完，足足用了两个小时。转到水晶宫的后面，更是一片壮观景象。与城堡隔水相望的后花园，用花草修建成了一个占地近十亩的巨型图案，图案中间，一条清澈的小河在流淌着，四处绽放着美丽的花卉，让人感觉仿佛置身童话世界。

在回市区的路上，我看着高速路两边辽阔的绿色草坪和茂密的树林，顿感心旷神怡，恬静清新。在市区的广场上，人们躺在草地上悠闲地晒着太阳，小孩们在追跑玩闹，几个小伙子在玩着滑板，金发碧眼的美女坐在新港蔚蓝的海水边，盘着腿，抽着烟。

蓝天白云下，一条条游船从港内驶出，带着一批又一批游客去领略丹麦的小美人鱼、吉菲昂喷泉、城堡教堂……

阵阵微风里，一条条游船从海水入港，下来一批又一批满载而归的游客，他们相机里装满了美景，眼睛里装满了喜悦，心灵里装满了轻松与惬意。

这，便是丹麦哥本哈根。

2015年9月22日 丹麦哥本哈根

芬兰，低调而奋进

告别了浪漫的童话王国，我们来到了圣诞老人的故乡——芬兰。

怀着满心憧憬，25日上午，编队缓缓靠上了赫尔辛基的港口。码头上，三四百名欢迎人群拉着横幅，摇着红旗，在冷风中等待了近两个小时。北欧的9月已经是接近深秋了，我们站在军舰上，冷风刮过脸上，顿感冻得生疼。赫尔辛基的天被一团团厚厚的白云遮住了，太阳光射不过来，所以会感到冷。

天公作美，也许是为了欢迎中国海军舰艇编队的到来，赫尔辛基上空的云团也识趣地散去，让阳光普照大地，温暖着每个人的脸庞，也把蓝色还给了天空。阳光洒向看不到一片垃圾的码头，海水也变得更有光泽。

芬兰之旅创纪录

芬兰人民对中国海军的首次来访充满了欢迎和热情。28日是编队的舰艇开放日，当地民众和华人华侨早早便来到了码头，排起了长龙，等待着参观中国海军的舰艇。中午11点多，我随编队足球队的战友出发去与芬兰海军踢足球友谊赛，仍然看到码头上的人群熙熙攘攘。据编队统计，当日有超过3000人参观了3艘军舰，这是近年来世界各国海军到访他国举办

芬兰民众参观中国军舰

舰艇开放日一天内参观人数最多的一次。不知不觉间，编队与芬兰民众竟一起创造了一项纪录。

说起纪录，就不得不提起与芬兰海军的足球友谊赛了。环球访问以来，芬兰海军足球代表队是编队足球队的第四个对手。在此之前，除去无法计算结果的队员混合友谊赛，其余的比赛我们均是告负。这情有可原，一是我们选拔队员的基数不在一个数量级，二是我们长期在海上，训练无法得到保证。每次比赛，我们都是抱着交流第一、比赛第二的心态去踢，不过分在意胜负，也在意不起胜负。可让我们万万没想到的是，与芬兰海军足球代表队的比赛中，我们依靠一个角球打进了全场唯一一个进球，取得了比赛的胜利。这对我们来说，真是意外之喜，为了保住这场胜利，在场的队员都拼尽了全力，几次铲球害得我右臂都擦破了好几层皮。

亚历山大二世的雕像与白教堂

乌斯本斯基教堂

赫尔辛基的教堂

来到赫尔辛基，当地人肯定会推荐你去看看他们有名的几个教堂。不知道是不是凑巧，他们推荐的赫尔辛基红教堂、白教堂和岩石教堂，都在进行装修改造。

26日清晨，我们慕名来到了位于赫尔辛基参议广场的大教堂。因为这座教堂是全白色的，所以也被称为白教堂。白教堂建于1852年，是由德国建筑师恩格尔设计。赫尔辛基地势平坦，基本与海平面平齐，但白教堂却高出海平面80多米，在市内算是海拔非常高的建筑了。不管你在赫尔辛基的哪个地方，只要一抬头，便能看到这座白色教堂绿色的青铜圆顶钟楼。这座乳白色的路德派大教堂，被数根希腊廊柱支起，器宇轩昂，散发着威武而壮丽的气息。作为赫尔辛基的地标性建筑，白教堂非常受举办婚礼的人群欢迎，常常预约场地需要提前一年。

顺着白教堂的台阶迈步而下，便来到了一座雕像前。被绿植与鲜花环绕着的雕像，腰别佩剑，右手微微伸出往外摊开，似乎是在作礼让之意。1894年就矗立在此处的沙皇亚历山大二世，也一直矗立在芬兰人民的心中。虽然被沙皇统治过，但芬兰人民仍然感激亚历山大二世给予他们的高度自治，让他们能自由地发展和崛起。

站在白教堂的门口，往西看去，一座红色绿顶的教堂格外醒目，那便是赫尔辛基的乌斯本斯基教堂。芬兰人在一个与市中心相隔几十米的小岛上建立了斯堪的纳维亚半岛上最大的东正教教堂。红砖色的墙体、绿色的盖顶、金色的塔尖，在赫尔辛基的阳光照耀下格外璀璨夺目，走近细细一看，亦会为它那花岗石整体雕刻而成的石柱所惊叹。登上红教堂的塔顶，能一览四周波罗的海的全景。碧绿海水上，一艘艘帆船安静地停靠在码头，桅杆高高竖立，等待着披挂风帆，再次出海冲浪。清晨的海滨大道上，还是一片湿漉漉，车辆也是三三两两，甚是宁静。清晨，与赫尔辛基这座城一起沉睡的，还有红教堂内的曼纳海姆元帅。这位芬兰英雄，曾率

赫尔辛基街景

队力抗苏联的侵略，战死沙场。

赫尔辛基的岩石教堂也是大有名气，可当我们走到它的门口时，却丝毫看不出它的独特之处。从一栋栋居民住宅区穿过，停留在几块小山包似的岩石之前，你能见到一个昏暗深邃的入口，这便是岩石教堂了。从外围看，岩石教堂没有红、白教堂的宏伟壮丽，也没有高亮色调的耀眼，有的只是朴素与低调。从入口进去，这才算是体会了岩石教堂的别有洞天。这座建在深挖的岩石内部的教堂，采光主要靠圆顶的上百块透明玻璃。圆顶由100多条放射状的红铜梁柱支撑，犹如宇宙飞碟的顶盖一般。岩石内部的教堂清凉而静谧，一排排的空位虚席以待，一盏盏烛灯闪烁着光芒。或几分钟，或一下午，你只需要在此坐下，望着左侧墙壁上的管风琴，便能轻易陷入宁静与沉思。

赫尔辛基的教堂很多，很多的教派还不一致。赫尔辛基最宏伟的建筑应该是各类教堂了吧。在一大片新古典主义风格的建筑群中，教堂总是最高的、装饰最华丽的。在他们的心中，教堂是他们最接近神的地方，也是他们尽情表达宗教信仰的最高殿堂。

从芬兰堡看芬兰历史

有人说，赫尔辛基众多不同宗教的教堂背后，是芬兰人曲折的历史。一个宗教一个时期，一个教堂一段历史。如果说这个解读还稍显牵强，那么你一定要去芬兰堡。

9月28日，在芬兰海军的组织下，我们乘坐快艇来到了距离赫尔辛基只有几海里的一个岛上。登上海岛的时候，秋风用劲地吹，吹冷了我们的脸庞，吹落了芬兰堡片片枫叶。回头望，赫尔辛基仅咫尺之遥，甚至连大教堂、红教堂都看得清清楚楚。

现如今的芬兰堡上遍布着咖啡厅和商店。如果不是海防线防御工事的沟壕和两门陈锈的火炮提醒，恐怕人们早就会忘记这里曾经弥漫的硝烟，而彻彻底底把这当作了一个休闲度假的小岛。

秋风呼啸，海面泛起涟漪。这座扼守赫尔辛基海上大门的要塞，在阳光的照射下显得宁静而又散发着生机。青灰色城墙、大门紧闭的兵营、绵长的古斯塔夫之剑、宏伟的国王大门、庄严的教堂兼灯塔、肃穆的奥古斯丁纪念碑……这里的一草一木，似乎都在提醒，在过去的两百多年时间里芬兰堡几易其主的历史和一次次腥风血雨的抗争。

1748年，芬兰堡作为瑞典王国的一部分，开工建设，随后被命名为瑞典堡，在1788年的瑞俄战争中充当瑞典海军军事基地。1808年，芬兰战争中，要塞向俄罗斯投降，在110年里一直作为俄罗斯的海军基地和自治属地。1855年，要塞在克里米亚战争中被英法舰队的炮火损毁严重。1918年，芬兰堡正式被芬兰政府接管，其中还设立了一座战俘营。1939年，第二次世界大战爆发，芬兰堡被用作岸基炮兵、防空部队和潜艇部队的基地。1973年，芬兰军方撤出芬兰堡，从此岛上再无驻军。

现如今，芬兰堡作为当年欧洲军事建筑的一个独特典范，也是芬兰几百年来历史的一个缩影，被联合国教科文组织列为世界文化遗产。

踏上芬兰堡，从大门进入，左侧是瑞典时期留下的古典主义建筑，而

芬兰堡全景图

右侧则大部分是俄罗斯时期所建造的现当代风格建筑。左右两边，截然不同的风格，代表着过去与过去的过去，也在诉说着两段历史。

宁静芬兰蕴含力量

有战友说，为何赫尔辛基的建筑风格如此不统一，有的哥特式建筑古朴壮丽，有的房子却普普通通毫不起眼。我不禁想起了丹麦，丹麦是有着上千年王室历史的国家，他们的建筑一直沿袭着皇宫式风格，华丽堂皇，精致讲究，风格极其统一。而芬兰这个没有王室的国家，先后被瑞典统治了400多年，后又被沙皇统治了100来年。各种文化相涌在一起，交相碰撞，来回磨合，最终留下了两者皆有之的新型文化。我想，建筑风格正是新古典主义很好的体现。

被称为"波罗的海的女儿"的赫尔辛基，最热闹的是曼纳海姆大街，这是条非常有名的商业街，人潮涌动，各家高档商品汇聚于此。可一翻过这条街道，来到隔壁的路上，就能看到有轨电车的轨道和天空中连接的电网。"哐当哐当"，电车声音响起，提醒着路人赶紧避让。电车一过，等待的人群又涌动起来，汇成了一个热闹的广场。有轨电车，作为赫尔辛基公共交通的一种主要手段，让整座城市变小了，人与人变近了。

芬兰的大街上，行人并不多，大家行色匆匆，似乎缺少丹麦人的悠闲和惬意。26日晚，在观看完在芬留学生的国庆晚会后，已是晚上9点多。从演出厅出来，我们坐在车上环顾两旁的街道，令人惊讶的是赫尔辛基的城区中心街道竟然如此之安静，店铺和咖啡厅大都暗着灯，没有舞曲的喧嚣，没有酒醉的疯狂，甚至连一盏暧昧昏黄的灯光都没处寻找。这是传说中的开放的北欧吗？街上寒风瑟瑟，些许落叶随风飘荡着，行人们也不见了踪影，偶尔出现的几个人也是把头缩进了衣领里，耷拉着脑袋急匆匆赶路。我忽然想起了北京的冬天，一到晚上便是这番似乎有些萧条的景象。

出码头不远处的一个商场前，立着一座红色的雕像，一个面部滑稽丑陋的人，双手把着生殖器，正在撒尿。听当地人讲，政府是为了提醒那些深夜醉酒而失态的人，切勿再上演如雕像般的丑剧了。如此说来，在以前芬兰还是有不少人在夜半戏酒笙歌，但现如今他们的娱乐生活是何种状态，我无从得知。

但是，我们不妨做如下思考。经历了被他国侵略和统治的数百年历史，芬兰人奋力抗争，终于取得独立和自由。面对一个新的国家，芬兰人依靠着勤奋与智慧，大力发展经济，发展水平迅速超越美国、德国、日本、法国、英国等老牌发达国家，人均收入远高于欧盟平均水平，与曾统治了它几百年的瑞典旗鼓相当。一路走来，芬兰人并不轻松，他们在2008年金融危机后，经济陷入了困境，近年通信巨头诺基亚集团的衰落，正是芬兰经济低迷的一个典型代表。面对历史与现状，芬兰人过得并不轻松。

不管如何，芬兰还是有自己的欢乐，这里是圣诞老人的故乡，可以看到绚丽的极光，这里资源丰富，风光旖旎，人们淳朴热情，勤劳努力。低调奋进的芬兰人，在历史的长河中正从屈辱走向辉煌。

2015年9月29日 芬兰赫尔辛基

古老而年轻的斯德哥尔摩

在北欧斯堪的纳维亚半岛东部，有着北欧最大的国家——瑞典。作为编队此次北欧之行的第三站，大家对瑞典充满了期待。在结束了对芬兰赫尔辛基的访问之后，编队直接西跨波的尼亚湾，仅用一天时间就到达了瑞典的首都斯德哥尔摩。

9月30日上午，编队抵达瑞典领海。舰艇稳稳前行，从辽阔海面驶入了狭长的水域，两岸的山林不断地往后退去，似乎是在提示大家，瑞典的土地就在我们身边。上午八九点，太阳刚刚爬上山头，向大地洒出温柔而又明亮的光线，照亮了大地和海面，为天空涂上了一层淡淡的清新蓝色。

环视两岸的陆地，是一片苍翠的绿色。尽管现在已经进入瑞典的秋季，但瑞典的沿岸森林仍是郁郁葱葱，一派生机。听说瑞典的森林覆盖率超过了50%，现今算是窥一处而见全国了。海面上，倒映着岸上一株株十多米高的树木和蓝色的天空。舰艇驶过，在如平镜般的海面上激起了一圈圈涟漪。

“看，前面有房子！”我们顺着前方望去，几栋红色屋顶的别墅小屋在绿色丛林中格外显眼。在阳光的照射下，别墅的屋顶和硕大的玻璃窗户反射着光芒，似乎是森林中的一座灯塔。别墅院前屋后都是树，还种着一些花卉和盆栽，靠近海的阳台上，摆放着几张摇椅，不远的空地上，矗立

斯德哥尔摩就在眼前

着一面迎风招展的黄色十字旗帜，这便是瑞典的国旗了。

舰艇越往里走，出现的房屋越来越多，除了红色小别墅，还有一栋栋三四层高的白色公寓。在一片靠岸的水湾里，停泊着几十艘白色帆船。我们的舰艇安静地从居民区旁边的海域经过的时候，瑞典人民的睡梦应该和这美丽的早晨一般宁静，从进入这片狭长水域以来，我们几乎没有见到一个当地人。

舰艇继续往里面走，到达了斯德哥尔摩港。这次靠泊和以往不同，先停靠的是益阳舰，而济南舰则是随后与益阳舰靠帮，不直接停靠码头。刚从芬兰加满了油和水的千岛湖舰因为吃水比较深，停靠码头有搁浅的风险，所以只能在码头的水域中间抛锚，而官兵上下岸，则是靠一艘随时待命的小游船来回运送。

我站在舰艇上，往右侧望去，整片的欧式建筑群映入眼帘，几座高耸的塔尖则显得格外突出。蓝色天空中，飘着大朵大朵的云，阳光从云的缝隙中洒向这片建筑群，使得一些地方分外明亮，屋顶放着光，一些地方又是一片阴影，看不清轮廓。明亮与昏暗，使得这片密密麻麻的建筑群在宁静之余，更添了一丝神秘的魅力。

后来我才得知，我们所看到的这片区域，便是斯德哥尔摩的老城区，一座承载了上千年历史的老城。在靠港的三天外出时间里，我花了整整两天在探寻这片古老城区魅力的路上。

清晨，我和同事们迎着朝霞，走在港口的岸边。太阳光又一次投射在整片老城上空。我端起相机，把通向老城的桥、映着老城的海、笼罩老城的天全部框进镜头，按下快门，定格这片跨越七百多年的城市在2015年10月1日清晨的样子。

站在港口一侧的高处，远望沐浴在朝阳中的老城区，就像欣赏一位在安详睡梦中的垂暮老人。阳光把每一处皱纹都照得清晰深刻，而这些皱纹中，都深藏着过去与故事。阳光里，市政厅的高塔上的金顶尤其耀眼，金顶最顶端是三座王冠，象征着权威与主宰。市政厅是斯德哥尔摩的标志性建筑之一。每年一度的诺贝尔晚宴便是在这里举行。在老城里，市政厅是最宏伟的，也是最具瑞典浪漫风格的建筑，这里不仅有政客们活跃亮相，也有着许多独一无二的艺术珍藏。来斯德哥尔摩，一定要在市政厅感受它的宏伟与浪漫。

从港口步行十分钟，跨过那座连接老城所在小岛与港口的桥，就到达了老城区。踩着错落有致的石块，徜徉在一栋栋建筑之间的小巷，如同掉入了古建筑的森林，瞬间失去了方向。第一天我去得太早，大街小巷旁的店铺统统未开门，四周一片静悄悄，连阳光都射不进来，只有在街道的尽头能看见刺眼的一束光，以及迎着光披散着金发牵着小狗在散步的瑞典女人。

老城区十分拥挤，窄一点的街道只能容下一两个人，最宽的街道也只有一辆小轿车的宽度。这个逼仄狭窄的老城里，却坐落着一处处大有名气的建筑。要把老城逛遍，走马观花也得花上一整天的时间，如果要细细品

斯德哥尔摩市政厅

味这上千年的历史沉淀，那就是一个未知数了。

老城区里坐落着骑士大教堂、天主大教堂、皇家剧院、皇家花园、皇宫、市政大厅等建筑，而要说博物馆，则更是数不胜数了——诺贝尔博物馆、皇宫博物馆、瓦萨沉船博物馆、北欧博物馆、国家历史博物馆、当代美术博物馆……

在皇宫对面的铁桥中央，两边各有一个金灿灿的王冠。行人从铁桥上来回穿梭，到桥中央处都会驻足观看，然后再抬头远看雄伟的皇宫。位于斯德哥尔摩中心的这座瑞典皇宫，是欧洲最大且至今仍活跃于世的皇宫。它既是瑞典国王的居住之地，也是代表王室的官方接待游客处之一。它既能居住、办公，还能作文化展示之用，全年对游客开放，这是欧洲其他皇室家族居所所不具备的。

皇宫前后门均有卫兵站岗，但遇到游客拍照合影，只要不进入他们的岗位范围之内，他们都能愉快地接受。皇家卫兵守卫的，是一座7层高的巴洛克风格宫殿。它是由小尼可德门斯·特森模仿罗马宫廷建筑建造的，据说宫殿里的厅房有足足6000间。

我们花了150瑞典克朗进入了皇宫的内部，去一览它的辉煌与富丽。皇宫的各个厅室摆放着皇室成员们生活的家居用具，内部装潢仍保留着当年的原貌与风格。一路欣赏过去，从中可瞥见18世纪以来瑞典历代皇室留下的痕迹：古斯塔夫三世的主卧室、奥斯卡二世的书房以及当今国王卡尔·古斯塔夫十六世的庆典大厅。

除了主厅外，还可以下到地下一层，也就是皇宫的藏宝室。那里珍藏着历代的王冠、权杖和其他奇珍异宝。一件件光芒耀眼的宝物，一顶顶华丽高贵的王冠，都在诉说着皇室的辉煌历史与至高权势。藏宝室里还放着盛放宝物的箱子，由金属包裹的箱子看似普通，可内层却布满了复杂的机关。

中午时分，皇家守卫队在皇宫的门前举行隆重的换岗仪式。在响亮的军鼓声中，挺拔威武的卫兵在长官的口令声中，迈着整齐的步伐，在一旁数百名的游客注视下，交换着岗位。对于他们来说，守卫皇宫，守护皇族，便是守卫瑞典上千年的历史，荣耀之至。

游人驻足观看皇冠

告别了皇宫，我们来到了坐落在老城正中央的诺贝尔博物馆。与处处彰显着权力和威严的皇宫不同，诺贝尔博物馆则充满着现代文明与智慧的魅力。

对于瑞典人诺贝尔，大家肯定不会陌生。这位发明硝化甘油炸药的著名化学家，将他的部分遗产作为基金，用其利息分设了物理、化学、文学、经济和和平5种奖金，这便是世界瞩目的诺贝尔奖。

斯德哥尔摩老城街道

走进占地并不大的诺贝尔博物馆，一种现代科技感扑面而来。在博物馆的中间，摆放着一排电子触摸屏，上面可以查询不同年份不同奖项的得主；博物馆内部，还设置了音视频厅、实景厅等，可以让你领略到100多位诺贝尔奖得主在各自领域做出的杰出贡献。值得一提的是，在博物馆的穹顶，所有诺奖得主的卡片一一通过轨道滑动，展示在游客眼前。

在博物馆内，还有一座诺贝尔餐厅，那里的餐具是诺贝尔晚宴时使用的，十分具有纪念意义。在博物馆的门口，有一座雕像，四面皆有口喷泉水的狮子。据说，喝了这里的水，或用水洗手，能让人变得更聪明。于是，你可以看到，在雕像四周，不停地有游客伸着脖子张开嘴去接狮子口中喷出的水。

老城的建筑实在太多，但还好它建造得比较紧凑，我们用一天时间就把老城逛

了一遍。第二天，我们换了一个方向，去了斯堪森岛。和老城不一样，斯堪森岛完全是一派欧洲海滨城市的感觉。

走在斯堪森的街道上，明显感觉这里比老城更宽敞、更休闲。电车不时地从路中间驶过，一家家咖啡厅也陆续地从树林里冒出。一座咖啡厅就是一座小房子，顾客区就是一片小花园，三三两两的人靠在椅子上，端着咖啡，吃着糕点，有一搭没一搭地聊着天。咖啡的香气混着青草的香味和肉桂面包的独特味道，随着微风飘散开来，让人心旷神怡。在靠近海一侧，有一片片草坪，人们可以在草坪上嬉戏玩耍，也可以沿着草坪中间的路散步，望着海中漂荡着的一艘艘帆船。斯堪森岛上有一座斯堪森博物馆。这座世界上最古老的露天博物馆中有餐厅、动物园和许多瑞典手工艺品，可以让你穿梭时光，领略到瑞典王国19世纪的风情。

斯堪森岛上，也有着体现瑞典历史的博物馆，那便是瓦萨沉船博物馆。瓦萨号是现存唯一一艘17世纪的船只。瓦萨号是独一无二的艺术宝库，它保留了数百尊装饰用的雕像，95%以上的部件完好如初，为全世界游客所向往。瓦萨沉船博物馆从外看去，就像是一艘扬帆起航的战舰，桅杆矗立，船身巨大。博物馆内除了展示瓦萨号战舰外，还包含9个相关主题的展览，关于瓦萨号的电影被翻译成16种语言。在斯堪的纳维亚半岛，瓦萨博物馆是吸引游客最多的博物馆。即便仅仅是为瓦萨号到斯德哥尔摩旅游，也绝对值得。

三四天时间里，我把老城区逛了两遍，把斯堪森岛走了一圈。两种完全不同风格，体现了斯德哥尔摩这座城市既古老又年轻的气质。离开那天，我们沿着狭长的水路朝大海驶去。我这才知道，这条水路，属于梅拉伦湖畔；刚进入斯德哥尔摩时震撼到我的那片风景，属于斯堪森岛；远处越来越小的那片老城，藏着这么多的荣耀与故事……

2015年10月4日 斯德哥尔摩

历史沉淀中的波兰

离开了瑞典，意味着我们结束了环球访问的北欧之行。经过四天的航行，我们抵达了波兰的港口城市格丁尼亚。格丁尼亚是波兰20世纪20年代新建的港口城市，与格但斯克、索波特两市形成庞大的港口城市联合体——三联城。格丁尼亚从1922年的一个小渔村已经发展成为现在的一个深海捕鱼和造船中心，被称为波兰“通往世界的窗口”。

可当我们的舰艇抵达码头的时候，现实却打破了我们对格丁尼亚的幻想。我们所停靠的是一个煤码头，整个黑色码头上除了几栋老旧房子外，空无一物；往码头外走去，报废汽车、自行车等废铁堆成的小山包散布在一块块空地上。相比起处处是风景的斯德哥尔摩，格丁尼亚的这个码头太逊色了。

“热烈欢迎中国海军”

码头的风景虽不美丽，可码头上的人群却依然热情似火。大使馆、华人华侨和留学生们自然不用说，中国海军舰艇的首次来访让他们十分兴奋，他们第一次在波兰见到了祖国的军舰和水兵。

我们到达波兰的当天，恰逢中波建交66周年纪念日。对此，波兰军方高度重视，派出了军乐团和仪仗队，高规格迎接我们。在升旗仪式后，波兰海军总监阿姆布罗加克少将陪同编队指挥员王建勋，检阅了他们的海军仪仗队。英姿飒爽的波兰军人在舰艇前整齐列队，高昂着头颅，接受检阅；红白旗帜和五星红旗在海风中飘扬……

当天晚上，波兰海军为我们的到来举行了欢迎晚宴。在晚宴上，我们吃到了一道独特的菜：鞑鞑牛肉。这道菜的用料非常讲究，取当日现宰的小牛身上最嫩的肉，再捶打剁碎，包成团状，佐以洋葱、黄瓜、蛋黄等即可食用。看到生牛肉，有的同事不敢下口，可像我这种吃货，是绝对不会放过这上等美食的。经过捶打的牛肉筋脉完全断裂，肉质更加松软鲜嫩，入口即化，再配上些许佐菜，真是无比美味。我是大饱口福，吃了整整五团生牛肉。大使馆的武官告诉我们，他在波兰工作两年多了，这是第一次在波方的招待会上吃到这道菜，因为只有相当高规格的宴请，才会上这道生牛肉。菜肴之美，不只在其味，更因其情意。

官兵代表向纪念碑敬献花圈

152

导弹驱逐舰济南舰

波兰是最早和新中国建交的欧洲国家，中波两国之间的友谊有着六十多年的传统。他们对于中国海军的首次来访，相当重视。我们到达的第三天，波兰副总理兼国防部长谢莫尼亚克到码头参观了济南舰，并和编队领导进行了简短会谈。在前甲板，在驾驶室，谢莫尼亚克对中国海军的舰艇赞叹不已，他说，对于中国海军在现代化建设进程中取得的进步和海上力量的良好发展，他感到由衷高兴。在会谈中，谢莫尼亚克表示，中波建交66周年之际，中国海军舰艇首次访问波兰，具有历史性意义。中国海军护航编队在今年曾帮助波兰公民从也门撤回，谢莫尼亚克对此表示感谢和赞赏。中国海军的此次到访，受到了波兰民众的热烈欢迎，这体现了两国之间的友谊。波兰共和国政府非常希望与中国之间的传统友谊能延续下去，关系越来越紧密。

谢莫尼亚克是我们这一路访问以来，到访国出席活动的最高级别领导了。这也足以体现波兰人民对远道而来的中国客人的热情和重视。

西盘半岛追忆波兰二战史

波兰是中欧国家，东与乌克兰和白俄罗斯连接，东北与俄罗斯及立陶宛接壤，西面是德国，南面是捷克和斯洛伐克，北部则是波罗的海。在欧洲的版图上，波兰处于东西欧之间，是周围邻国互通的中心交汇地。因为如此重要的地理位置，波兰在历史上曾经战火连年，备受侵略与凌辱。几个世纪以来，波兰的版图也一再更改。

如果说波兰遭沙皇俄国、普鲁士和奥地利三国瓜分的历史已算久远，那二战时期波兰人民惨遭纳粹德国侵略的过去一定不可能在这个时代被遗忘。本来以为可以到波兰的首都华沙去参观奥斯维辛集中营，看看当年希特勒集团在波兰犯下的罪行留下的证据，去感受波兰人民那段暗无天日的岁月。不过华沙离我们停靠的格丁尼亚太远，坐火车需要3个多小时，华沙之行不得不搁浅。

不过，当年希特勒集团对波兰的残害，不仅仅是在华沙，甚至遍布了

二战废墟前的玫瑰

鸟瞰格丁尼亚

波兰的每一个城市，在格丁尼亚，同样能找到当年那段历史的见证。

我们抵达波兰的当天下午，编队就派出部分官兵代表，前往西盘半岛，向西盘半岛保卫者纪念碑敬献花环。我们到达西盘半岛的时候，天气晴朗，微风阵阵，几片金黄的枫叶飘落在翠绿的草地上。纪念碑就在我们前方，灰白色的碑身高耸矗立，我们沿着盘旋而上的小路，拾级而上，可走了好几圈，都还未到达纪念碑跟前，它一直在我们的右手边。等到达纪念碑广场的时候，发现我们已经爬上了一座小山——纪念碑原来是建造在附近最高的山坡上，在这片区域的人们，只要一抬头，便能看得到它。我们整齐列队，在波方海军几名军乐队人员的鼓点中，目送编队指挥员为纪念碑献上花环，整理挽联。

在纪念碑跟前，还有三三两两的游客，他们停下脚步，和我们一样，抬起头，瞻仰着雄伟的纪念碑。仪式结束时，一名游客张开双臂，拥抱了自己面色凝重的爱人，轻轻拍打着她的后背。我听不懂男子口中的波兰语，却能看懂他抚慰的眼神，仿佛在说："这一切都已是过去，罪恶与黑暗不会再来临。"

陪同我们一道的波兰海军总监介绍，当年德国舰队以借道的名义登陆西盘半岛，然后迅速展开了杀戮，岛上的守军英勇抗争，最终全部壮烈牺牲。波兰人民为了纪念他们，便建立了这座纪念碑，启示后人不能忘却那段历史，永远铭记那些英雄。

从纪念碑下来，我们沿着西盘半岛的道路直行。道路两旁，是郁郁葱葱的树林，林荫下的石凳上，游客们正在休息交谈，这里的一切看上去，就和一个普通的休闲公园一般。走了不到五分钟，我们来到了一处房子前。只有主体骨架的两层楼房外表破旧，几根钢筋还暴露在外。起初，我还以为这是一座烂尾楼，可走进去之后，发现它的几层楼板出现了不同程度的塌陷，一个大洞从楼顶直接通到了地下室。大使馆的武官介绍，这里曾经是波兰军方的一处基地指挥所，在二战中遭敌人炮火袭击被炸毁。这座废墟一直保留着，既没有被重建改造，也没有被清理拆除。在废墟的前面，还摆放着一块雕刻有波兰国防部标志的长条石块，石块前，种植着一畦玫瑰。时值深秋，玫瑰仍在绽放，花瓣虽没有怒放时的朝气，上面已经有些斑斑点点，还稍显枯萎，但它的颜色依然艳丽，与背后灰暗的废墟形成鲜明的对比。

我们随后又去了亨里克将军及其士兵的墓群，十几块墓碑上，雕刻着牺牲的军人们的名字，而最中间的亨里克将军的墓碑上，雕刻的还有一只象征着波兰军队的雄鹰。这位1939年牺牲的将军，至今还有很多人来凭吊缅怀，墓碑上披着的军旗、挂着的数十条十字架项链便是人们来过的最好证明。

在西盘半岛这个波兰北部海面的防守要塞上，还保留着一座1911年建造的地堡。虽然它现在已经只是一处遗址，但从它坚厚的壁垒不难看出当年波兰人民对守卫国家领土的坚定态度和决心。西盘半岛上，类似这样的景观还不少，你若能在它们面前驻足，简单去了解它们的过去，便能从它们身上看到波兰在历史中特别是二战中所遭受的欺凌和他们为了独立解放所作出的抗争与牺牲。多少战争事，已成昨日烟，民族屈辱史，不忘留心间。

在街头感受波兰风情

波兰有着独特的欧洲风情，是世界十大旅游国之一。虽然格丁尼亚的码头极其平淡，但它丝毫不能影响我外出领略波兰风情的热情。要领略一个城市、一个国家的风情，最好的办法就是去逛街。

在波兰的大街小巷，最亮丽的风景，莫过于波兰美女。这个传说中盛产美女的国家，确实名不虚传。欧洲的白种人普遍身材高大，轮廓明显，但是他们的皮肤相对比较粗糙，毛发比较旺盛，加之喜食高热量食物，身材容易发胖。西方人高大魁梧，东方人细腻精致，各有千秋。不过在波兰女人身上，这两者得到了较好的兼顾和平衡。

不管是在公交车上、商店里，还是在街头的人群中，随处可见年轻的波兰女孩，一头金色的长发，深邃的眼窝显得魅力十足，高挺的鼻梁更是把脸部的轮廓勾勒得有棱有角。从背面望去，修长的双腿，纤细的腰肢，披散的金发随着脚步的走动在风衣上有节奏地跳动着；从正面看去，洁白的脸庞透着一丝细腻，若是略施粉黛，则更是美丽万分。

当然了，几乎全世界的人都有一个通病，那就是在中年之后身体会发福变胖。这一点，在欧洲女人身上体现得尤为明显。在波兰的街上，近一半以上的中年女人都是身形肥硕，甚至连走起路来身上的赘肉都在晃动。从妙龄少女时的美丽动人，到中年时的“惨不忍睹”，只需十几二十年的时光，却让我在思考之后觉得有些恍惚和难以接受。或许是我经历的事不够多，走过的日子还不够多，面对这容颜的改变还不能淡然。

街道上，吸引人眼球的不只是美女，还有大大小小的波兰风格建筑。在格丁尼亚和格但斯克，建筑会有好几种颜色，有的是砖红色的墙体碧绿色的顶，有的是灰白的墙壁淡黄色的屋顶，在屋顶上，不仅会有各式雕塑，连拱顶弯曲的弧度和柱子的大小数量都十分讲究，仿佛就是一件件艺术品。在波兰，95%的人信奉天主教，所以教堂是随处可见。在格但斯克，历史最悠久、规模最大的教堂应该是圣母玛利亚升天大教堂了。在格

长堤上的老人

但斯克的金门附近休闲区，我正低头穿行在错综复杂的小巷中，在毫无方向地乱拐之后，竟然到达了一片稍显开阔的马路上。而马路对面，则是一座教堂的门。我一抬头，瞬间就被震惊了——教堂的顶楼至少有百米高，我努力望却一直望不到顶。

教堂门口，有一座石雕的教堂建筑模型。整座教堂前面是一座高楼，后面则是几座斜坡式屋顶建筑相连，教堂的每个拐角处都有一座绿色尖顶的高塔。走进教堂内部，再次被它的恢宏壮丽所震撼。除了教堂主厅最前端的巨幅耶稣雕像和装修华丽的宣礼台，教堂两侧也都按序建造了各类的圣母雕像礼拜堂，雕像或圣洁雪白，或金碧光亮，在盏盏蜡烛灯光的烘托下，更显庄严。

让我惊喜的是，在教堂一角处，我找到了通向高楼的入口，只需花上6兹罗提，便可进入。我握着票，兴奋地踏着螺旋楼梯往上爬。螺旋楼梯特别狭窄，几乎只容得下一人通过，一级级台阶的红砖被游人踏得锃亮。我不停地旋转着往上爬，看到一旁显示高度的数字渐渐变化，从最初的

“10”到“120”，最后的数字停留在多少其实我已经不记得，我只记得这楼梯好像没有尽头，我一直往右旋转着往上爬，爬到最后都快麻木了都还没到头。终于，螺旋楼梯没有了，可要登顶还早着呢。这时候，要沿着高楼墙壁四周的楼梯往上爬，而楼梯的里侧，则是大教堂顶层的吊顶。平日只能仰望教堂的吊顶，现如今却在我的脚下了。只不过，在昏暗的灯光里看去，教堂吊顶的另一面漆黑一片，就像一个个炼钢炉的大锅盖。

费了不少力气，我终于爬到了教堂的楼顶，视野顿时开阔起来，整座格但斯克城，都在我的眼皮底下了！教堂的眺望平台四周是琉璃瓦的斜坡式屋顶，四个角上还插着十字架，十字架下方是一面有教堂标志图案的铁旗，上面还雕刻着“1502”几个数字，这便是这座教堂的建造年份。四面铁旗的飘向各不一致，这足以保证，在任何一面，都能看到圣母玛利亚升天大教堂顶正在“飘扬”的旗帜。往教堂后方望去，几座绿色的高塔从屋顶中直插出来，屋顶历经岁月的冲刷，已变成暗黑色，只有剥落的几处，显现出它原有的砖红色。远望，一排排红色屋顶的房子整齐地在格但斯克市区里排列着，不远处的河流中，搭载着游客的“海盗船”正缓慢地行驶着。视野更远处，是城市的边际了，那里有一座座高大的塔吊，也有一座座冒着白烟的烟囱，还有一片片绿色的植被，那里，是格但斯克赖以生存的码头、工厂和森林。

相比起格但斯克，格丁尼亚这座城市就小得多，它没有恢宏的建筑，也没有热闹的旅游景点，她就像一个普普通通的波兰小姑娘，不染风尘，低调内敛，平平淡淡。10月9日一早9点不到，我就来到了格丁尼亚的市区。这时候的太阳也才睡醒不久，慢慢地展露着它的光芒，为清晨的市区铺上一层霞光。街上，车辆倒是不少，来回行驶，可行人却不见几个，街道两旁的店铺也还在沉睡，迟迟不愿拉开它们的帘子。不少树木的叶子已经发黄，在阳光的照射下颜色更甚，一阵清风吹过，不禁让人感慨，秋天真的来了。可在树木下方，落叶的一旁，红的白的，各色花朵沾着露水，仍开得起劲，让人又有一种春天的暖意。

如果要逛街，还真不能选大早上，等待傍晚时分再来吧！五六点的街道上，人流如织，店铺也大敞门户欢迎四方宾客。波兰姑娘们光着长腿，或穿着丝袜，可上身却裹着风衣，戴着帽子，围巾也系得严严实实。咖啡店里，一对情侣在靠近街道的大窗户手捧咖啡，侧身相依，望着窗外来来往往的人。便利店里，一个身形丰满的店员靠在门口，趁着没有顾客赶紧享受下夕阳的余晖。看到我举起了相机，店员毫不避讳，冲着我微笑，还举起右手向我挥了挥。

我在一个街头驻足，想停留下来看看身边的人。他们有序地过马路，也会飞奔着去追公交车，几个推着婴儿车的年轻妈妈在街上并排行走，被身边一个个刚下班赶着回家的人超越；有的人挎着公文包，有的人提着超市购物袋，有的人边走边讲着电话，有的人手上还夹着一支燃着的香烟……任何一个人，都能是镜头里一道美丽的风景线。当他们成为照片里主角的时候，都无比淡然，或微笑，或挥手，或继续前行。

街旁的一个鲜花铺正在收摊，老奶奶从桶里抽出一束束鲜花，再往街上倒掉里面的水，老爷爷则负责把一张张凳子和木板抬进房子里。两位老人动作不紧不慢，收拾花束细致有加，见到我在拍照，还把花举起，对着我的镜头。我问两位老人，能否为他们拍张合照，虽然他们听不懂英语，但看到我举着相机对着他们，他们便知道了什么意思，欣然地答应了。我还“得寸进尺”，指了指桶里的鲜花，他们马上就意会到了，一人手持白玫瑰，一人手则捧着红玫瑰，咧着嘴，露出整齐的牙齿朝我笑着。花朵上的水沾到了两位老人的衣服，显得有些脏，但他们开心的微笑、善良的眼神，掩盖了任何瑕疵，让整个画面充满了浓浓的温暖和浪漫。我赶紧定格下这一瞬间，成就了当天最满意的照片之一。

在一家sex shop（成人用品商店）门口，挂着一个大红唇形状的彩灯，橱窗里摆放着身穿情趣内衣的模特，氛围十分性感诱惑。一位打扮精致的老妇人经过商店门口，不禁侧目，或许正在怀念自己青春年少时的美丽与风采，而两位头戴修女帽的妇人从店前走过，却淡然无比。我走进店内，与老板攀谈了起来，恰遇一位女子前来选购用具。顾客和老板两位皆是妙龄女子，大方地谈论着关于性的话题，毫不忌讳，反倒是我这位在一旁的

马尔堡

男性显得有些尴尬。顾客走后，老板告诉我，在这个国家，性是一件光明正大的事，以正常的态度对待它就好了。

我走出店门，看着街上熙熙攘攘的人群，看着他们脸上恬淡的表情，那颗因想找个人聊聊波兰国家历史而忐忑不已的心瞬间平静了下来。正如之前我们所避讳的性的话题一样，历史也没有什么敏感之处，只要正视它，不躲躲藏藏，让它装在脑海里，活在阳光下，淡然处之，这便是最好。

然而，我还是没有找人聊这个话题。历史终究是历史，我在波兰的街头，看到了他们的生活，领略到了这个国家独特的风情，体会到了他们的温暖与浪漫、幸福与平静。我想，这就是对历史最好的回答。

2015年10月11日 格丁尼亚

中国海军舰艇首次通过基尔运河

现在已经是德国当地时间的凌晨2点，北京时间早上8点。刚刚在基尔运河的黑夜冷风中站了足足一个小时，终于通过海事卫星把稿件传回了后方。稿件的标题是“中国海军舰艇首次通过基尔运河”。

世界上有三大著名的运河，分别是位于埃及境内的苏伊士运河、巴拿马境内的巴拿马运河和德国境内的基尔运河。犹记得，我们完成对苏丹的访问，在红海向北航渡，通过了新的苏伊士运河，那次是中国海军舰艇首次通过新的苏伊士运河。然而，就在今天，不经意间，我又再次见证了中国海军舰艇首次通过基尔运河这一历史性的一刻。

基尔运河，又称为德国的北海—波罗的海运河，位于德国北部，横穿日德兰半岛，西起北海之滨，易北河入海口之内的布伦斯比特尔科格向东延伸53海里，到达德国波罗的海沿岸的荷尔台瑙的基尔港。基尔运河宽103米，深11米，过河船舶的最大允许吃水为9.50米。河上共有7座高架桥梁，净空高度皆达42米，船舶通过基尔运河，由北海直接进入波罗的海。如果编队绕道丹麦海峡的话，将多走370海里的航程，耽误20多个小时。

基尔运河始建于1887年，1895年建成，原来是供军用。因为在运河未

济南舰进入基尔运河

益阳舰航行在基尔运河上

开通之前，狭窄曲折的丹麦海峡就像咽喉一样，是波罗的海与北海之间唯一的水上通道，当时的德意志帝国为了能使自己的军舰不需要绕道丹麦海峡就可以从自己的国土内由北海直接进入波罗的海，于是开通了这条运河。1907至1914年间又对河道进行了加宽，以容纳大型军舰通过。第一次世界大战前，运河属德国政府所有。第一次世界大战后，1919年6月28日的《凡尔赛和约》规定，实际上把这条运河进行了国际化。但是，二战中，希特勒在1936年推翻上述条款，将运河封闭，取消国际化。第二次世界大战结束后，又重新对国际上开放，与苏伊士运河和巴拿马运河一样，实现了国际上的自由通航，成为波罗的海航运的重要通道。

下午1时，3名引水员分别登上编队济南舰、益阳舰和千岛湖舰。编队开始减速，等待进入运河东口基尔船闸。济南舰在编队最前面，率先在基尔运河引水船的引导下进入了船闸。进入船闸后，水闸门关闭蓄水。和济南舰一起进入船闸的，还有几艘帆船。帆船上的人朝我们挥了挥手，估计这也是他们第一次和军舰一起航行。

在等待蓄水的过程中，益阳舰也随机到达了船闸。我踏着舷梯，奔下了船闸的码头，拍下了益阳舰进入船闸的照片。虽然此次环球访问并没有德国这一站，但此刻我也算是踏上了德国的土地。

大约过了一刻钟，前闸门终于开了，舰艇缓缓驶出了船闸，正式进入了基尔运河航行，基尔运河中，终于有了中国海军舰艇的航迹。

运河中航行速度不能超过10节，舰艇按照引水员的提示稳稳行驶在运河中。大家站在甲板上，静静欣赏着两岸优美的风景。

现在正是深秋时节，运河两岸茂密的树林染上了一片片金黄的颜色。暖暖的阳光照耀着，更是给大地披上了一层金砂；天边飘着连绵的云彩，和运河水面一样，呈现着淡蓝色，也不知是云的颜色倒映在了水面，还是水的颜色反射到了云朵。树林里，偶尔出现几座红砖小屋，小屋并不高大，但房顶却倾斜度很大，主要是在冬季下雪时，能减少积雪对屋顶的压力。

进入运河后，编队沿着几个弯道前行，不时变化航向，阳光也不同角度地照射在舰艇上。我站在济南舰的飞行甲板上，看着紧随其后的益阳舰沐浴着基尔运河的阳光，循着波波涟漪向前开进，穿过一座座桥梁。桥上的人可能不常见军舰从运河中航行，都兴奋地朝我们挥手，拿出手机拍照。我们也向他们挥手，用欢呼回应着他们的话语。在岸边，偶尔也能见到坐在石凳上晒太阳的老人，或牵手散步的情侣，或骑行的运动爱好者，他们也同样和我们挥手打招呼，欢迎中国军舰进入基尔运河，从德国水域穿过。

为了纪念这么有意义的一天，我决定来一次夜跑。虽然不能沿着岸边跑步，但在甲板上奔跑，也能算是一次独特的基尔运河夜跑。我从晚上8点钟开始，跑到了9:30，不知道跑过了运河两岸多少个路灯，不知道和多少商船擦身而过。基尔运河的夜无比宁静，听不到风声，听不到鸟鸣，只能听到外面的军舰划过水面的声音。军舰在运河里泛起波纹，把岸边的路灯倒影搅得扭扭曲曲，不停地摇曳。我一抬头，又是满空的繁星，还有一条明亮的银河。我跑啊跑，耳机里的歌曲一首又一首，勺子形状的北斗七星却始终在舰艇的右方上空。忽然有一刻，北斗七星“勺子口”上方多了一颗星，还一闪一闪，不过等我几圈跑下来，那颗眨着眼睛的星却不见踪影。或许，它就和我们的军舰一样，都是夜行人，只不过我们在运河，它在天空。

晚上11:30，军舰再次抛锚——我们进入了运河西口布伦斯比特尔科格船闸，这也就意味着，我们的基尔运河之行即将画上句号。陪伴了我们一路的引水员沿着舷梯下到了码头，和我们道别。进入易北河后，我们看着慢慢关闭慢慢走远的船闸，心中默默地喊了一句：“再见了，基尔运河！请记得中国海军舰艇曾经来过！”

2015年10月13日凌晨 基尔运河西口

在里斯本回忆大航海时代

向西，向西！

离开波兰，穿过基尔运河和英吉利海峡，我们转而南下，来到了环球访问在欧洲的最后一站——葡萄牙里斯本。

里斯本，葡萄牙首都，伊比利亚半岛的一颗明珠。这座位于欧罗巴大陆最西端的城市，向全世界的游客散发着她诱人的魅力。早有人说，没见过里斯本的美景就不算来过葡萄牙，再加之葡萄牙在航海方面的悠久历史，让我们这群航行在大洋环绕地球访问的中国水兵无比向往。

暴雨浇不灭华人华侨的热情

17日上午，编队3艘舰艇驶入了里斯本的特茹河。不像其他欧洲国家的秋日艳阳，里斯本欢迎我们的是满空乌云。站在驾驶室望去，眼前的“四二五”大桥在遮天蔽日的乌云下显得依然壮观，它横亘在特茹河两端，连通着里斯本和阿尔马达，只不过，此刻的大桥，红色躯体的光芒并不闪耀。

济南舰在最前列，慢慢驶过大桥。就在驶过大桥的一瞬间，我们一抬头便看到了军舰右侧位于阿尔马达山顶上的大耶稣像。高耸入云的耶稣张

特茹河上的四二五大桥

开双臂，俯瞰着特茹河上来往的船只和大桥上穿梭的车辆。

没有闪电，没有雷鸣，忽然之间，黑压压的乌云就爆发了，瓢泼大雨就盖了下来。码头上拉着横幅举着红旗的人们赶紧退到了屋檐下。等了一会儿，雨不见小，舱面上穿着救生衣作业的水兵们也顾不上躲雨，紧张地带缆系缆，忙着靠泊码头。我们的舰艇慢慢靠上了码头，欢迎人群也早已从屋檐下走出来，打着腰鼓喊着口号欢迎我们。

欢迎人群里，拉横幅举红旗的一些华人华侨穿上了一次性雨衣，可打腰鼓的大姐们却仍然是统一的鲜红色喜庆服装，也不管雨水打湿头发打湿衣裳。大姐们一个个兴高采烈，踩着秧歌的舞步，有节奏地敲击着腰间的鼓，昂着头望着舰艇上的官兵们。

关于腰鼓队，我们后来从大使馆得知，之前一位队员在排练时心脏病突发不幸去世。其他队员强忍悲伤，化为力量，仍坚持排练，争取以最好的状态迎接祖国舰艇编队的到来。听到这个消息的时候，我的脑海瞬间浮现出码头上大姐们热情洋溢的笑容和她们欢快的舞步，这欢乐背后，有一份悲伤，更有一份坚强，还有一份对祖国亲人来访的期盼。感谢你们！

里斯本的天空也许也被感动了，等到舰艇完全靠好，暴雨也就停了，欢迎仪式得以顺利进行。欢迎人群围拢到讲话台，认真地听着各方致辞。

在码头，编队翻译梁曼莉没有心思细听领导致辞，一直在焦急地四处张望。一打听，原来是她在西班牙马德里留学的女儿徐艾咪特意赶到里斯本，来见执行环球访问任务的母亲。按照徐艾咪事先提供的行程，这个点儿应该正好能赶到码头，可人群中就是不见女儿的身影，梁曼莉万分焦急。在等待的过程里，梁大姐不停地说道："这孩子，我说我们是10点钟到码头她就安排到恰好10点钟，也不知道提前一点，办事没个谱。"虽是责备之意，却是满满的担忧与心疼之情。

又等待了四五分钟，远处一个拖着行李箱的女孩子奔跑了过来。"来了！"梁大姐扭头刚一看见，就转身冲了过去。两人跑了几步，拥抱在了一起。徐艾咪趴在母亲的肩上边喘粗气边解释："哎呀，我绕了一段路。"梁大姐松开抱着女儿的手，替她擦去脸上的雨水和汗水，捋了捋头发，仔细地看了又看。

母女俩上次见面是今年春节，听说自己年近五十的母亲要随军舰出海远航，并且一去就是10个月，徐艾咪万分担心。后来得知编队要访问葡萄牙，她便从马德里赶了过来。看着自己的母亲变瘦了变黑了，徐艾咪的眼眶有些湿润。梁大姐则是拉着女儿询问路上的情况，对女儿永远有操不完的心。

寻找大航海时代的印记

19日、20日，两天时间里，我去了罗卡角两次。罗卡角，里斯本的最西端，葡萄牙的最西端，伊比利亚半岛的最西端，整个欧罗巴大陆的最西端。

我站在罗卡角的岩石上，望着远处延绵起伏的海岸线，望着脚下上百米深的海边，潮水冲刷着石头，激起白色的浪花。往前看去，一望无际的大海最终与天合成了一条线。谁也不知道，海的那一边是什么。五六个世

欧洲大陆最西端罗卡角

纪前，葡萄牙人站在这里，对海的那一边充满了恐惧，他们以为，无尽的海域那头应该是万丈悬崖，再往前走，是会掉下去的；可他们又充满了好奇，爱好探险的葡萄牙人特别想看看海的那一边究竟是什么。于是，他们不断向西航行，不断航行。令人惊喜的是，他们竟然发现了亚速尔群岛！原来海的那一头，还有岛屿和陆地！

前进！大航海时代拉开序幕！

当然，在这之前，航海家亨利就把征服的舰炮指向了北非的伊斯兰贸易中心休达。然而我个人认为，葡萄牙和西班牙征服全世界这颗壮志雄心的萌发，还是要始于他们发现了一路西行所能带来的收成。

亚速尔群岛、佛得角、比奥科岛、圣多美岛、普林西比岛、安诺本岛……葡萄牙航海家和探险家们的舰船不可阻挡！

1488年春天，迪亚士探险至非洲最南端的好望角；1498年5月20日，达伽马到达了印度城镇科泽科德不远的海滩，开辟了至印度的航线，欧洲人初次领略到了东方香料的魅力，并对此毫无抵抗力。

1500年，佩德罗·卡布拉尔看到了巴西的海岸，奠定了对巴西长达几百年的殖民统治之基；1501年，他发现了印度洋的马达加斯加；1507年，他到达了毛里求斯。

1517年，葡萄牙的航海家们到达了中国的广州；1542年，他们又意外发现了日本；1557年，葡萄牙人租借澳门，开始了与中国的贸易。

1522年，葡萄牙的著名航海家麦哲伦受领西班牙国王的旨意，带领西班牙船队开始了人类历史上首次的环球航行。“所到之处皆为国王的疆土，所见之物均为国王所属。”麦哲伦和他的船员们顶着未知与恐惧，在茫茫大洋上摸索前行，探出一条条航道，最终完成了环绕地球航行，也收服了众多子民。然而，伟大的麦哲伦将军，在到达菲律宾后不久，竟丧生于弱小的西拉普拉普人之手，让人唏嘘不已，扼腕叹息。

葡萄牙航海编年史里，详细记载着他们走出本土、走向大洋的航迹，让人对当年的葡萄牙航海家、探险家们由衷地赞叹。在特茹河畔的航海纪念碑上，刻着航海王子亨利与其他80位随同出行水手的雕像。纪念碑就像一艘展开巨帆的船只，亨利站在船头，手捧帆船模型，颇具气势。登上纪念碑，整个广场尽收眼底。广场中心的世界地图尤其显眼，上面标记着发现每一处新大陆的日期。

在航海纪念碑不远处的海边，矗立着一座白色岩石砌成的古城堡。这座有着近500年历史的城堡，是葡萄牙有名的地标，也是里斯本的象征，它见证着里斯本昔日的辉煌与荣耀。贝伦塔，它在历史上曾被用作海关、电报站、灯塔，甚至是监狱，而在大航海时代，很多航海家们的船队就是从这里出发，开始他们的航程。

到了贝伦塔，哲罗姆派修道院就非去不可了。这两处建筑搭配在一起，于1983年被联合国教科文组织列为世界文化遗产。修道院华丽宏伟，是曼努埃尔式建筑中最为成功的典型，也是里斯本最有名的古迹之一。当年，葡萄牙人为了纪念发现通往印度的航线而建造，1497年，达伽马和他

航海纪念碑上的雕塑

的船员们在起航去印度的前夜，便是在这儿祈祷。现如今，这里游客如织，人们抬头仰望白色花岗岩墙壁和屋顶上精致的雕像，在感叹建筑恢宏圣洁的同时，不知还能否感受到航海家们对前程的忧虑。

走在里斯本，不管是旅游景点还是普通街道，经常能看到大航海时代的人物雕像，或是发现象征远航的帆船模型纪念品。一处处景、一件件物，似乎是在提醒着葡萄牙人不要忘记自己的先人们在航海时代做出的贡献，更是在向外来的游客展示他们曾经所创造出的辉煌与荣耀。大航海时代，属于伊比利亚半岛的人群，属于勇敢的葡萄牙人！

在废墟上建造新城市

还记得站在航海纪念碑塔顶和圣胡斯塔升降机顶楼时，眺望里斯本城区，红顶白墙的一栋栋房屋错落有致，楼顶顺着山坡往上伏起，就像为里

里斯本城市景色

斯本的丘陵披上了红色砖瓦的外衣。

坐上28路电车，在里斯本的城区里走街串巷。两旁的房屋和树木从窗边掠过，行人和游客在路边悠闲地迈着步子，一辆辆汽车沿着电车的轨道在五颜六色的房屋之间小巷里穿行。28路电车是欧洲最古老的电车，在四通八达的现代都市里斯本，它依然被保留了下来，这或许是葡萄牙人对过往时光和悠久传统为数不多的回忆了吧。

28路电车，有人又把它称为铛铛车，因为它行驶缓慢，就像发出铃铛声的马车一般。它围绕着里斯本的城区，几乎经过所有的旅游景点，是游客游览里斯本的最佳选择。

罗西奥广场，喷泉日夜不歇，广场中央矗立的佩德罗四世雕像被象征着正义、智慧、力量和节制的女性雕像烘托着，见证着里斯本的沧桑变幻。

里斯本主教堂，络绎不绝的游客从大木门的小门里进进出出，任凭卑微的乞讨者趴在地上一动不动。这座教堂前身是一座清真寺，后被改造成教堂。从伊斯兰到天主教，宗教的变换，象征着葡萄牙从摩尔人时代跨向了阿方索王朝。

商业广场，毗邻特茹河，三面环绕着黄色的市政大楼。广场正中，唐约瑟一世身骑战马，遥望前方。这座号称欧洲最美丽的广场之一的地标性建筑，向四周辐射出强大的力量，里斯本很多重要的行政大楼和总部都建造在了这座广场周围。

罗西奥广场喷泉

在唐约瑟一世的身后，便是里斯本的奥古斯塔街凯旋门。30多米高的拱门下，铺就着葡萄牙特色碎石块的道路，直通商业广场，延伸到特茹河边。拱门上方，是一面钟，四周都布满了精致的雕刻。

远离市区的喧嚣，可以来到宁静的爱德华多七世公园。在爱德华多七世的雕像后方，是辽阔的绿植景观。六条经过精心修建的植物带有规则地曲折蜿蜒，构成一个个图案，直达山顶，远望过去，十分壮观。两旁的道路栽满了银杏树，恰逢深秋时节，金黄的银杏叶一片片飘落，落在碎石上，落在无人休憩的长凳上。

里斯本处处皆是景，街道在丘陵上上下起伏，两旁房屋的窗户边垂着红色的花藤，墙壁上的蓝花瓷片上印着各式图案。纪念品商店里，摆满了象征着正义与和平的葡国鸡，用软木制造的明信片，独具特

爱德华多七世公园

色；酒庄里，波尔图红酒、波特酒被装在各式瓶子里，琳琅满目……

徜徉在里斯本，处处能触摸到葡萄牙人热爱生活、追求幸福的情怀，一路走下来，更能感觉他们对于生活的满足，人人脸上都洋溢着开心惬意的笑容，不追逐，不忙碌，满眼的轻松。

此刻，我们所看到的这些建筑，这些美景，以及葡萄牙人心中所谓的怀旧，也仅仅只有200多年的历史。在1755年11月1日的清晨，里斯本人所拥有的一切，被一场高达9级的地震夷为平地。地震之后，接踵而至的是海啸和火灾，再次将里斯本变为了人间地狱，这是里斯本不可承受之重。那一天，欧洲强国葡萄牙的里斯本变为了废墟，葡萄牙的经济遭受重创，开始走下坡路。

就像麦哲伦在大洋之上遭遇风暴，船队的一艘船只被撞毁，同行的舰长带领部分船员哗变，背叛了他，但是他从始至终都没有放弃环行地球探索未知大陆的决心一样，里斯本人如同他们的航海英雄，不言放弃，奋勇前行。他们在废墟之上，一砖一瓦，重建家园。更令葡萄牙人欣慰的是，地震当时，皇室成员们正在地震中唯一没有倒塌的里斯本主教堂中祷告，幸免于难。

现如今，我们所看到的里斯本，其实是一个全新的里斯本，是一个在地震中重新站立起来的里斯本。懂了这些，也就不难理解为何里斯本人如此知足、如此怀旧了。

和的士司机谈天侃地

18日那天傍晚，正当我们从克里斯蒂亚诺·罗纳尔多博物馆出来赶回舰上时，天降暴雨。无奈，我们只好打了一辆的士。

的士司机很健谈，十分钟左右的路程里，我们一直在聊着。当得知我们是前来访问的中国海军时，热情地向我们表示着欢迎。他告诉我们，他的母亲年轻时曾经在北京待过十几天，并且对中国的印象特别好，这一点，是他从小便从母亲那里了解到的。

渐渐地，我们越聊越多。他曾经在本菲卡俱乐部踢过球，和葡萄牙前球星菲戈是队友。这对于他来说，既是幸运，又是不幸，因为他和菲戈踢的是相同的位置，所以他长年都是坐冷板凳。后来，他转行当了出租车司机，但对足球的热情丝毫没有减退。从小受母亲影响，他就是本菲卡的球迷，但他的父亲却是本菲卡同城死敌里斯本竞技俱乐部的球迷，所以一到里斯本德比战，“家里就像一场战争一样”。

在的士司机的口中，我们得知，C罗在葡萄牙人心目中，和历史上那些著名航海家、冒险家一样，都是他们的英雄。“梅西是一个特别有天赋的球员，但C罗是一个异常勤奋的球员，他的职业精神和奋斗精神是我们国家每个人的榜样。”我很吃惊他会拿梅西和C罗作比较，却对他所说的话十分赞同。我仔细回忆一番，纪念品商店里，不仅有C罗的小球衣、小玩偶，梅西的纪念品也不在少数。在葡萄牙人的足球世界里，足球是纯粹的，是快乐的，而不是狭隘和排他的。

C罗博物馆的签名球鞋

我们不可避免地聊到了中葡关系。的士司机对中国的评价，第一个词就是“好朋友”。他告诉我们，他喜欢中国人。“不像英法美等国那样，只会给葡萄牙人一些不好的工作，甚至利用完了就抛一边，越来越强大的中国愿意和葡萄牙共同发展，给葡萄牙人满意的工作，让一些葡萄牙人的生活越来越好。”

“因为中葡是好朋友，所以在1999年的时候，我们把澳门作为礼物，送给了中国。”的士司机是这么理解澳门问题的。我试图纠正他，告诉他澳门一直是中国的领土，只不过在历史上被葡萄牙人租借，后来被侵占，一段时间内不在中国的管控范围内。他和善地笑了笑，似乎对我的观点有些怀疑，甚至觉得不可思议。他说，在他小时候，老师们就告诉孩子们，澳门一直是属于葡萄牙人的。关于澳门的问题，我们没有再深究。临下车，付完钱，我们握了握手：“不管历史如何，澳门现在属于中国，欢迎你来澳门，欢迎你来中国！”

2015年10月21日 里斯本

Acapulco
TERMINAL DE CRUCEROS A
TENIENTE JOSÉ AZUETA

05

第五章 登陆亚美利加

与美国海军“交锋”

在遥远的西方，有一个世界民众无人不晓的国家——美国。这个当今世界第一强国，在各国人民心中留下的印象不尽相同，大家对它的情感也是纷繁复杂。中美两军、两国之间的关系也一直比较微妙，而近期又是出现了一定的摩擦。前段时间，美海军“拉尔森”号舰艇闯入我南海赤瓜礁12海里，即闯入了我领海范围。我外交部发表严正声明，并召见了美驻华大使。

按照计划，编队在11月3日要访问美国佛罗里达州的杰克逊维尔。编队正从大西洋一路向西，向美国东海岸驶去，可在航行途中，美国人却闹了这么一出。很多编队官兵心中一直犯嘀咕：“那还去不去访问美国呢？”

“去！”中央军委和海军党委决定，一切按照原计划。越是关系紧张越要从容淡定，这样才显我大国气度。

首次造访美国东海岸

3日上午，刚进入美国领海的编队3艘舰艇就和美海军“硫磺岛”号舰相遇。美舰主动鸣笛示意，双方官兵们互相敬礼。上午10时，编队驶入梅

编队驶入梅波特港

波特港，济南舰、益阳舰和千岛湖舰依次靠泊。

到访的美国杰克逊维尔是佛罗里达州最大的城市，也是美国东南部商业、金融、保险的中心地之一。梅波特港位于杰克逊维尔以东的约翰斯河畔，毗邻大西洋，是美海军第三大水面舰队集中区，也是美海军第四舰队司令部驻地。这次造访杰克逊维尔，是中国海军首次访问美国东海岸。值得一提的是，就在我们编队抵达梅波特港的时候，执行“和谐使命-2015”的中国海军和平方舟医院船正靠泊美国西海岸圣迭戈。

为了迎接中国海军首次对美国东海岸的访问，美东南海军区司令玛丽·杰克逊准将率部在码头等待。编队指挥员和政委缓缓走下舷梯，接过两位中美混血儿童献上的鲜花。一名身材高大的女军人走上前，向指挥员敬礼，握住指挥员的手，热情地打着招呼：“欢迎来到梅波特港访问，相信你们一定会度过一个愉快的旅程！”眼前这位身着白军装的女军人，便是玛丽·杰克逊准将。杰克逊一脸谦和，满是笑意，不过炯炯有神的双眼告诉我们，这个巾帼不让须眉的女司令，作风一定干练。

中美海军官兵在足球赛后合影

欢迎仪式上，双方对于近日美舰闯入中国领海一事只字不提，更多的是强调中美之间对于建设和谐世界、和谐海洋的共同认识。中华民族历来是一个爱好和平的民族，对于战争和侵略恨之入骨。当今世界，和平与发展是主流，任何一个国家都不能无视这个现实，甚至反其道而行之。中美之间，只有加强合作与交流，妥善处理好双方在一些细节事务上的争议，达成共识，才能共同发展，收获各自的利益，为世界和平做出贡献。

既来之则安之，那就让中美海军官兵之间来一场友谊的交流吧！

相互参观舰艇是“传统节目”。我们和美军3艘舰艇同靠梅波特港，双方距离不足一百米。工作时间，两边派出一批批官兵前去对方的舰艇参观。美国的3艘舰艇服役时间都超过20年，但从其框架设计和内部构造能看出美军先进的舰艇建造水平。美国军人对我们舰艇的印象主要概括是“整洁如新”和“进步快”。在他们很多人的印象里，中国的军舰应该还是二三十年前的小吨位船舶，武器装备与美军差距巨大，看到“宙斯盾”和导弹垂发系统，美国海军官兵还是有些吃惊。

互相参观军舰的同时，中美海军官兵之间的文体交流活动也开展得如火如荼。在港内的运动场，足球赛和篮球赛同时开始！美国人酷爱橄榄球，足球比赛的场地都是在一块橄榄球场上进行的。我一踩球场，人工草坪软乎乎的，比普通的足球场人造草要深多了。美国大兵身体壮，踢球的时候也颇有橄榄球比赛的风格，我们的几个队员在身体接触中都处于下风。上半场比赛，我们被美军打进一球。下半场，我们调整策略，减少与对方的身体接触，减少个人拿球，尽早出球，结果效果十分明显。我们打出一拨拨进攻，给对方造成了不少威胁，终于，距比赛还有5分钟结束的时候，我们在拉拉队的呐喊加油声中打入一球，最终扳平了比分。篮球比赛中，美方队员优势十分明显，他们的队员中还有可以扣篮的身高近两米的球员，最后他们也以大比分赢得了比赛。

拔河比赛是趣味性最强的活动，场地在梅波特港的沙滩上。双方官兵在比赛场地两侧将绳索和队员紧紧围住。等我踢完足球赛赶到沙滩的时候，比赛刚开始。双方先各自派出10名身形健硕的男兵。队员和拉拉队员都严阵以待，裁判下达开始的口令，一场势均力敌的拉锯战就此开始！“加油！加油！”“Come on！ Go！ Go！”拉拉队员们的呐喊声此起彼伏，队员们则一个个涨红了脸，手上的肌肉和青筋都紧绷着。突然，“啪”的一下，双方队员都躺倒在地。大家仔细一看，绳子被拉断了！人群里爆发出一阵欢快的笑声，经历这么多拔河比赛，大家还真是第一次见到绳子被拉断。拉拉队员把地上的队员扶起，替他们拍打着身上的沙子。

拔河比赛以一个戏剧性的情节拉开战幕。换了绳索后，比赛继续进行。大家都十分卖力，甚至把吃奶的劲都使出来了。“硫磺岛”号的舰长亲自带着他的士兵们上阵，几分钟拉锯之后，这群平均体重在200斤以上的美国大兵最终把胜利拽向了自己怀里。接着，女兵拔河、男女混合、双方混合等形式的拔河依次进行。我们在体重上很吃亏，但令人意外的是，在男女混合拔河的比赛中，我们竟然取得了胜利。拉拉队员们打趣道：“男女搭配，搞定老美。”比赛进行了很多轮次，胜负和比分大家都不太记得了，也没有人去统计。在佛罗里达的碧海蓝天上，听着海浪的声音，沐浴着傍晚金色的阳光，谁还会去顾及一场友谊赛的胜负呢？

比赛结束，双方官兵一齐奔向沙滩上的小山坡，坐成几排，振臂高

杰克逊维尔的景色

呼，将灿烂的笑容定格在一声声快门中。

在结束了一下午的比赛之后，“硫磺岛”号的官兵们为我们准备了户外烧烤大餐。就在沙滩边的大遮阳棚下，美军士兵将一块块牛肉放在烤炉上，再抹上些汁料。一阵夹杂着肉香的青烟在空中弥漫，不一会儿，一盘盘烤好的肉就被端到了取餐台。两排取餐台上，还摆放着面包、酥饼、水果、饮料、蔬菜沙拉等丰富的西式食物。我们和美军战士手端餐盘，在两边排着队，穿着服务人员专用蓝色T恤衫的士兵们则手持餐夹，满脸笑容地为我们取餐。

偌大的一个遮阳棚下，摆放着二三十张长条桌凳，取好餐的中美海军官兵找位置坐下，一边享受着美食，一边与对方舰员交流着。一时间，交谈声、欢笑声在遮阳棚里此起彼伏。两侧的音响里响起了颇有节奏感的音乐，负责取餐的美军士兵立即就扭动起了腰身，边起舞边为大家夹食物。看到他们自如的舞姿和真诚的笑容，我内心忽然感慨起来，不知他们是在享受赠人食物的愉悦还是在享受欢快音乐的美妙，或许，两者皆有吧。

业余时间的美国大兵们十分享受生活，他们着装比较随意，有穿运动服的，有穿休闲装的，“硫磺岛”号舰文化衫应该是他们当天下午最正式的衣服了。相反，我们的官兵则是按编队的通知，统一着迷彩服，穿作战靴，还戴着迷彩帽。这也体现了中美两军在管理文化上的差异吧。

美国士兵眼中的美军

为了迎接中国海军的来访，美国东南海军区特地从士兵中挑选了几名华人来与我们对接，以便与我们更好地交流。在梅波特港访问的几天时间里，我们和一位姓李的士兵交谈得比较多，也从她口中了解到了美国海军的一些信息。李女士祖籍江西南昌，很小的时候便随父母移民到美国，大学毕业的时候加入了美国海军，现在已经入伍八年了，军衔是中士，一直在东南海军区的军事法院机构工作。

因为算是江西老乡，加之语言相通，所以我们在交谈过程中少了很多拘谨，轻松坦荡了不少。“美国士兵是如何看待美军的定位呢？”李可能想到了我会问她类似问题，很快就给了我回答。在他们眼中，美军是致力于世界和平和人类幸福的一支武装力量，只要世界上哪里有不公平，他们都会去维护正义，解救陷于苦难之中的人民。“国际警察？”李对我提出的这个词不予否认。他们还认为，国际社会和媒体对于美国和美军有偏见，甚至把他们妖魔化了，认为他们只是为了自身利益才去世界上各个地区动用武力，发动战争。对于李对美军的定位，我一直在耐心倾听着，而准确与否，每个人心中想法都不同，我不予置评。

当然了，美军的工作与生活，是官兵们最感兴趣的话题。李向我们介绍，美军的等级制度十分森严，特别是军官与士兵之间，界限十分明显。士兵必须绝对尊敬和服从军官。美军有规定，士兵不得与军官走得太近，不能结婚，不能发生金钱交易等，以防止军官在工作中做出对某些士兵有偏向性的决策。所以呢，不管是在工作还是生活中，美军士兵都是离军官

中美军舰进行编队运动

远远的，这和我们军队强调的官兵一致有很大的差别。

一直以来，美国人常把公平和自由挂在嘴边，当作他们最核心的世界观、价值观。其实，任何事情都没有绝对的公平和自由。美军虽然强调信仰自由，但他们依然会有牧师等人员来加强信念和精神教育。我们党的军队注重思想教育和精神引领，善于从人的内心去做工作，可是对于美军来说，他们的一些事务性工作宣讲，与其说是教育，不如说是定规矩。李告诉我们，在美国海军，他们有一系列明文法规，规定军人可以做什么、不可以做什么，所有人都按照这个来，从来没有任何的折扣可打。当然，想要制定一个规定，也不是某个军官随意下发个通知就可以，必须要经过科学论证和一系列程序。美军也会定期地进行一些保密守则、工作章程等宣讲，为军队内部工作划定严格的条框。

其实呢，美军的生活不像我们想象中的那么自由和宽松。在节假日和工作之余，他们依然要有一定比例的人留守在舰艇或其他岗位，以保证战备和工作的正常运转。美军现在对于军人的管理也越来越严格了，甚至连身体上的文身也开始禁止了。李开玩笑地和我们说，以后文着大花手臂的美国大兵会越来越少了。

李的介绍，让我对美军有了一个明确的概念和认识，那便是一切按照规定来。在美军的字典里，法律规定最大，做任何事必须依靠规章制度，这和一些国家的人治是不同的治理模式。

中美海军练兵大西洋

深秋的梅波特港东南海域，阳光灿烂，碧波万顷。7日上午10时，作为此次访问美国之行的重头戏——中美海军联合演练在这里拉开序幕。

中方参演兵力为刚刚结束对美国友好访问的中国海军152舰艇编队导弹驱逐舰济南舰、导弹护卫舰益阳舰和综合补给舰千岛湖舰，美方参演兵力为伯克级导弹驱逐舰“梅森”号和“斯托克”号，提康德罗加级导弹巡洋舰“蒙特里”号。为了中美海军在大西洋海域的首次演练，双方编队指

济南舰舰载直升机准备起飞

济南舰官兵在吊放小艇

挥员和各舰舰长在两天前还专门进行了一次磋商，商议演练相关事宜。

按照事先商定的通信频段，“梅森”号与济南舰顺利建立通信联络。11时许，中方3艘舰艇组成单纵队从左舷接近美方编队，保持横距0.5海里处时与其并列前行，双方在既定海域成功会合。

首先进行的是通信演练。“AV26-4……”济南舰信号兵刘庭久通过望远镜观察到“梅森”号悬挂出的信号旗，一旁的马政伟则迅速把一组组代码记录了下来；通信值班部位将CUES简语和破译的明文通过甚高频向“梅森”号复述并验证。随后，济南舰和“梅森”号反序实施，由济南舰悬挂信号旗，“梅森”号接收。此后益阳舰分别和“斯托克”号、“蒙特里”号展开了同样演练。据了解，双方信号传递均准确无误。

12时，海上通信演练结束，中美海军开始了编队运动演练。

演练中，先后由中方济南舰和美方“斯托克”号担任指挥舰。随着152舰艇编队指挥员王建勋和美方指挥官福特准将下达的指令，编队济南舰、益阳舰和美方参演3舰进行了单横队与单纵队等多种队形变换。随后，千岛湖舰加入演练行列，中美双方6艘战舰以“斯托克”号为基准舰组成了壮观的海上警戒队形。记者从直升机上望去，中美双方6艘舰艇在海面上犁波耕浪，气贯长虹。

“我是美方‘失事’小艇，位于你视线方位120度，距离4000码……”编队运动演练刚刚结束，济南舰和“梅森”号就接到了“斯托克”号两艘“失事”小艇发来的求救信号。双方随即转入联合搜救演练阶段。

前方不远处的海面上，两股浓烟腾空而起。“灾情”很快明确：小艇上发生火灾，1名船员三度烧伤，并发生复合骨折。

“救生部署！”急促的警铃声响起，济南舰和“梅森”号立即展开搜救，高速向“失事”小艇靠拢。在距离小艇0.5海里处，两舰搭载损管队员和医务人员的救生小艇吊放下水，冲向“失事”小艇。

不到5分钟，两艘救援小艇分别到达两处事发海域。救援小艇上的损管队员立即用灭火器将火扑灭，医务人员随后登上“失事”小艇。据中方医生刘刚介绍，伤员右臂“烫伤”、右下肢“骨折”，他们采取止血包扎和夹板固定等手段，迅速处理了伤情，“伤员”成功得到救治。

下午4时，随着两艘救援小艇的收回，中美海军联合演练正式结束，这也标志着我们此次访问美国东海岸圆满完成。此次与美军开展海上联合演练，是基于中美两国海军主导推动的《海上意外相遇规则》，双方配合十分默契，过程十分顺利，进一步提高了双方舰艇的协同配合能力，深化了中美两国海军的互信合作。

2015年11月7日 梅波特港外海

哈瓦那城风情浓

在遥远的拉丁美洲加勒比海北端，有这么一个国家，极富传奇色彩和革命氛围，同时又拥有优美的风光，被称为“加勒比海的明珠”。它的名字叫古巴。

编队从杰克逊维尔出发后一路南下，经过三天的航行，终于到达了古巴首都哈瓦那，开始了对古巴的友好访问。

中古兄弟友谊深

古巴是当今世界五个社会主义国家（中国、古巴、朝鲜、越南、老挝）之一，是拉丁美洲唯一的社会主义国家，也是西半球第一个与中国建交的国家。见到从东方大地远道而来的社会主义兄弟，古巴人民自然是热情相迎。2014年7月，习近平主席在对古巴进行国事访问时，对发展中古关系提出了3个“坚定不移”，其中一条是“坚定不移发展肝胆相照的友谊”。短短五天的访问，我们真正感受到了什么叫“肝胆相照的友谊”。

刚刚进入古巴的领海，我们就见到了前来迎接的古巴新型巡逻舰BP-390，这是古巴近期刚引进的几艘新型巡逻舰之一。途经BP-390时，它向我们鸣笛示意，舰艇舱面人员也朝我们敬礼，当然，我们也以相同方式进行了回应。等我们到达哈瓦那港的时候，古巴军方的仪仗队、军乐队在海军副司令弗里亚斯的带领下，早已在码头等候多时。我们的军舰还未靠泊好，古巴军方军乐队就奏起了嘹亮的乐曲。码头上古巴军方人员和中国驻古巴大使馆人员、华人华侨、留学生代表朝我们挥舞着手臂，欢迎我们的到来。登上码头后，我们发现，古巴政府和中资机构专门在码头临时设立了6个钱币兑换点和一个WiFi热点，为编队官兵服务。

接下来的3天访问时间里，活动安排得满满当当，中古军方官兵之间也进行了深入的交流。足球和篮球友谊赛，虽然我们技不如人，输掉了比赛，可是在赛后古巴海军学院的学员们竞相拉着我们合影留念，并且还赠送每名运动员一枚徽章。11月份的古巴依然炎热，他们也体贴地准备好了冰镇水、水果，操场四周坐满了穿着洁白制服的海军学员，他们不畏炎热，做我们最忠实的观众。体育比赛后，古巴海军学院还为我们准备了队列演示、歌舞表演，让我们过足了当贵宾的瘾。

古巴军方为我们安排了导游，带领我们游览老城区，参观朗姆酒制造工厂。当然，活动的最高潮，便是12日的文艺演出和古方招待会。演出当天，除了当更值班人员外，编队其他人员全部赶赴古巴革命武装部大楼，观看古巴军方为我们精心准备的文艺演出。宽敞的演出厅里，座无虚席，600多名编队官兵翘首以待。演出开始前，古共中央政治局委员、革武部第一副部长兼总长洛佩斯上将作了一段长达十几分钟的演讲。“我们现在所处的地方，就相当于中国的天安门。”洛佩斯对我们的军舰大加赞赏，言语之中还透露出几分羡慕，他还笑称，是否可以考虑把编队3艘舰艇中的一艘留在古巴，如果舍不得济南舰，吨位小一点的益阳舰也是非常不错的。轻松幽默的话语，引得全场人员一阵笑声。两个国家之间的交流，除了要有正式的官方的会晤措辞，更需要轻松自如的谈话和恰如其分的玩笑，当然了，不是任何国家之间都是可以开玩笑的，就像古巴与美国之间，就开不起玩笑。

中国抗战胜利70周年庆典活动，古巴派出部队参加了我们的阅兵仪式。洛佩斯指出，两国的深厚情谊，不仅仅是因为中古两国之间同处社会主义阵营，更因为两国有着遭受他国侵略和压迫的共同过去以及永远不向帝国主义和法西斯低头的顽强抗争精神。文艺演出现场，洛佩斯向我们介绍了3位贵宾。他们都是在古的华人，有一位跟着菲德尔·卡斯特罗从墨西哥乘船归国参加起义革命，有一位驾驶战机抵抗美国的袭击，战机被美军击中他却幸运地活了下来，还有一位在战争中被炮弹炸伤失去了右腿。3位80多岁的老人从座位上吃力地站起，佝偻着腰身，脸上刻满了战争和历史的痕迹。“他们是我们古巴的英雄，人民永远不会忘记他们！”洛佩斯的话音未落，全场的掌声已是响彻穹顶。

19世纪中叶，一批华人来到古巴务工，最终却因没有回国的盘缠等原因几乎全部留在了古巴。在古巴的革命中，他们的后裔积极参与抵抗美国的压迫，并立下了赫赫战功。我们见到的3位华人老英雄，便是其中的典型代表。在何塞·马蒂纪念碑不远处，有一座旅古华侨协助古巴独立纪功碑，上面刻着何塞·马蒂亲密战友德格萨德将军的一句话：“在古巴的华人没有一个是逃兵，没有一个是叛徒。”短短一句话，透尽烽火硝烟里华人同胞们为古巴独立前赴后继的壮志与豪迈，写满中华儿女为世界和平勇于奉献生命的豁达与大爱。在哈瓦那市中心，有一座中国城，现虽华人身影寥寥，可刻着中国字的牌坊依然高昂耸立，就像在古华人为古巴独立作出的贡献，永远屹立在古巴人民心中，永不磨灭。

洛佩斯没看讲话稿，就像一位老师一样，将这一段历史向我们娓娓道来。我们在台下，被他那丰富的肢体语言带入到那一段岁月。一次次掌声响起，献给那段历史，献给那些英雄，不管他们还能否听得到。也正是有了他们为古巴独立作出的牺牲，才有了中古之间兄弟般的情谊。

古巴军方准备的演出也是极具中国味道。一开场，就是让人热血沸腾的中国武术。看着黑人、白人在舞台上挥舞着拳头，劈着大刀，打着套路，动作干练有劲，一招一式尽显功夫，特别是一位五六岁的小男孩表演的武术让我颇有感触——中华文化真的是走向世界了！随后的太极、中国舞蹈也同样是精彩至极。表演的团体是古巴当地的一个极有名气的中华武术团，古巴民众慕中华文明之名纷至沓来，拜师学艺。

古巴军方为了我们编队官兵还真是够拼的。他们把古巴最有名气的合唱团和歌舞团都请到了革命武装部大楼。纯人声的天籁之音和热情奔放的古巴舞蹈，让官兵们享受了一场高品质的听觉与视觉的饕餮盛宴。中国驻古巴大使馆的工作人员介绍，古巴歌舞只是晚上对游客表演的，大白天在舞台上演出，这应该是头一次。不过，面对穿着特色服饰身材异常火辣的舞蹈演员们跳出的性感舞姿，编队官兵们却显得十分羞涩，有些小伙子都不好意思抬头去看。

文艺演出后是古巴军方招待会。且不谈准备的烤乳猪等特色菜肴和朗姆酒等当地名酒，单是宴会厅就足以显示招待会规格之高。中国驻古巴大使张拓告诉我们，他在古巴工作四年多了，从来没来过这个厅，这个厅之前也从没让外国人进入过。这个取当年菲德尔·卡斯特罗从墨西哥返回古巴起义之时所乘坐的船只之名——“格拉玛号” 的大厅，一般只作授予上将军衔、英雄勋章等超高规格场合之用，现如今，这里却摆满了四张长桌，飘满了佳肴的香味，回荡着音乐声和中古官兵之间的交谈声。

在“格拉玛号”模型前，中古官兵纷纷合影留念。编队官兵热情地邀请古巴人民去中国做客，古巴军方的领导则希望编队能多留几天，以后要多交流、多走动，一双双充满了友谊的手紧紧握在一起，把中古之间的关系握得更紧，把双方的友谊握得更深。招待会现场，古巴革命武装部的两位少将分别将肩章和一枚勋章赠予了编队的一名官兵。得到肩章和勋章的中国海军中尉军官受宠若惊，激动得无以言表。两位古巴少将用西班牙语告诉张拓大使："这是友谊的见证。"受赠的中尉军官这才真正明白他们的用意。

古巴社会民风淳

一提到古巴，很多人的头脑里便会冒出"革命"这个词。的确，在古巴的大街小巷走走，一股浓浓的革命氛围和社会主义气息扑面而来。

有必要先了解了解古巴的历史。大航海时代自哥伦布发现美洲大陆后，西班牙人就占据了古巴，在古巴大地大兴土木，世代繁衍，后古巴虽短期被英国夺走，但西班牙人还是很快将古巴这块殖民地抢了回来。19世纪，古巴爆发过两次独立战争，企图摆脱西班牙人的殖民统治。19世纪末，美国借帮助古巴人民独立为名，将西班牙人从古巴大地赶出，可让古巴人民想不到的是，他们没有迎来真正的独立，却迎来了属于美国人的殖民时期。从此，古巴在美国的殖民统治下度过了半个世纪。

古巴人民自然不会任美国人宰割和压迫，他们奋起反抗，多次起义革命。其中，最为典型的是菲德尔·卡斯特罗率领的进步青年武装。革命之路并不平坦，1953年，卡斯特罗率兵攻打蒙卡达兵营失败后，被捕入狱，1955年流亡到墨西哥。1956年，卡斯特罗东山再起，率领81名起义战士乘坐"格拉玛号"游艇返回古巴，掀起新一轮的革命。这艘游艇的满载人数是25名，当时却装下了81人，卡斯特罗他们是全然不顾生死，他们一心只想回到祖国古巴，解放同胞。

1961年，卡斯特罗的起义终于取得胜利，同年，他们宣布开始进行社会主义革命。被古巴民众赶走的美国人恼羞成怒，在1962年决定对古巴实行全面的经济、贸易和金融封锁。这一封锁，到目前已经实行了50多年。

一户居民家中的切·格瓦拉画像

旧货市场的物件

50多年里，古巴基本只能自给自足，社会经济停滞不前，人民生活水平原地踏步。有统计数据称，在被美国封锁的50多年里，古巴的直接经济损失达11500多亿美元。

这段历史，是任何一个古巴人民都不会忘记的。在哈瓦那，有太多的建筑铭刻着这段历史。武器广场、何塞·马蒂纪念碑、革命博物馆、切·格瓦拉巨幅画像以及散布在哈瓦那城市的各大雕像。古巴人崇拜英雄，他们也不会忘记卡斯特罗、何塞·马蒂、切·格瓦拉等革命先驱为古巴独立立下的汗马功劳。

在街头巷尾，处处都能见到或飘扬着的或悬挂着的古巴国旗。国旗是这个城市最明亮也是最常见的装点元素。街上的汽车、人们的T恤衫、小商品店的墙壁上，都是古巴国旗的身影。古巴人之所以如此频繁地使用国旗元素，或许是因为他们知道，能让古巴国旗自由地飘扬在这块土地，是多么地不易。民族独立，古巴人企盼了几百年，这一条坎坷崎岖途，跌倒了多少回，牺牲了多少人。是的，古巴人不忘历史，注重传统，也珍惜现在来之不易的生活。

在每天晚上的9点，哈瓦那城的人们能听到一声炮响。这声炮响来自莫罗城堡。在300多年前，古巴人为了抵抗荷兰和英国等海盗的入侵，便在哈瓦那城海上要塞处修建了这一城堡。当时的民众没有表，城堡就在每晚8点鸣响一声炮，提示市民不得出城门，同时在海上拉起一道封锁线，阻拦海盗进入哈瓦那。后来，考虑到8点钟过早，便把鸣炮关城门的时间推迟了一个小时。几百年过去了，加勒比海盗也不复存在，但古巴人把鸣炮这个仪式保留了下来，也是提醒市民不忘当年受海盗袭扰的日子。

现如今，海盗和侵略者都已成历史，古巴人民在卡斯特罗等领袖的带领下，不断进行变革，过上了越来越好的社会主义生活。古巴实行的是计划经济，所有生活物资都是按计划分配的，人们凭着票或钱币，去供销社里购买换取。供销社的货架上，摆放着鞋子、布匹、水桶等各类生活物资，上面用纸牌标着价格，人们则在柜台前排着长长的队伍，等候售货员把货物取下来。在街上，经常能见到长长的队伍：公共电话前、商店门口……古巴的网络并不发达，对打电话费用都很昂贵的古巴人来说，上互联网就更是奢侈了。我在市区逛街的时候，发现一个广场上，人们都抱着手机或电脑，聚集在几排凳子前，后来才明白，那里是哈瓦那市少有的几个有互联网热点的区域之一。人们花2比索，获取一个账号，便能上一个小时的互联网。一个普通的古巴人，月薪只有一两百比索，由此便能看出，上网是多么的昂贵了。

古巴人工资普遍不高，因为他们的生活物资基本都靠国家分配。但如果要买分配物资之外的物品，价格就特别高了。当然，古巴的医疗、教育也统统都是免费的。大学毕业之后，国家还会给分配工作。如果大学生多了，岗位又相对偏少，那么一个岗位就几个人轮流来干，这也算是典型的“古巴特色”吧。

也正是实行“大公”制度的社会主义，古巴人没有穷人与富人的明显差距，也不会有文盲与学问人的区别，这里的人活在一个基本平等的制度里，消费着公平的物质和文明，所以，他们看起来不急不躁，民众受教育普及度极高，国民素质良好。我想，这就是社会主义社会最大的魅力。

哈瓦那城风光浓

我们的军舰停泊的码头，就在圣弗朗西斯科广场的对面。工作之余，跨过马路，穿过圣弗朗西斯科修道院，就到达了哈瓦那的老城区。

铺满了石板的老城区的道路两旁，开着一家家小商品店。长发披肩的古巴美女热情地招呼着，让你进去看一看。你可以挑几张明信片，选一个木雕，带走一个绣着古巴国旗的帽子或者一件画着切·格瓦拉头像的T恤衫。你可以跟老板讨价还价，她会对你报以微笑；你还可以真的就只是看一看，什么都不买，然后老板还会开心地微笑着让你给她拍张照。对，古巴人民就是这么淳朴热情。

小巷的一边，会有穿着西装戴着绅士帽的古巴黑人，还有头戴大红花、抹着红唇精心打扮的古巴老妇人，他们叼一根雪茄，拄着拐杖，戴着墨镜，侧头看着巷尾，一副悠闲的样子。在脚步匆匆的游客中，他们成了一道最有特色的风景。你可以驻足，为他们拍一张照片，把他们酷劲十足的样子留在你的相机里。当然，拍完照最好留下一比索的小费。

如果你在哈瓦那老城里走着走着，遇到一座铜色雕像，手里拿着水烟或者坐在铁桩上，那你千万要注意，小心铜像突然一动吓你一大跳。这些由真人化装而成的“铜像”在哈瓦那并不少见，他们还可以配合游客摆出各种造型，与你合影留念。

最值得一逛的，是位于西班牙时期哈瓦那总督府前的旧物件市场。清晨，小贩们把一件件物品从箱子里拿出来，摆在货架上，朝阳透过树叶，慢慢地洒向这些几十年前的物件，为它们披上一层亮色，似乎要让它们焕发出新世纪的光芒。旧杂志的装帧已经散页，锈迹斑斑的手表在小贩的拨弄下还继续走着，红漆已经剥落的缝纫机静静地躺在几块古巴汽车牌照前，一旁的各式徽章被钉在一块绒布上，它们中不知谁的年岁最老……随手一翻，就能翻到四五十年前古巴的钱币或货物券，上面的年份和编号还清晰可见，恍惚间，就如时光穿越，回到了古巴刚刚独立解放的那段岁月。

哈瓦那街头风景

拐过几个巷口，来到了五分钱酒馆。海明威在哈瓦那的时候，最常光顾的就是这座酒馆。酒馆地方不大，容不下几张桌椅，整个吧台占了店铺面积的一半。光头的调酒师摆出一排写着“Havana Club”的杯子，熟练地加入冰块、薄荷叶、苏打粉，再倒入享誉世界的古巴朗姆酒，最后稍一搅拌，便端给了在吧台前等候多时的顾客。大家都说，来这里喝一杯mojito，喝的不仅是酒，更是一种情怀。端着酒杯，想象着海明威曾经在这儿喝酒的时光，再瞻仰着酒馆里墙壁上众多名人的字迹……

你如果逛累了，沿街找一个饭馆。不用担心看不懂西班牙文的菜单，直接让服务员为你推荐最具古巴特色的食物。服务员会告诉你，来古巴一定要品尝一下“加勒比海女王”。在等待了二十来分钟后，这道古巴特色美食终于被端上了桌。一个碟子上，装着一个盛满了龙虾肉、小虾肉和鱼肉的钵子，一旁的米饭团和土豆泥稍作点缀，再撒上些香料，插上几根葱。单看外形，“加勒比海女王”就不枉费我等待了这么长时间。用红汁烩过的龙虾和鱼肉尽显香鲜和细嫩，让人大呼过瘾，一旁的顾客连龙虾壳都不放过，也不顾绅士风度了，舍弃刀叉，直接上手，拿起一节龙虾就吮吸了起来。

当我正享受着美味的时候，明快的音乐伴着清风吹入我的耳畔。餐厅外面，几个古巴人正手持吉他、刮瓜、沙铃、电子琴等乐器，打着节拍，唱着歌曲。古巴的音乐既有西班牙民族音乐的柔美，又有黑人音乐的欢快，融合了欧洲大地和非洲大地的音乐文化。当然了，我们可以全然不顾这么多，只要跟着民间乐队的节奏律动起来就可以了，享受美妙的音乐，享受惬意的生活。

就这样，坐在被列为世界文化遗产的哈瓦那老城某一角的树荫下，饕餮一顿，再来一杯热带水果汁，或者上一份古巴冰淇淋，闻着浓烈的雪茄味道，看着满街跑的古董老爷车和载着游客的马车、三轮车，看着可爱的古巴儿童背着书包在路边嬉戏，还朝你的镜头咧嘴大笑……某一刻，我希望时光能走得慢一些，让我眼前的美食不要那么快就被吃完，让耳畔的音乐不要那么快就结束，让加勒比海的太阳不要那么快就落入海里……

不想和古巴说再见。

2015年11月14日 古巴哈瓦那

夜奔巴拿马

结束对古巴的访问任务后，我们马不停蹄地赶赴墨西哥西海岸。从中北美洲的东边到西边，虽直线距离仅有短短的几十公里，但对于只能在水中航行的船只来说，从陆地跨越显然是不现实的。在100年前，实现东西海岸的跨越，只能绕行美洲大陆的最南端——麦哲伦海峡。

在美洲大陆的版图上，最南端零散地分布着一些小点，那是麦哲伦海峡附近的大大小小岛屿。当年，在没有雷达导航的时代，麦哲伦和他的船员们在那里探索了近一个月，最终才走出迷宫般的海峡，这应该是有史以来人类第一次驾驶船舶从大西洋越过美洲驶向太平洋。大西洋、太平洋，这两大被美洲大陆阻隔开的海洋，要实现从此到彼的空间位移，还真需要费一番周折。

然而，在1914年，一架“世纪桥梁”的建成使得两大洋之间的连通不再困难如山——巴拿马运河正式开通使用。由于运河的开凿难度和战略意义，巴拿马运河被誉为世界七大工程奇迹之一。编队此次前往墨西哥，便要借道巴拿马运河。

18日下午2点左右，编队就到达了巴拿马运河东口。编队到达的时候，天空乌云密布，整个海天一片昏黑。舰艇开始抛锚，因为进入运河的船只不少，我们需要排队等候。我们的军舰静静地停在运河入口处，大家

济南舰驶入运河船闸

船闸中的益阳舰

运河中的济南舰

站在甲板上眺望远处的港口，一个个龙门架伸长了手臂，擎在空中。忽然间，快要压到海面的乌云开始发作，瓢泼大雨就往甲板上浇。大家赶紧躲进了舱内，站在通道内看着外面一片白茫茫。

暴雨下的时间不长，等到起锚的时候，它自觉地停了下来。终于要进入巴拿马运河了！军舰慢慢开动，缓缓向前驶去。在我们抛锚的时候，巴拿马运河管理当局的引水员和带缆员登上了舰艇。很快，我们到达了加通船闸的入口。船闸慢慢打开，引水船推动着军舰进入船闸，五六个工作人员把缆绳系好，通过船闸两侧的带缆车拉着缆绳，以与舰艇相同的速度向前行驶，把缆绳系到船闸顶端。

巴拿马运河有三道船闸，我们要过的第一道船闸加通船闸又分为三级。我们刚到加通船闸第一个船闸的时候，益阳舰已经走在我们前面进入了第二级船闸。平时和我们同在一个海面并肩航行的益阳舰，此刻却高出了济南舰八九米。船闸慢慢关闭，益阳舰升得越来越高，而最终能看到的只有顶端的天线和烟囱了。

时间流逝，我们进入一级船闸就花了半个小时。天色渐渐暗了下来，刚下过雨的云朵此刻稀疏了不少，而天空却变成了一片蓝色。运河两侧的灯亮起，散发着昏黄的光，悠悠地在运河里荡漾。甲板上，穿着橘黄色救生衣的水兵们在和运河工人一起紧张地忙碌着，像是蓝色世界里的一个个小精灵，点亮了整个傍晚。我站在驾驶室的顶端，拿出相机，把远处正在节节升高的益阳舰顶端、济南舰的前甲板、两岸的灯和整条运河框进镜头，按下快门，记录下了这美丽的一刻。

过完加通船闸三级船闸，天已经全黑。我们已经进入了加通湖，海拔要比入闸前高了足足26米！

加通湖的夜晚很安静，没有密致的路灯，也看不见沿岸旖旎的风光，只有湖面上的指示灯在闪烁。在舱面观光的人越来越少了，只有少数官兵借着舱面微弱的灯光在漆黑的夜空中留下一张照片，也算是证明曾经走过巴拿马运河。

提前进舱的战友可能要失望了，因为巴拿马运河美丽的夜景还在后头呢。在加通湖的尽头，灯光渐渐亮了起来，前面是世纪大桥。世纪大桥横跨巴拿马运河两岸，由两束钢绳索拉起。在夜晚，钢绳上亮着白色的灯光，把整座桥照得清晰可见，使得白日里雄伟壮丽的大桥此刻多了几分柔美。军舰从世纪大桥下驶过，把美丽的风光留在了身后。

过完世纪大桥，我们进入了运河的第二道船闸——米格尔船闸。我们在米格尔船闸花费的时间就少了许多，因为这道船闸的作用，是将船只降低9米，让船只进入高于海平面16米的望花湖。从望花湖行驶至望花船闸，需经过一条距离只有1海里左右的水道，然后再进入望花船闸，经过两级水闸将船舶降低至海平面。

巴拿马运河的工人在没有工作的时候，就坐在甲板上和我们聊天。我们对于巴拿马运河的了解更加深入了一步。巴拿马运河是由美国在1914年建成，并且一直由美国人掌控了65年。直至1979年，巴拿马运河的控制权才转交给了由美国和巴拿马共和国共同组成的一个联合机构——巴拿马运河委员会，巴拿马人要回属于自己国家的运河的愿景这才开始慢慢实现。在新世纪来临的前一天，1999年12月31日，巴拿马人终于全部拿回了巴拿马运河的控制权，运河的管理经营全部由巴拿马运河管理局负责，而这个机构，只需要对巴拿马政府负责。一段历史，记载了运河归属的几番辗转，也折射出这座“世纪桥梁”对于大洋通航的重要意义，更折射出这条黄金水道对世人的绝对诱惑力。

巴拿马运河的工人挺有意思，他们会带些运河的纪念品上来兜售，但又只敢偷偷摸摸。一个工人拿出几枚巴拿马硬币，想和我们交换，而他最想交换的物品竟然是方便面！更让我吃惊的是，他把“方便面”三个字说得极其标准，想必一定是在某条中国商船上中国泡面的美味让他铭心刻骨。

凌晨两点，我们出了望花船闸，引水员和工人离开了舰艇，我们加快速度，沿着航道驶入了巴拿马湾，到达了太平洋。在航海室，我仔细一看才发现，原来我们过巴拿马运河不是由东向西横过地峡，而是先南下通过加通船闸，再急转向东，沿一条东南方向的水道行驶。这条航向“怪异”的运河全程达44海里，走完它的全程花了编队10个小时。当然了，这相比绕行南美洲麦哲伦海峡，省掉了足足8000海里，孰快孰慢，一目了然。

2015年11月19日 巴拿马湾

匆匆一瞥墨西哥

拉丁美洲，每次提及这个名词，我总能瞬间想到美丽的热带风光和奔放的民族风情。在美国杰克逊维尔和古巴哈瓦那完成了总计10天的访问任务后，我对拉美热土的认识总算是由纯靠想象上升到了亲身感受。墨西哥是编队此次环球访问在拉丁美洲的最后一站，一定要抓住这最后的机会好好感受一番拉美风情。

印象之一：暴力之城，令人生畏

内心对墨西哥充满了向往，可“出师未捷身先死”，还未等靠岸，编队的一个通知便泼了大家一盆冰水——考虑到我们即将访问的阿卡普尔科治安情况非常糟糕，大家的外出时间由一天半缩减为一天。这无疑是个“噩耗”！可是虽然大家心中有不爽，也只能对编队的决定报以理解并绝对服从了。

此前，我对墨西哥城市的了解也仅限于墨西哥城、坎昆等，对于阿卡普尔科，还真是头一回听说。可令人遗憾的是，第一次听说它，便得知它是全球五十大暴力城市之一。当然了，除了阿卡普尔科，墨西哥还有9座城市“光荣上榜”。还没到墨西哥，它便给我来了个“下马威”。

阿卡普尔科景色

我开始在网络上搜集相关信息。毒品犯罪和有组织犯罪是墨西哥社会治安面临的最大难题，阿卡普尔科所属的格雷罗州便是墨西哥犯罪率最高的地方。在这个地方，发生团伙之间的枪战不算什么，无辜民众遭绑架和枪杀不算什么，死者被杀害后悬挂在公众场合也不是什么大新闻，而令人不可思议的是，如果有哪一天未发生凶杀案件，这倒是个大事件，上头条一定是妥妥的。

我看到了2009年的一组数据：当年毒品暴力事件共造成7724人死亡，

平均每24小时发生21起凶杀案，每月发生111起绑架案。而当年的12月更成为了墨西哥近几年最血腥的一个月，这期间发生了842起凶杀案。在个别严重地区，譬如奇瓦瓦州全年有记载的凶杀案就达到了3250宗，华雷斯市也创造了平均每4小时一宗凶杀案和平均每10万人就有173人被杀的纪录。

2014年，阿卡普尔科发生了883起谋杀案，平均每10万人中有104.16人被谋杀！

触目惊心！看到这组数据后，我的内心一阵惊恐，当今世界除了战场之外，竟然还有如此恐怖的地方，几乎处处都充斥着死亡的气息。而就在前段时间和平方舟访问墨西哥期间，阿卡普尔科就发生了一起凶杀案。很难想象，现代文明社会里，为何还能有如此乱象。

内心的恐惧和原始的求知欲，让我对墨西哥的治安现状充满了深入了解的冲动。通过与大使馆和当地的一些留学生交流，我也逐渐对此有了一个较为粗浅的认知。毒品犯罪一直是困扰墨西哥政府的头等难题，活跃在国际毒品市场的犯罪集团有着自己的武装力量，他们为了非法牟利不择手段，可以武力对抗政府，也可以贿赂官员警察，还可以虚情假意做慈善收买社区穷苦百姓。一些民众、官员和警察帮助毒贩集体贩毒，是墨西哥政府长期坚持反毒行动却始终收不到良好效果的主要原因之一。墨西哥政府一贯以单一的武力镇压去对付贩毒集团，得到的结果却是贩毒集团的反抗愈演愈烈，贩毒行动恐怖犯罪愈发猖狂。

墨西哥曾经最强大的“贩毒教父”米盖尔·安格罗·菲利克斯·加拉多这样给墨西哥政府支招灭毒：战胜贫困才是灭毒的最好方法。今天，解决城市暴力问题需要全国实现和解，我们需要重建村庄和农场，让墨西哥人能自给自足；我们需要建立工厂，并实行低利率政策，以鼓励墨西哥人饲养牲畜；此外，还要建立更多学校；我们还可以用提供工作机会消除暴力。我们必须牢记，不能只有镇压，而没有医疗保障、公路和安全。

贝尔特兰是墨西哥最出名的毒贩之一，她出身于毒贩世家，两任丈夫都是为毒贩集团工作而最终被暗杀的警察。贝尔特兰如此看待墨西哥的反毒行动：墨西哥有很多腐败现象，很多。如果不是当局睁一只眼闭一只眼，大规模毒品运输根本不可能通过港口或机场，这显而易见，要想赢得这场反毒之战，首先必须清理政府腐败部门。

毒贩支招政府来反毒，看似滑稽可笑，可他们的话语，却能揭示出墨西哥毒品犯罪行动之所以猖獗的一些深层次原因。

其实，放眼国际，墨西哥的毒品犯罪的成因，不仅仅是其内部问题，外界对此也应负一定责任。有墨西哥民众就非常无奈：“只怪我们离上帝如此之远，离美国如此之近。”的确，墨西哥的毒品基本都是流入了美国，并从这里销往全世界；而美国人也十分“客气”，为墨西哥毒贩集团提供了巨额的美金和数量庞大的枪支武器。由此看来，墨西哥反毒，还要看其隔壁邻居美国愿不愿意通力合作。

当然了，数据归数据，个中缘由分析也只是一家之言，对编队官兵来说，墨西哥之旅只有短短5天，只是统计数据里极其微小的一个样本。我们不期望对墨西哥的治安状况有什么全面而深入的认识，唯一要做的就是保证自身平安无事。

24日中午，编队按照计划抵达了阿卡普尔科，墨西哥海军和格雷罗州政府在码头外的小广场为编队举行了欢迎仪式。欢迎仪式的遮阳棚内一派热闹景象，华人华侨和中墨媒体在认真倾听着各方领导的致辞，并不时用热烈掌声表示对中国海军舰艇编队到访的欢迎。仪式现场外的四周，十来名荷枪实弹的墨西哥海军和联邦警察端着枪支，来回踱步，一双双眼睛警惕地盯着周围的车辆和人群。

在墨西哥，编队官兵的安保级别也是贵宾待遇。我们前去参观的阿卡普尔科城市博物馆圣迭戈堡垒离编队靠泊的码头距离不到100米，可编队和墨方依然要求我们集体坐车往返。除去治安状况不良这一因素，阿卡普尔科的道路安全也存在一定风险，我仔细观察了下，即使在有提醒减速和避让行人明显标志的路口，路上的司机仍然轰着油门疾驰而过。我们的大巴行驶在大街上，墨西哥海军派出的5名军人则乘坐一辆皮卡在前面开路，当然了，他们每人都是头戴钢盔，身着防弹衣，手中还扛着压着子弹的步枪。在编队靠泊的码头，也设置了2个全天候的安保岗，由墨海军负责。

大街上，处处都是巡逻的墨西哥军人和联邦警察，他们警惕地看着周遭的一切。沙滩椰林、高山树丛、民居部落……他们的身影无处不在，用“百米一岗、无孔不入”来形容墨西哥的安保巡逻毫不夸张。

在阿卡普尔科的5天时间里，我们没有目睹也不想目睹凶杀案件的发生，也没有听闻有何犯罪案件，特别是领导们连续几天都在外活动并且安然无恙，这让我们有一种错觉，是否“暴力之城”的传闻皆为虚构？可是街头巷尾的巡逻军人和警察，以及时不时响起的刺耳警笛声，还是会让我们保持着对这座城市的治安不能轻易给予信心的警惕。

印象之二：山海环绕，风光无限

沿着编队的航迹，我们看过了地中海的日出月升，领略了波罗的海的旖旎风光。大家都说，对于海景，我们已经有了审美疲劳。墨西哥已经是环球访问的第十站了，大家对于千篇一律的海景早已免疫，对此并没有什

编队军舰停泊在阿卡普尔科港口

么特别的憧憬。

在之前的文章里，谈及到访国的风光，我反复用过惊艳一词。可是，人真的是一种十足的视觉动物，尤其是男人。“这是我见过的最漂亮的人（风景）了！”这句话从口中说出的次数会随着阅历的增加而增加。当我们到达阿卡普尔科湾的时候，这句话再次在我的脑海里冒出来了，虽然它没有被我说出口，但我停不下来的快门声已经说明了一切。

墨西哥是一个在高原上的国家，阿卡普尔科这座城市的海拔虽然不高，但它依然处处是高山。站在阿卡普尔科的外港远远望去，烈日下，蔚蓝的海面上升起一座座青山，从沙滩往高处，直至半山腰，密密麻麻地建满了房子，就像一块块巨大的青色画布上点缀着一颗颗宝石。

我们从环绕着的群山一个缺口驶入港口，舰艇慢慢开进，港口内的景色更是别有洞天，阿卡普尔科的风光犹如画卷一般展现在我们的眼前。微风吹拂着我们的脸庞，把我们吹进了一个由高山和大海环抱而成的世外桃源。见惯了大海的宽广，久不见高山的巍峨，此刻，真想张开双臂，去拥抱这占据我整个视线的座座高山。

舰艇靠泊的码头，是阿卡普尔科唯一的码头，日常都是用来停泊大型游轮。下了码头，就到了一个小广场，广场外的马路，就像缠绕着高山地基的一条灰色水泥边，沿着山脚往前蜿蜒，同时又把高山同银色沙滩隔离开来。一边是巍峨陡峻，一边是细软绵柔，两个空间，两种风格。

高大的棕榈树下，搭建着一个个茅草凉棚，穿着泳衣的人们躺在依次排开的白色躺椅上闭目养神，沐浴着太平洋东岸的海风。码头上，满载游客的观光游船出发了，游船在阿卡普尔科海湾内行驶，带大家看这山与海的壮丽景色。海面上，一艘艘帆船和游艇来回穿梭，留下一道道白色航迹。26日，墨西哥海军司令部帆船队的人员和编队部分官兵进行了帆船操作交流。我们坐着墨西哥海军的帆船，在几个老水手的指引下，迅速调整风帆的方向，系缆绳，摇滚轮，几个来回下来，竟累得气喘吁吁。帆船队的墨西哥海军递给我们几瓶矿泉水，让我们坐在船舷边，靠着缆绳，俯身靠近大海。帆船在海里激起的一轮轮涟漪就在我们的脚下散播开去，不一会儿又被海风抚平。我们以水当酒，互相碰杯，在风帆的荫凉下喝了起来。张开双臂仰起头，让海风和海浪铺满全身，享受这惬意的下午时光。一瓶矿泉水下肚，竟有些醉意，都怪阿卡普尔科风情太浓。

在阿卡普尔科，沿着公路俯瞰整个海湾，是一大乐趣。我们坐着大巴，在盘山公路上慢慢攀升，左侧依然是一栋栋居民楼，而右侧靠海的风景却不停变换着。最开始，沙滩与椰林与我们平行，可慢慢地，沙滩越来越矮，跑到了我们的脚下，一大片一大片的细沙变成了一条被海浪反复冲刷的黄飘带；大巴行入山间，右边又多出来漫山遍野的别墅，一层层白墙红顶的房子在绿树掩映下显得更加鲜艳夺目；靠近岸边的海里，坐落着一座小岛，小岛上的游乐设施和游泳池里，倒是空无一人，就像纯粹为点缀之用一般。不知不觉，大巴绕过了一个又一个弯道，我们一会儿就到达了山顶。整个马蹄形的海湾尽收眼底，大大小小的房子星罗棋布，在延绵起伏的山峦表面铺展开，几幢高耸的酒店大厦则矗立在海边，犹如为整个海湾挡风挡雨的镇守堡垒。山上有房，山间有树，山下有海，太平洋东岸的海滨高原景象，真是奇妙。

入夜，太阳转到了地球另一边，绚丽的海滨之城此刻进入了美妙的夜晚。一盏盏灯被点亮，万家灯火在山坡上亮起，远远望去，就像夜空中的繁星。此时的海无比宁静，海风轻抚整座山城，却不舍得让海浪发出咆哮的声音。月亮悄悄地从码头对面的山顶爬了上来，淡淡的黄色倒映在海里。只见半空中点点灯火伴着一轮满月，水里又是一片五彩斑斓，还停在海面的几叶扁舟在这饱满的彩色世界里摇曳着……

中墨海军人员交流帆船驾驶经验

这边刚说完阿卡普尔科的海湾夜晚十分宁静，那边小广场和沙滩边酒吧里的音乐声就开始响起。阿卡普尔科不仅有彻夜不眠的灯光，还有彻夜不眠的音乐和舞步，这是个不夜城！这里有着大量的酒吧、夜总会和舞厅，游客和墨西哥人在节奏明快的音乐里喝酒跳舞，狂欢至天明。

墨西哥人可以彻夜不眠，除了靠音乐和舞蹈外，还靠他们的国酒龙舌兰。就着一口海盐和一瓣腌制过的青柠檬，喝一口龙舌兰，浓烈刺激之后，口腔里回荡着一股清香，让人大呼过瘾。龙舌兰是烈酒，初次尝试的人可千万不要贪杯，否则会像我一样，把一天的美食全还给了阿卡普尔科的大海。

说到墨西哥的美食，首先要提到的必须是玉米。在远古时期，玉米还只是一种普通黍物，可墨西哥的古印第安人把玉米培育成了世界第三大主食，墨西哥当然不负“玉米的故乡”之名。墨西哥人喜欢用玉米做成的薄饼卷上海鲜、腌肉等食物，再蘸上辣椒酱，酥脆的薄饼，柔韧的肉食，两种食物的不同口感交织在一起，别有一番风味。墨西哥的辣椒也是举世闻名。到餐厅之后，服务员首先会给你端上好几种不同的辣椒酱，红色油辣椒、与西红柿混合而成的酱辣椒、绿色稠状的青辣椒……光是看着这辣椒的各式颜色，就让人口舌生津。在墨西哥吃辣椒也要慎重，最好是先微微品尝后再抉择享用哪一种。有的战友号称能吃辣，可一勺辣椒下去辣得满头是汗，半天说不出话，直灌茶水。墨西哥人吃辣椒很疯狂，可谓真正的无辣不欢。平日就餐不说，他们连吃水果、喝果汁都要拌上辣椒酱！看着一块涂满了辣椒的西瓜或杧果，我还真没有勇气尝试。墨西哥也号称是“仙人掌的国度”。在这个国家，仙人掌不仅可以用来观赏，还可以用来做菜。没能尝试一下仙人掌的味道，是这次墨西哥之旅的一个遗憾。

当然了，墨西哥之旅的遗憾太多太多，来不及去看阿卡普尔科一绝——悬崖跳水，没时间去沙滩享受太平洋东岸的日光，没尝遍所有的墨西哥辣椒，没能在深夜里起舞狂欢……匆匆，太匆匆，仅此一瞥，权当识门认路。希望墨西哥太平，希望阿卡普尔科安宁，希望再次光临！

2015年11月28日 阿卡普尔科湾

06

第六章

环太平洋之旅

邂逅和平方舟

穿越巴拿马运河，编队航行在中北美洲西部海域，一路北上前往墨西哥。航行路上，雷达上忽然搜索到中国海军和平方舟医院船。

执行“和谐使命-2015”任务的和平方舟医院船刚刚结束对墨西哥的医疗援助任务，没想到能和我们编队遇上。双方指挥员立即商定——在海上来一次会面！

20日下午，太平洋东部海域，风浪也非常识趣地变小了，海面一片平静。下午3时左右，编队前方隐约出现了一艘船舶。大家站在甲板上朝前望着，远处的船也变得越来越大。看清了舰舷上的红十字，是和平方舟！

“分区列队人员就位！”官兵们身着白军装，在舱面站好，等待着和平方舟的到来。近了！近了！和平方舟洁白的舰体在阳光照耀下闪着光芒，一个个红十字也分外醒目。“呜——”在距编队左侧一海里左右时，和平方舟鸣响汽笛。济南舰鸣笛回应。“敬礼！”舱面人员举起右手，向和平方舟的战友们敬礼示意。我透过长焦镜头，看到不远处的和平方舟上，舰舷上下三层都有人员整齐列队，也向我们敬礼，特别是在第二层，一排穿着白色裙装的女军人站得笔直，成了和平方舟上最亮丽的一道风景线。那应该就是和平方舟上的女医护人员了吧。

和平方舟依次通过济南舰、益阳舰和千岛湖舰，向每条舰鸣笛敬礼，

编队官兵向和平方舟医院船的战友敬礼致敬

我们也一一给予回应。一声声汽笛声在太平洋东部海域响起，似是在为中国海军舰艇在远海相遇会面而庆祝。曾经，走向深蓝是中国海军的一个梦，如今，它不仅在一次次中国舰艇的远航足迹里变为现实，更在远海的中国舰艇会面里变得清晰、变得深刻。

会合结束后，和平方舟加入了编队的航行队伍，一场国际人道主义海上医疗救护与后送演练正式开始！此次演练背景是某商船在太平洋东部某海域航行时，船舱突然起火发生爆炸，多名船员受伤。该商船向正在附近海域航行的中国海军152编队与和平方舟医院船发出救助请求。在和平方舟海上指挥所统一指挥下，共同组织伤员医疗救护与后送。

演练有条不紊，搭载医护人员的4条小艇、运送模拟伤员的2架舰载直升机纷纷开动。一时间，海面上小艇飞驰，空中战机轰鸣，而4条舰艇则在“事发”海域四周机动，一场海空立体大救援热火朝天。

演练持续了近3个小时。“此次演练，为一次在远海陌生海域开展的

和平方舟加入编队航行

医疗救护演练

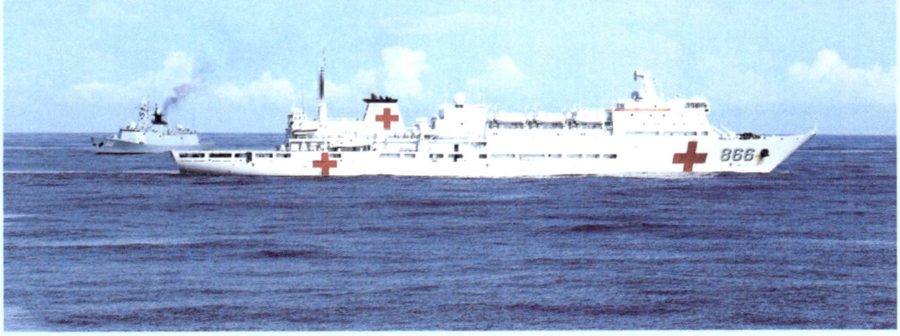

与同事王玉山（前左）合影

‘背靠背’演练，是一次国际人道主义海上医疗救护与后送演练，重点演练了伤员快速后送、甲板交接、检伤分类、紧急手术、伤员回送等科目。”“和谐使命-2015”任务指挥员管柏林说，“通过这种远海结合训练方式，实际拉动锻炼了中国海军医院船与舰艇编队在远海陌生海域兵力快速协同和应急医疗救治能力。”

演练结束后，搭载医护人员的和平方舟小艇分别开往编队3艘舰艇。他们要为编队官兵进行一次体检和会诊。虽说编队配备了医疗水平很高的军医，平时官兵的病痛基本能得到医疗救治，但由和平方舟医院船的医护人员在茫茫大洋中前来体检与巡诊，意义不同寻常，从某种程度上来讲，对编队官兵更是一次“身心疗养”。

舷梯上，小艇人员一个一个往上爬。小艇上，一个戴着眼镜穿着救生衣的人抬头向甲板上张望。我定睛一看——王玉山！王哥是我在新华社解放军分社的前辈，平时从业务和生活上都对我特别关照。前段时间听说他随和平方舟出海了，但因为我俩都在海上，通信特别不方便，所以一直没联系上。

“王哥！”我兴奋地喊了他一句，他也马上在人群中找到了我。他举起右手，先是竖起大拇指，然后便手指着我，眼神里满是老友间的默契。他矫捷地爬上甲板，还没来得及脱下救生衣就和我来了一个大大的拥抱。同一个单位两个随海军舰艇远航执行任务的同事在距祖国万里之遥的太平洋东部海域见面，那一刻，无比感动，无比感慨！在以往，中国海军舰艇在远海相遇，双方指挥员最多通过甚高频互相打个招呼，而现在，不仅可以组织演练，而且双方部分人员可以互登舰艇，来一次面对面的交流。不管太平洋、大西洋还是印度洋，只要想见面，我们就可以见，因为军舰是我们的流动国土，我们在自己的国土上见面不需要看任何人的脸色。拥抱的那一刻，感受到的不仅是战友间的情意，还有对祖国日益强大的自豪感。

我带着王哥在济南舰上转了转，带他看了我住的前段六人宿舍。“你们这都见不到阳光啊。”刚到我们全封闭的宿舍，他就发出感慨。战斗舰艇的生活条件确实和医院船没法比，我笑笑：“七八个月了，都习惯啦。”我们就坐在宿舍，聊着各自舰艇上的工作和生活，回忆着在国内的日子。“以后再也不出海了！”我们同时吐槽着。刚说完，就都哈哈大笑起来。王哥已经出了三四次海了，每次都说这句话。

海上相聚的时光总是短暂，在吃过晚饭后，他们就要返回和平方舟。大家都要继续赶路，他们要接着执行医疗援助任务，而我们要去夏威夷执行友好访问任务。前路漫漫，归国的日子还长，那么，就让我们都不要想家，把活干好，不辜负这段远航岁月。

一路珍重！

对了，王哥送了我一顶和平方舟的舰帽，我给了他两瓶湖南辣椒酱。

2015年11月20日 太平洋东部海域

夏威夷，Aloha！

环球一路十余站，最期待的莫过于夏威夷。夏威夷，美国的第五十个州，太平洋中最璀璨的一颗明珠，在多少人的眼中，夏威夷是天堂，是胜地，是一辈子非去不可的地方。夏威夷闻名于世的群岛风光，让大家无比向往和憧憬。

12月13日，我们的舰艇缓缓驶入了夏威夷珍珠港。随着舰艇在珍珠港码头稳稳停泊好，大家顺着舷梯踏上夏威夷的土地，我们的夏威夷之旅正式开始！

珍珠港里看历史

提到夏威夷，不得不提珍珠港。从某种程度上来讲，也正是珍珠港，使得夏威夷由一个普通的群岛而名声大噪，充满了历史韵味。珍珠港是美军太平洋舰队的基地所在，也是美国跨越太平洋走向亚洲的一个重要枢纽，其战略意义不言而喻。

编队驶入珍珠港的时候，与一艘艘停泊在港内的美国军舰擦身而过。一艘舷号为63的战列舰和一座马鞍形状的白色建筑尤为显眼，这便是象征着第二次世界大战太平洋战争结束与开始的密苏里号和亚利桑那号。我们

密苏里号战列舰

亚利桑那号纪念馆

的军舰就停在了它们的对岸，只要走上甲板就能看到它们，总让人情不自禁地陷入那段历史……

1941年，第二次世界大战的战火在亚洲和欧洲战场早已燃起，作为轴心国之一的日本帝国主义野心勃勃，一面侵略中华大地，一面试图消灭美国，争夺石油资源，达到称霸世界的目的。在这个错误目标的推动下，日本野心家山本五十六制订了偷袭珍珠港的作战计划。

12月7日清晨，珍珠港内的一艘艘军舰安静地停泊在水面，士兵们还在周日的睡梦中。从日本6艘航母上起飞的183架飞机奔向珍珠港，向水面舰艇和其他军事目标投下大量炸弹后，发回表示偷袭成功的“虎！虎！虎！”信号。随后，由168架战机组成的第二波攻击再次降临珍珠港，发动攻击。此时，毫无防备的美军仓促应战，损失惨重，8艘战列舰中，4艘被击沉，一艘搁浅，其余均遭受重创；6艘巡洋舰和3艘驱逐舰被击伤，188架飞机被击毁，155架飞机被损坏，2403人丧生。

在一个名为大风口的地方，我们站在悬崖边上鸟瞰瓦胡岛的风光，感受从太平洋吹来的劲风。当年，偷袭的日本战机便是以这里为定位点，从这飞入珍珠港。耳畔的风呼啸而过，使人不禁想象70多年前的那个清晨成群日本战机飞过的景象，让人不寒而栗。

白色的亚利桑那号纪念馆下方，是被击沉的亚利桑那号战列舰的遗骸。在当年的那场偷袭中，亚利桑那号被击中，弹药库爆炸，舰艇在9分钟内便完全沉没，1177名将士遇难。后来，部分人员的遗体被打捞上来，但至今仍有945人在舰体内部。为了铭记历史，美国前总统肯尼迪指定亚利桑那号战舰沉没处为国家陵园，并在亚利桑那号的遗骸上方建立了战舰纪念馆。

编队一行20余人乘坐太平洋舰队副司令的游艇，从游客中心出发，前往亚利桑那号纪念馆。几十分钟的路途里，我们先后经过了加利福尼亚号、西弗吉尼亚号、马里兰号等战列舰泊位，这些舰艇在偷袭中被击沉，一些后来被打捞了起来重新进行修缮改造，也有的永远沉在了水下。

亚利桑那号纪念馆远远望去，就像一个白色的马鞍，跨在亚利桑那号上，互相交叉，犹如一个巨大的十字架。游艇到达纪念馆门口，随行的一个美国水兵一个箭步跨上浮台，把缆绳系好。来纪念馆的游客并不少，但多是美国人，也有个别的亚洲面孔。进入纪念馆的大门，里面一片开阔，左右上三面墙上各有七个窗口，象征着21响礼炮。透过窗口，左右两边可看到亚利桑那号的遗骸，一个锈迹斑斑的圆孔凸出水面，那是经拆除后的主炮的基座；抬头看去，悬挂着星条旗的旗杆直指蓝天，这根旗杆，并非建立在纪念馆中，而是与亚利桑那号的桅杆连接在了一起，象征着亚利桑那号上的旗帜永远飘扬。

我们继续往里面走，到了一个方形的洞口边。我们取下挂在脖子上的“lei”花环，剪断绳子，将一朵朵红色的芙蓉花捋下，撒向水面。花瓣随着水流在战舰遗骸上方慢慢流淌，四散开来。水面上，从遗骸油库中渗漏出来的油污闪闪发光，就像是1177名遇难将士的眼泪，让人无比感伤。亚利桑那号沉没已经74年，但油污一直在渗漏，据了解，每天渗漏的油污大约为4公升，并且还能渗漏100年。

纪念馆的最里面，是圣堂。偌大的一面墙上，刻满了1177名遇难将士的名字。白墙黑字，一个个英文组成的名字，是一个个鲜活的生命，是一个个无辜的英灵。白墙前面摆满了花篮花圈，每天来悼念他们的人络绎不绝。在白墙前左右下角的石台上，刻着几十个名字。我仔细观察了一番，在他们的名字后方，还刻着不同的年份，最早的是1996，最晚的是2015。原来，在当年偷袭事件中幸存的亚利桑那号舰员，在去世后骨灰都会由潜水员送入遗骸的内部，他们要与战友一起，共同长眠于曾经奋斗过的亚利桑那号战舰上。名字后面的年份，是他们去世的年份。74年过去了，当年十八九岁的水兵如今也90多岁了，幸存的舰员中又还有多少在世呢？左下角的石台上，已经被名字刻满；右下角的石台，所留的空白也不是很多。忽然间，心中一阵酸楚。

从亚利桑那号纪念馆出来，大家都沉默不语，少了来时的兴奋与愉悦，内心一片沉重。战争的残忍，可以穿越时空，永久给予人伤痛。

珍珠港被袭的那一天，被美国人视为国耻日。也正是这一天，美国正

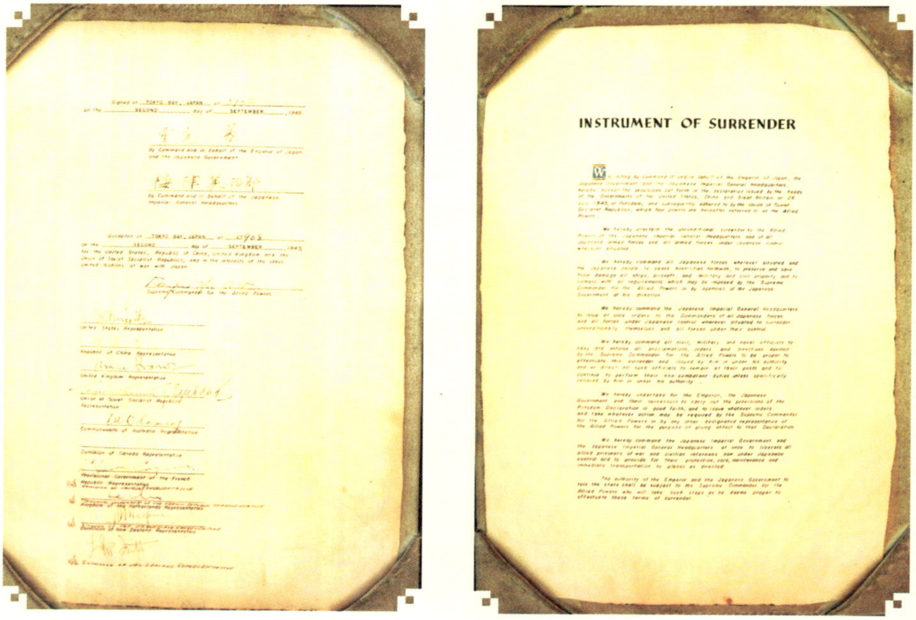
INSTRUMENT OF SURRENDER

日军投降文件书复制件

式被卷入第二次世界大战，太平洋战争爆发了！美国大兵并不好惹，他们立即组织了庞大的舰队，从太平洋出发，驶向日本湾。愤怒的美国大兵向日本本土放肆攻击，还在广岛和川崎扔下了两颗原子弹。冲动的日本人为自己的偷袭换来了更加猛烈的报复，他们终于体会到了战争的苦楚。

1945年8月15日，日本正式投降，世界反法西斯战争终于宣告胜利！9月2日，日本无条件投降仪式在停泊于东京湾的密苏里号战舰上举行。美国太平洋舰队司令尼米兹、太平洋盟军最高统帅麦克阿瑟等美方及同盟国代表陆续登上密苏里号，中国当时派出的代表是徐永昌。

密苏里号战舰上，当时日本无条件投降签字仪式处已经放置了一块圆形纪念牌。不少游客会在此处拍照留念，但导游会特别提醒，千万不要站错了边，否则一不小心就成了“战败国”。在签字纪念牌一旁的玻璃柜里，陈列着当时的签字文件的复印件。战败方日本代表重光葵和梅津美治郎的名字赫然在列！比较有意思的是，当时的同盟国之一加拿大的代表可能过于激动，竟然把自己的名字签错到了下一栏中，这导致了接下来的法国、荷兰、新西兰代表全部签错位置。签字仪式结束后，大家陆续退场，而日本代表呆立在原地，一动不动："这份签错了字的文件拿回去后，国会没法通过。"后来，日方带回去的文件竟然是一份用笔涂划修改后的文件。

密苏里号前的"胜利之吻"雕像，舰上威武的大炮、错综复杂的雷达，泛黄的日本投降仪式照片，无不在展示着美国海军的骄傲与自豪，昭示着同盟国的正义力量与二战的必然结局。

追溯夏威夷的历史，其实这个群岛划归美国还不到120年。走在夏威夷的高山沙滩、大街小巷，都能感受到它与美国本土不大一样的人文氛围。

夏威夷是一个慢节奏的海岛。人们见面打招呼，会喊"阿罗哈！"打招呼时，还会使用举起大拇指和小手指的手势。在夏威夷，做什么事可千万不要急，因为这里本来就是一个放松心情享受生活的地方。大街上、海滩上，人们都穿着绘有大海椰林、部落雕像等图案的宽大衬衫，花花绿绿，造型颇是夸张，这便是有名的"阿罗哈衫"。穿上阿罗哈衫，你就称得上是夏威夷本地人了。

夏威夷处于热带地区，四季暖和，花朵常开。"lei"是除阿罗哈衫外，夏威夷另一独特的标志。用绳子把芙蓉等花朵穿起来，再打上结，一个lei就制作完成了。欢迎远道而来的客人，夏威夷人都会手捧lei，将其挂在对方的脖子上。编队领导刚踏上码头，几名华人华侨就涌了上来，为他们挂上了一串串红色的lei花环。

夏威夷的风光太美了，堪称世外桃源。18世纪末，欧洲航海家詹姆斯·库克发现了这个太平洋中间的群岛，并登上了群岛中的瓦胡岛。而就在此时，夏威夷的酋长卡美哈梅统一了整个群岛，并建立了夏威夷王国。在随后的一百多年时间里，英法美等国对这片世外桃源利用各种手段进

夏威夷风光

行争夺。尽管历经欧美资本主义国家的入侵，而且在1898年正式被美国吞并，但时至今日，夏威夷土著文化历久不衰，一直传承了下来。

草裙舞，被视为夏威夷土著文化的瑰宝之一。每当夜幕降临，夏威夷土著人便会围绕在椰树林中，沐浴着海风，在火把的照明下载歌载舞。他们的音乐和舞蹈的灵感来自大海，来自自然，奔放自由，随意洒脱，身着金色草裙的夏威夷女郎，扭动着她们的腰肢，伴着古老的韵律动感起舞。旧时这种表达快乐和愉悦的舞蹈，如今频频出现在各大演出场合，用来欢迎游客，而舞蹈本身的韵味却并未随着时间的流逝和表演目的的更改而变

迁，草裙舞依然还是夏威夷人的草裙舞。

夏威夷群岛上最早居住的是波利尼西亚人。在瓦胡岛上的波利尼西亚文化村，可以领略到汤加、斐济等7个南太平洋国家的历史、习俗、歌舞、饮食等方方面面的内容，让人见识到纯正的波利尼西亚文化。最早的夏威夷人，其生活习俗便是综合了众多南太平洋岛国的文化，形成了其传统而又具有特色的波利尼西亚文化。

在詹姆斯·库克发现了夏威夷群岛之后，欧亚移民陆续涌入这个地区。夏威夷就像是一个国际文化交流大中心，街头，既有欧美白人面孔，也不缺亚洲黄种人的脸庞；仔细去听，既有纯正的英语，也有日语、韩语，还有闽南语和粤语等；各大商场里，既有牛排汉堡店，也有寿司生鱼铺，还有炒饭米粉等中餐馆……目前，夏威夷大部分是欧美人和日本人，其次就是混血人、菲律宾人、韩国人、越南人和华人。

在瓦胡岛认识了在夏威夷州立大学东西方文化研究中心进修的新华社同事杜白羽。她带着我去了瓦胡岛上的中国城。在中国城，门牌和街道用中英双语写，店牌则是大大的繁体字。与整齐干净的商场不同，中国城的店铺杂乱拥挤，饭馆的窗户和门上都用红色贴纸写上了各种菜名和广告语，街道上弥漫着一股浓浓的泔水味和垃圾发酵的味道。

我们一路走着，发现街边还有不少的乞丐和无家可归的流浪汉。他们并不是亚洲面孔，却都出现在了中国城。其中还有一位衣衫褴褛头发蓬乱的妇女，光着脚走在马路正中间，全然不管行人与车辆。不久之后，两辆警车过来，三位警察把她反手铐上，准备带到警局。后来，我从当地人那了解到，夏威夷当局把所有流浪汉和乞丐都赶到了中国城，因为城区中心是旅游景点，不允许有这些损害市容的人存在；但政府又不能把他们抓进警局或收容所，否则要负责他们的吃穿住行。我和杜白羽都不禁唏嘘，感慨中国城竟然成了夏威夷政府收容所有“影响市容的人”之地。

夏威夷的首府叫火奴鲁鲁，中文名称是檀香山。在华人刚移民来之时，瓦胡岛上生长着众多的檀香木，不少华人把这些木材运回国内，做火了檀香木生意，这座城市便有了檀香山这个名称。一两百年过去了，檀香木在瓦胡岛已经绝迹，可不少华人却世世代代在这儿扎下了根。

中国城里，立着一座孙中山雕像。手捧书本的孙先生雕像下方的基座上，刻写着他提出的“三民主义”。雕像在一棵郁郁葱葱的大榕树的荫凉下，让人看不大清高处的脸，来来往往的行人也并不驻足，只向不停拍照的我投来几瞥目光。沿着雕像往前走，是一个休闲区。操着“粤普”的一群老人们，在下象棋、打扑克、打麻将，还有的在闲聊着。牌桌上，散落着几张钱币，打扑克的桌子旁边，围满了观看的人，此番热闹景象，让人有一种置身于国内某个小公园的错觉。我对杜白羽笑称，打牌也是中华文化的精粹之一，只要有中国人在的地方，就有牌局的存在。

在中国城居住的人，都是平日里勤勤恳恳、以打工开店谋生的普通老百姓，而比较富有的人，基本都购置了别墅，搬离了这里。华人导游欧师傅开车带着我们环岛观光，向我们介绍起了沿路的几个别墅群。“判别别墅的主人是什么人太容易了：房院门户大开的是欧美人，用围墙围起来的是中国人，门口堆满了作镇宅之用的火山岩石的是日本人。”“欧美人屋前屋后种鲜花，中国人则是门前种树，屋后开地种蔬菜。”欧师傅的话幽默诙谐，逗得我们哈哈大笑，却揭示了不同国家、不同民族之间的文化差异。

当然了，夏威夷是一个开放自由的地区，世界各地的文化在这里交流碰撞，互相展示、互相融合，形成了夏威夷独有的移民文化。路过圣安德鲁斯主教教堂的时候，恰遇一对日本青年在举行婚礼。身披婚纱的日本女孩儿，在十字架前，一脸的虔诚与幸福。在檀香山市政厅和伊奥拉尼皇宫门口，巨大的圣诞老人与圣诞奶奶光着脚丫子，在椰树下的水池边戏水玩耍，夏威夷特有的绿毛龟正驮着圣诞礼物在水中游着。夏威夷人有意思，把圣诞奶奶也创造出来了，让圣诞老人不再孤单；光着脚丫过圣诞，这恐怕也是全世界最热的圣诞节了吧。

马路上，一队小朋友正在老师的带领下过马路。小朋友们的肤色有白有黄，还有咖啡色，他们朝我们微笑着，用甜甜的声音说“阿罗哈”！他们是夏威夷的朝阳与希望，也同样是夏威夷几百年历史和文化的缩影。

火山岛上赏美景

夏威夷群岛是由太平洋底的火山爆发而形成的，它总共由132个岛屿组成，延绵起来有2450多千米之长。在群岛中，有8个岛屿相对较大，

夏威夷的火山

最大的是夏威夷岛，上面还存在着2座活火山，常年向外喷发着火热的岩浆，遇到海水后凝固，使得夏威夷岛的面积在不断地扩大。有人说，如果从地球表面来算山的高度的话，那夏威夷岛的山应该是全世界最高的山，足足有9000多米，当然了，这其中包括沉浸在太平洋海水中的5000多米。

夏威夷岛由于有活火山的存在，并不是特别适合人居住。几个岛中，瓦胡岛是人口最多、最热闹的。夏威夷州的首府檀香山在瓦胡岛上，著名的美军珍珠港基地也在这个岛上，而且瓦胡岛还是整个夏威夷州的文化、经济中心。

钻石山是瓦胡岛最高的山，它是一座已经沉寂了几百年的死火山，如今漫山遍野已是郁郁葱葱，长满了绿色植物。顺着火山口往下，坐落着一栋栋现代民居；山势平缓，接近海平面之处是一片平原，上面车水马龙，耸立着一座座高楼大厦，一派繁华都市的景象；而在海边，则是绵长的海岸线，这就是有名的维基基沙滩了，椰林海浪，阳光美女……走过了这么多海滨城市，但夏威夷的椰树却给我印象最深。它比一般的椰树要高大得多，顶着数枝椰树枝直冲蓝天。火山口下四处都是火山岩，维基基沙滩也是后来人工铺填沙子建成的。

在维基基城区，可以沿着海边漫步，也可以下海冲浪；可以在河中划一叶扁舟，也可以在商场里疯狂“血拼”。但是，最有意思的，还是要租一辆车，沿着海滨公路，尽情去享受一场夏威夷的视觉盛宴。我们奔驰在空旷的高速公路上，看着海浪一波又一波地拍打着岩石，海风吹得皂角树左右摇荡，阳光晒在葱绿的山坡上，白云在天上一朵一朵飘移，视野无限开阔，画面无比壮观。

车开到一个叫恐龙湾的地方停了下来。站在远处看去，几座由岩浆凝固形成的山，卧在碧蓝的海面上，就像一只趴地休憩的大恐龙。恐龙湾因为海水被月牙状的山体围绕，无大风大浪，水温适中，湾内又长满了大片大片的珊瑚，所以这里鱼群种类丰富，特别是在冬季的时候，附近海域的鲸和海豚都躲回到此处。

夏威夷政府特别重视环保，十分注重对自然的保护。虽然夏威夷海域

芙蓉花瓣漂浮在水面，远处是密苏里号，左侧是亚利桑那号渗漏的油污

水产丰富，但政府却严令禁止近海渔业，这里的海鲜大部分都是从别处运来的。恐龙湾里的珊瑚生长茂盛，海底的鱼类品种繁多，更是成为重点保护对象。到恐龙湾游泳和浮潜，需要缴纳7.5美元的环保费，并且在入场后，还须观看一个15分钟的环保宣传视频。到海里之后，可以看到五颜六色、形状各异的鱼群在身边自由自在地游着，丝毫不管人类在一旁游泳干扰，当然了，切不可伸手去抓它们，去打扰了这美丽海底本该有的宁静与自然。夏威夷政府实际上不愿意让游客来此处观光潜水，无奈恐龙湾的景色过于惊艳，诱惑着无数的游人；适度开放之后的政府，只有利用周二一天的关闭时间来进行维护工作了。

夏威夷在热带地区，全年温度变化不大，较为暖和，但是夏威夷的雨就不像气温那么稳定了，说不准什么时候就飘过几片浓密的云朵，带来一场疾雨。也正是因为这来无影去无踪的降雨，给夏威夷带来了“彩虹之城”的外号。

编队离开珍珠港时，天空又亮起两条彩虹

有时候，你在路上走着，忽然一抬头，前方的山间，云层下面犹如一层白纱一般的雨正在下着，把整个山笼罩在一片朦胧之中，很是梦幻。这时候，总能看到山的两端挂着两条由蓝橙红等几色组成的彩色飘带。飘带有一定的弧度，可是并不长，从山间长起，向天空延伸。慢慢地，雨渐渐地小了，云朵的灰色褪去，天空也变得透彻起来，而两条彩色飘带就可以完整地向上延伸，最终连接在一起，组成了一个完整的大弧形。一条完整的彩虹就此完成！

赤橙黄绿青蓝紫，谁持彩练当空舞。在夏威夷的几天时间里，总是能邂逅一条条美丽的彩虹。有时候，两条彩虹手拉着手，并列展示在你眼前；有时候，两条彩虹又大圆套小圆，形成双彩虹挂在天边。彩虹之下，是夏威夷的延绵而翠绿的山脉和密密麻麻的民居，仿佛童话世界中的天堂一般。

17日下午，我们结束对夏威夷的访问，离开珍珠港。就在我们离港的时候，一场小雨不期而至。短暂的降雨之后，天边又挂起了一道双彩虹。我们的舰艇掉转航向，朝着港外慢慢驶出。我站在舰首，本想拍水兵们系缆工作的场景，却发现双彩虹恰好亮在舰艇的正上方，就像为我们的军舰戴上了一个缤纷的彩带。这是夏威夷在挥动它最美丽的彩带，向编队道别送行。

夏威夷，期待下次再说“阿罗哈”！

2015年12月17日 夏威夷西南海域

从西北半球到东南半球

赤道，环绕地球表面距离南北两极相等的圆周线，是划分地球南北纬度的基线。跨越赤道，意味着南北半球之间的跨越。

国际日期变更线，是十二区的时区中线，也是东西半球之间的分界线。舰船向西航行经过该线时，即由西十二区进入东十二区时，日期增加1天。

对于已经走向深蓝的中国海军来说，跨越赤道或国际日期变更线已不是什么稀奇事，可是在航渡途中要同时跨越两者，即通过赤道与国际日期变更线的交叉点，还真不常见，这个得看“缘分”。

编队12月17日结束对美国夏威夷的访问后，一路向着西南，前往环球访问的下一站——澳大利亚布里斯班航行。我们的航线，恰好经过了赤道与国际日期变更线的交叉点。为了纪念这一特殊的时刻，编队举行了一个简短而特别的仪式。

赤道上的太平洋一片宁静，湛蓝的海水反射着强烈的阳光，海风夹杂着热浪，吹拂着我们的脸庞。大家的热情比室外的温度还高。飞行甲板上，一群身着洁白军装的官兵整齐列队。9时29分20秒，编队济南舰、益阳舰和千岛湖舰同时鸣响汽笛，浑厚的汽笛声在舰艇上空回响。30秒鸣笛后，值更官在广播里开始倒数：“10，9，8……”此时，大家按捺不住内

大家在仪式上调时

心的激动，跟着一起倒数了起来。“3，2，1……”倒数结束，官兵们往前跨越一步，然后是一阵欢呼。这一步，象征着我们从12月23日直接跨越到了24日。

“我宣布：中国海军152舰艇编队首次在西北半球同时跨越赤道和国际日期变更线进入东南半球！”在编队指挥员王建勋宣布完后，大家纷纷取下手腕上的手表，将日期调为24日。

接下来的议程是奏唱国歌和重温入伍誓词。此时此刻，响亮的国歌声和铮铮誓言在赤道上空响起，让人心中有一种别样的自豪感。为了这一时刻，编队还特意为大家制作了跨越赤道与国际日期变更线纪念卡。这张纪念卡，别看它小，可它却花费了吴良才干事好几天的时间设计。纪念卡的正面是一张地图，上面描绘着编队这一路的航迹，并且着重突出了赤道与国际日期变更线的交叉点；背面是对编队执行任务和航向的介绍，右下角还有编队指挥员和政委的签名。10名官兵作为代表，从编队领导手中接

编队官兵脱掉鞋袜，光脚踩在飞行甲板，感受赤道的火热

作者在雨中发稿（吴良才 摄）

过了写有自己名字的纪念卡。“我干海军30年了才过一次赤道与国际日期变更线的交叉点，而你们当兵才几年就有了这种难得的经历，你们都很幸运，这也反映出我们的海军越来越壮大，走向深蓝已经成为常态！”给官兵们颁发完纪念卡后，指挥员深情地对大家说。

扔漂流瓶也是必不可少的议程。两名女兵把4个漂流瓶送上，编队指挥员和政委分两次投放到大海中。漂流瓶的纸条上，用中英文写着：“中国海军第二十批护航编队济南舰、益阳舰和千岛湖舰，执行亚丁湾、索马里海域护航任务后转入环球访问任务，在成功访问了苏丹、埃及、丹麦、芬兰、瑞典、波兰、葡萄牙、美国杰克逊维尔、古巴、墨西哥、美国夏威夷后，前往澳大利亚、东帝汶、印度尼西亚访问时，于公元2015年12月23日9时30分，航经赤道和国际日期变更线交叉点，由北半球进入南半球，由西半球进入东半球，特此纪念，并向有幸获得漂流瓶的朋友致以美好祝福，祝您心想事成、全家幸福！”“世界和平是我们人类共同的梦想！”不知道这个漂流瓶会随着海浪漂向哪儿，又会有谁能在何时何日捡到它……

扔完漂流瓶还不算完，活动的高潮总在最后。有四五十名官兵被随机点名参加最后的“奔跑”环节。他们脱掉鞋袜，光着脚踩在滚烫的甲板上，一个接一个顺时针、逆时针各跑了3圈。在阳光暴晒下的甲板，必然是滚烫火热，大家放肆地欢笑着，伴着一声声尖叫，小心翼翼地踩着步伐小跑着。据说，这是编队指挥员的主意，或许是想让大家与赤道来一次亲密接触。亲密接触的滋味可不好受，不少战友脚底被烫起了泡，这也算是达到了牢记跨越赤道与国际日期变更线交叉点这一目的。若干年后，想起西北半球到东南半球，想起脚底的水泡……

仪式结束后，官兵们还不愿退场，顶着烈日拍照留念。不少官兵自制了漂流瓶，把写满祝福和电子邮箱的纸条塞到里面，投入大海。还有的官兵，拿出一双旧鞋，在仪式前后各扔一只，以期达到把脚印分别留在西北半球和东南半球的愿望。

在这个特殊时刻，我既没有光脚跑，也没有扔漂流瓶和鞋子，似乎缺少了一些特别的记忆。不过我倒是淋了一场赤道的阵雨。在用海事卫星发稿的时候，我们的舰艇驶入了暴雨区，一场暴雨噼里啪啦就浇灌下来，丝毫不给人反应时间。我赶紧脱下上衣，把海事卫星和电脑盖好，再冲到值班室拿了一把雨伞。稿件传了一半，总不能半途而废，再说也不知道这雨啥时候停呢。于是，我拿着伞，遮好设备，继续发稿。雨水顺着伞滑落到我露在伞外的后背上，不一会儿，我的后背和裤子全都湿透。等到发完稿，我这才感觉浑身一阵冰凉。

老天就像是一个调皮的孩子，在我发完稿后，暴雨就停了。为了弥补对我的“恶作剧”，它在舰艇后方的海空之间挂起了两道美丽的彩虹。看到此般美景，身上的凉意顿时去无踪影。跨越赤道与国际日期变更线，我总算是留下了点什么！

2015年12月24日 南太平洋

2015年的最后一个夜晚

在2015年的最后一个晚上，我选择与济南舰舰长刘冕一道值班，用这种方式来告别过完的一年。当日，我写下了这篇稿件，并交编队和海军审核。可是，这篇稿件并未发表，因为就在我准备把稿件传给编辑部的时候，刘冕舰长找到了我，说不希望这篇稿件发表——“过往一年取得的成绩，不是我一个人的，而是全舰的，现在是执行任务的关键阶段，还是全心全意做好工作吧。”虽然耗费一个通宵采访加写稿，但我还是接受了这位低调的舰长的建议，尊重他的意愿，让稿件沉睡在了我的电脑里。如今，任务结束，我也可以把这篇稿件公之于众了——

2015年12月31日深夜，南太平洋海域风急浪高，执行环球访问任务的中国海军152舰艇编队正朝着西南方向航行。

济南舰驾驶室内，仪器表盘在暗夜中发出点点亮光。舰长刘冕站在挡风玻璃前，睁大了眼睛环视着海面。

“这是今年最后一更了。”先后在3艘军舰任过舰长的刘冕向记者感慨道：“对于我们舰来说，今年是不平凡的一年。”

济南舰是我国自行设计建造的新型导弹驱逐舰，2014年底入列后不到4个月，就远渡重洋执行亚丁湾、索马里海域护航任务和环球访问任务。

“入列即远航，这在中国海军是首次。”刘冕坦言，让济南舰这名

“海军舰艇中的新兵”执行如此重大的任务，作为首任舰长的他，压力颇大：启航之时，全舰训练合格的模块还不到四分之一。

刘冕抬起左手，指向前甲板上被月光照得洁白的主炮：“主炮对空射击这个项目，我们是在出航之后才进行的。”

航行一路，训练一路。济南舰以“战”载训、“战”训结合，结合任务把符合训练条件的内容训完，大力提升了执行非战争军事任务能力。“中国海军正从训练型向任务型转变……”

实“战”实训出实效。2015年6月6日，他们在为3艘商船护航时，发现1艘疑似海盗母船，果断处置，用时仅12分钟；在与美国、法国、埃及、丹麦等国海军分别举行的联合演练中，济南舰多次担任指挥舰，与外舰密切协同，所有演练均顺利成功……

“嘀！嘀！嘀！”说话间，驾控台上红灯闪烁，铃声响起。

“什么情况？！”

“机电部门完成对柴油机三级检修保养。”车钟手报告。

得知保养完成，刘冕迅速下达“换柴油机工作、燃气轮机正常停机”的指令。“两进五！”不一会儿，他又下达了另一道指令：“两进六！”

“长时间航行，柴油机需要定期分级保养，而现在使用的是燃气轮机，适当加速则能起到清理机体内积碳的作用。”

从接舰到入列，从解缆到远航，在过去的1000余个日夜，刘冕从没停止过学习与钻研，全舰的装备，他都了如指掌。

截至目前，济南舰已经连续海上航行9个月，创造了中国海军战斗舰艇执行单次任务时间之最。然而舰艇装备的可靠性和可维性，始终是刘冕心中放不下的一块大石头。

针对装备可能出现的各类情况，济南舰制定了上百种预案，并反复操演，确保一有情况能立即处置，远洋航行能得到充分保障。

“2015年只剩10分钟了。”刘冕看了看手表：“这一年我们连续航行200多天，航程达50000余海里。”

驾驶室外，海面翻滚着白浪花。舰艄旗杆灯随着海浪，平稳地起伏着。

“左前方距班普顿群礁40海里。”航海值班部位报告。刘冕仔细查看了风向和流向，下达指令：“向右3度！”修正航向的目的，是让舰艇与群礁保持安全距离。

在环球访问途中，许多海域和港口都是中国海军首次航经与到达，水文气象、海区环境等方面的资料极为匮乏。

“行船走车三分险，我们在每次操纵过程中，都必须全神贯注、细心谨慎。”尽管有着5年多的舰艇长经历，但刘冕在值更时依然严谨如初，他总是会要求驾驶室各部位定期报告航行信息，时刻掌握舰艇航行动态。

就在记者与刘冕的谈话过程中，副舰长张小忠来到了驾驶室，准备接更。不知不觉，时钟已经走过了12点，来到了2016年。

“按照既定计划，航速不要低于13节；注意保持与前方航碍物的距离；及时关注编队益阳舰、千岛湖舰动态……”刘冕一丝不苟地交代着值更事项。

刘冕值完3小时的更，回到房间时，已是零点十五分。

记者翻阅他房间办公桌上的一份个人年终工作总结，看到成绩一笔带过，工作打算却不少：完成后续的训练课目，参加全训考核；提高组训能力，加强全舰系统协同，提升舰艇整体战斗力……

夜已深。在记者离开之际，刘冕又打开了电脑。再过8个小时，编队与澳大利亚海军的联合演练就将拉开序幕，他还要再研究研究演练方案。

这位导弹驱逐舰舰长的2015年跨年夜，不知几时能眠……

2016年1月1日 南太平洋

布里斯班不一般

越过赤道，我们来到了南半球。在南半球的版图上，最显眼的一块陆地，莫过于位于大洋洲的澳大利亚了。

澳大利亚之行几经波折。环球之初，我们准备访问的是悉尼，后来由于各种原因，访问城市改为了布里斯班。可就在编队按照航行计划推算后，发现到达布里斯班的时间是2016年1月2日，而这个时间，澳大利亚人正在过新年假期，很多访问活动都没法开展。于是，我们的访问安排就大大缩水，最初的访问也被改为了停靠休整。

不管如何，编队济南舰和益阳舰还是于2日上午抵达了布里斯班的粮食码头，千岛湖舰也于次日到达。

从司机的英语说开去

布里斯班的粮食码头，干净整洁，让人忽视了它的荒凉与偏僻。偌大的一个码头，只有我们几艘军舰停靠，在高耸的塔吊不远处，金黄色的粮食堆成了一座山，直接暴露在空地上。

码头里面有道路，却只允许车辆行驶，行人不准步行上路。靠港完毕后，出于工作需要，我和朱梁文轩两人前往码头商店购买上网卡。商店离

益阳舰在靠港

码头并不远，不到500米的距离，可我们只能等着商店的面包车过来接我们过去。当然了，车辆接送都是免费的。

我们买东西的速度很快，不到5分钟就搞定。在来回的路上和等车的时间里，和司机以及店员聊天的时间反倒更长。他们对于中国海军的到来也没有显得很感兴趣，就像平日里对待那些来运输粮食的货船一般。不过，初次相识，大家都是彬彬有礼，我们也交谈了起来。

小朱的英语非常棒，所以跟他在一起，基本都是由他来交流，而我更多时候是负责在一旁静静聆听。小朱刚开口，几个澳大利亚本地人便对他的英语熟练程度表示了惊奇和赞叹。不久之后，他们询问一直沉默的我，是否会讲英语。此刻，我也只好展示出我地道的“中国式英语”了，没想到也得到了他们的赞许。几个澳大利亚人对我们的赞许，其实并不是因为通过几分钟的对话就判断出我们的英语水平有多高，而是对我们能去学习一门外语并且可以较为熟练地运用表示欣赏。在他们看来，我们从中学就开始在同是中国人的老师的教导下学习英语，是非常不容易的。他们认为，外语是一个工具，不到需要使用的时候，便不会去学习它，而中国这种“技多不压身”思想指导下的外语学习，让他们感觉有些惊讶。

作为日不落帝国曾经的殖民地，澳大利亚的广袤国土上，深深地烙着英伦文化的印记。他们把英语定为母语，并且毫不客气地指出小朱的英语有着浓浓的美国腔调，显得有些做作。真是直性子的澳大利亚人！不过，我也算是体会到了澳大利亚人血液里的英伦基因了。

1770年，英国航海家詹姆斯·库克经过这片大陆的东海岸时，把它命名为“新南威尔士”，并宣布其归英国所属。在随后的近二十年时间里，英国人并没有对这片肥沃的土地产生足够的重视，仅仅是把它当作了一个囚犯的流放地。1788年，包括了700多名囚犯在内的1530人的船队到达了澳大利亚植物园湾，并在那里建立起了第一个英国殖民区。这个地方不断地发展，逐渐地成为了一个大城市，这便是悉尼。随后，一批又一批的英国移民来到了澳大利亚，并以悉尼为中心，逐渐地向内陆发展，不断地扩大殖民区。

澳大利亚的土著居民面对这群来自另一个半球的白种人手足无措，也只能听之任之，甚至被驱逐至了荒漠的内陆地区，塔斯马尼亚岛上的土著居民甚至惨遭灭绝。这一段殖民史，横跨3个世纪，长达100多年。

1900年，全澳大利亚殖民区的居民进行了一人一票的全民公决，通过投票的方式把6个殖民区改成州，并且统一在了一起，建立起了澳大利亚联邦。与此同时，澳大利亚的第一部宪法也顺利通过。

1931年，英国议会通过了《威斯敏斯特法案》，使得澳大利亚获得内政外交自主权，成为英联邦中的一个独立国家。1986年，英国议会还通过了《与澳大利亚关系法》，澳大利亚获得了完全立法权和司法终审权。

从被欧洲人发现，到澳洲大陆统一成为独立国家，澳大利亚在100多年的时间里，实现了由原始蛮荒之地到现代文明国度的发展蜕变。在一定程度上，澳大利亚人对欧洲人，尤其是英国人，怀着感激之情。白种人，在澳大利亚是贵族，是上层阶级。不管是早期的各殖民区政府，还是初期的联邦政府，对于欧洲移民，都是热烈欢迎，而对于有色人种，特别是对中国移民，则是制定各类政策、设定各种条件进行限制。

现在的澳大利亚，土著居民只有40万人左右，只占全国总人数的1/60。这些土著居民，也习惯于住在蛮荒郊外之中的部落里，不愿意住在政府提供的住房中。走在布里斯班的大街上，看到的大部分是白种人面孔；随着对其他人种移民条件限制的取消，越来越多的亚洲黄种人也来到了这片南半球最大的土地。各色人种在这里经营着澳大利亚这个国家，通过勤劳与智慧，让这片土地持续焕发生机与活力。

澳大利亚没有悠久曲折的历史，他们的历史约等于一部被殖民史。不过，他们对此依然选择铭记，甚至选择以此为豪。1月26日，是当年英国殖民者把第一批囚犯运送至澳大利亚的日子；现在，这一天被澳大利亚人定为了他们的国庆日。

从码头欢迎的华人说开去

访问一路，感动一路。每次到达一个港口的时候，我们都能看到成群结队的华人摇着红旗、举着横幅在码头欢迎。在布里斯班，这个澳大利亚的大城市，华人自然不会少。虽然此次我们到达布里斯班只是补给休整，并非友好访问，但得知编队到来的消息，依然有三四百名华人华侨来到了码头迎接和欢送我们。

华人华侨举着横幅“昆士兰华人热烈欢迎中国海军舰艇编队”，而欢迎的人群更是充分体现了中国元素。十几位妇女打着腰鼓，扭着秧歌，用鼓声和舞姿欢迎编队官兵；川渝老乡会的同胞则用四川话和我们打着招呼；十几位精心装扮的华人妇女，身着各类花色的旗袍，撑着纸伞在码头迎接，她们是旗袍协会的同胞；布里斯班中文学校的华人小朋友，顶着烈日，举着向日葵花朵，在老师的带领下齐声喊着“欢迎欢迎，热烈欢迎”；几位华人，用情地唱着“军港的夜啊，静悄悄，海浪把战舰轻轻地摇……”用歌声表达着对编队官兵的敬意；身着统一黄色短袖的几十位妇女，则跳起了广场舞，布里斯班广场舞团的会员们用时下国内最淳朴最接

在码头欢迎编队的澳大利亚华人

地气的方式欢迎我们……整个码头上，一片热闹非凡，丰富多元的中国文化体现方式让编队的官兵们倍感亲切与感动。

靠港当天，欢迎的人群也登上了济南舰和益阳舰，一睹了祖国战舰的风采，而一些华人华侨也陆陆续续赶来，赶在码头关闭前来参观军舰。

改革开放以来，随着我国经济实力不断增强，市场的逐渐开放，越来越多的国人走出国门，赴世界各地经商求学，其中，一些人还在国外定居，取得他国国籍。中国在世界上的影响力也随着华人华侨的展示宣传有了一定的提高与增强。可以毫不夸张地说，华人已经遍布地球村每个角落，全球处处都能看到中国元素。

得知我到了布里斯班，高中的英语老师黄茜瑶告诉我，她带过的学生中有一位也在布里斯班，并且还来到了码头迎接编队官兵。黄老师把那位同门师姐发给她的参观军舰照片传给了我，我大为惊喜。在远离祖国的南半球的澳大利亚，我竟然能遇到同一个城市同一所高中的师姐，感觉真

左二即为在布里斯班遇到的萍乡老乡兼同门师姐周婷

是奇妙。世界那么大，世界那么小。在黄老师的帮助下，我联系到了这位师姐周婷。和周婷师姐见面后，一口久违的萍乡方言让大家都感觉十分亲切。在澳大利亚讲萍乡话，这感觉真是无与伦比！

周师姐带着我去了位于布里斯班市中心的亚洲超市。在那里，我买到了江西米粉，看到了老干妈、四川凉粉，货架上还摆放着各类中国方便面，我从未如此地感受到它们对我的诱惑力。让我更加惊喜的是，我还买到了萍乡产的某品牌葵花籽。一个小小的亚洲超市，售卖着琳琅满目的中国食品，我用并不便宜的价格买走了一袋东西，却免费在这里痛快地一解浓烈乡愁。

我们的同胞们是可爱的、单纯的，可有时候却也难免有个别人，让我们感觉有些无奈。就在参观舰艇那天，有两位战友购买了几罐婴儿奶粉给自己年幼的孩子，可就在他们往舰上搬运的时候，个别华人拿着手机把这一幕给拍下来了。本来再平常不过的事，可到了网络上却变了味。这些照片被发到网络之后，被一些别有用心的人利用炒作，冠以“军舰走私”“访澳海军舰艇大肆购买奶粉”等标题，事件随后升温发酵，对编队官兵和中国海军都产生了不良的影响。

所谓清者自清，我无意去为谁辩解，只能呵呵一笑。

有战友后来告诉我，在编队停靠的几天时间里，有几个华人代购商在码头推销自己的商品。起初，我内心一阵感动，感激他们为大家提供了便利，可就在得知他们售卖的价格是市场上好几倍或贵上一两百澳元的时候，我的内心五味杂陈。

回想停靠在布里斯班5天的时间里，一幅幅华人华侨的面孔在我脑海中浮现，码头上热烈欢迎的人群，冒着大雨带我游逛布里斯班的周婷师姐，再到借机炒作的拍摄者，准备大捞一笔的代购员……有感动有温馨，有无奈有不快，更多的是思考。走出国门的华人是多起来了，可是大家都准备好了把最好的中国、最大写的中国人展示给全世界吗？

从龙柏的考拉说开去

中国有熊猫，澳大利亚有考拉。踏上大洋洲的土地，一定要去看看这里独有的动物界萌宠——考拉。考拉又名树袋熊或树熊，既是澳大利亚的国宝，又是澳大利亚奇特的珍贵原始树栖动物，属哺乳类中的有袋目树袋熊科。布里斯班是澳大利亚的第三大城市，因为这里拥有不少的考拉保护区，它又被称为“考拉之都”。

我们去了距离市区十五分钟车程的龙柏动物保护区。进入这个动物保护区，需要缴纳36澳元的门票费用。在拿到门票的同时，还可以拿到一张中文宣传单。宣传单上，最显目的当属习近平主席夫人彭丽媛怀抱一只考拉的照片。这是她在随习主席访问澳大利亚时，在龙柏动物保护区拍摄的。

进入龙柏，循着丛林里的小路往动物居住区去。刚走几步，一个小动物就从脚下蹿了过去。定睛一看，在前方不远处，一只半米长的蜥蜴昂

布里斯班新旧对比

着头，停在了路中间，也丝毫不管游客从身旁走过或拿着相机对准自己拍摄。原来，龙柏之所以叫动物保护区，而非动物园，是因为这里对大部分动物采用的都是开放式饲养，而非牢笼式的圈养。

再往前走，耳畔传来一声声的“Hello”！我们分辨了许久，才发现这声音竟然是前方几只五颜六色的鹦鹉发出来的。我们跟鹦鹉去打招呼，可它们似乎只会这一句。

正当我还在试图和鹦鹉对话的时候，有游人大呼了一声：“呀，考拉！”这一喊，把大家都吸引过去了。几棵桉树枝干搭成的架子上，两只灰色的考拉正坐在树杈上，两只前爪抱着树干，头歪向一边正在呼呼大睡。也许是感觉到有游客过来了，它们微微睁开了双眼，瞄了一眼，又低着头继续睡去了，大有“你拍你的照，我睡我的觉”的隐士风范！

考拉的一天中，有20个小时是在睡觉，剩下的4个小时主要是用来吃和伸懒腰。如此惬意的生活方式，引得不少宅男宅女嫉妒不已，纷纷表

作者与萌宠考拉的合影

示“下辈子一定要做一只考拉”。据说，考拉的死也是让人瞠目结舌。在年老之后，因为体力不支，考拉们会在睡梦中因抓不住树干而掉下来摔死！这种死法，也真是考拉才独有的吧。不过呢，考拉其实也不是天性就嗜睡，主要原因在于它们所食用的桉树叶中含有镇静剂成分。所以，我们所看到的萌宠考拉，其实是吃了“安眠药”的。

在龙柏保护区中，有一个地方可以供游客与考拉合影，只需缴纳18澳元。排队的人络绎不绝，都想抓住这唯一可以和考拉亲密接触的机会。游客进入指定区域后，工作人员会让你将双手十指交叉，托于腹前，掌心朝上；这时候他们才会把考拉从树上抱下，将它放到你手掌上。抱考拉也要靠运气，因为有些考拉恰好饿了，或者不开心了，它们的两只前爪便不会抓住你的衣服，这样你是不能把它抱稳的。我去照相的时候，第一只考拉到了我怀中，可头却扭在一边，前爪也不愿搭在我身上。当我以为工作人员要尝试说服考拉抓住我的时候，她却马上把它抱走了。在龙柏动物保护区，所有人都应该营造一个自然和谐的环境，不能对动物有一丝的勉强。

我可能运气比较好，第二只考拉一到我怀里就往我身上蹿，差几公分就亲到了我。说实话，考拉身上的气味还真是重，还有一只考拉，直接在工作人员的怀里小便，弄得工作人员衣服湿了一片。除去气味不说，考拉厚厚的皮毛和敦实的身体在怀里还是挺有手感的，特别是它们那肥厚的臀部坐在你的手中，让你感觉就像托着一个大肉团。不到几分钟，与考拉的亲密接触定格为一张彩色照片。游客们捧着照片，看着其中的自己和可爱的小考拉，一脸的笑意，满满的都是幸福与满足。

澳大利亚有着“世界活化石博物馆”之称，这里不仅有考拉，还有袋鼠、鸸鹋等其他地区少有的动物。在龙柏的袋鼠保护区，人们可以进入给袋鼠喂食。当我进去的时候，刚从口袋里掏出手机，两只袋鼠就蹦了过来，以为我是要给它们食物。袋鼠们的前爪几乎没有作用，相比肥壮的后肢，显得瘦小得很。在袋鼠区，还能看到澳大利亚独有的鸸鹋。鸸鹋是一种飞翔功能已经退化了的大鸟，它是世界上最大的陆地鸟之一，也是世界上最古老的鸟种之一，是鸟纲鹤鸵目鸸鹋科唯一残存种。因为它的特殊性，这种形似鸵鸟头顶红冠的动物也出现在了澳大利亚国徽上。

在龙柏，我们还看到了鳄鱼、袋熊、鸭嘴兽、蟒蛇等动物，其中很多都是澳大利亚独有的，甚至还有一些是濒临灭绝的物种。这个野生动物保护园，用一种开放式的方式把这些动物集中在一起放养保护，体现了澳大利亚人对大自然、对野生动物的爱护与关心。

当然，澳大利亚对于大自然的爱，不仅仅体现在龙柏。布里斯班西郊的库塔山植物园内，专门培植栽种了数不清的热带及亚热带植物。在雨雾朦胧的山坡上，在温暖如春的温室里，在干燥清爽的大棚里，园丁们在不紧不慢地劳作着，细致地裁剪每一根枝杈，翻耙着每一块土地……在植物园的中心池塘里，一朵朵睡莲在雨中慢慢绽放，而岸边的竹子更是为景致添加了几分诗意和韵味。像这样的景色，其实在布里斯班里很常见，大学校园、小区花园、平常街道，处处都是美景。

在库塔山植物园的山顶，可以鸟瞰整个布里斯班市区。这座昆士兰州首府城市，沿布里斯班河而建。两岸的建筑鳞次栉比，顺着弯曲的河流排列着。到了市中心，则是一片高楼大厦，直冲云霄。在河的南岸，有摩天轮、游乐场、剧院等观光景点，其中很多都是在1998年布里斯班举行世界博览会后保留下来的建筑。当年长达6个月的世博会，为布里斯班这座沉寂的城市迎来了100万的游客，也让布里斯班名声大噪。不过，在游客中也流传着这么一句顺口溜："故事桥上无故事，袋鼠角里无袋鼠，黄金海岸无黄金。"故事桥是布里斯班河上的一座桥梁，以设计者之名冠名；袋鼠角是旧时澳大利亚土著人驱逐杀戮袋鼠的一个悬崖，现在成为了一处攀岩圣地；至于黄金海岸，只是说那里的沙滩上有着黄金一般颜色的柔软细沙而已。

布里斯班，传奇有趣的故事还有很多，值得驻足品味的美景也不在少数。这个澳大利亚东海岸的城市，如今不仅期待欧洲白人，还热忱欢迎来自东方的黄色面孔……

2016年1月6日　布里斯班

揭开东帝汶的神秘面纱

东帝汶，亚洲最年轻、国土面积最小的国家，也是编队此次环球访问中最神秘的国度。如果说欧美国家以其醉人的人文风景和发达的社会建设散发出巨大的魅力，那么东帝汶则是以其神秘和未知，勾起了我的无限向往。

出发之前，我在互联网上搜索东帝汶的资料，发现除了有部分简单的官方资料之外，几乎找不到任何的旅游攻略和照片。此次编队访东，新华社派亚太总分社的记者颜昊和伍永健从香港赶来，与我一起进行新闻报道。不过，据他们介绍，香港、北京、广州等大城市基本都没有直达东帝汶首都帝力的航班，需要途经雅加达或巴厘岛中转。我也大概明白了为何网络上几乎没有东帝汶的旅游攻略了。

坎坷崎岖独立路

当我把中国海军首次抵达东帝汶访问的消息发布出去的时候，不少网友和读者留言“又一次学习了地理知识”。的确，东帝汶在世界地图上太不起眼了。要找到东帝汶，首先要找到澳大利亚或者是印度尼西亚，这个西与印度尼西亚西帝汶相接、南与澳大利亚隔海相望的岛国，面积还不到

东帝汶的姑娘们跳起当地的特色舞蹈

一万五千平方公里。

东帝汶，努沙登加拉群岛东端的不起眼小国，其国土面积小，历史也极为坎坷崎岖。有史料记载、有依据可查的东帝汶历史，只能追溯到16世纪前，当时的东帝汶曾先后归属于苏门答腊室利佛逝王国和以爪哇为中心的满者伯夷王国统治。

在大航海时代，东帝汶的历史就是一部被殖民史。1520年左右，葡萄牙人登上了整个帝汶岛，把这里占为己有，作为香料贸易的据点。1613年，荷兰人又入侵了这块并不大的岛屿，与古邦王缔结条约，并于1618年在西帝汶建立了基地，把葡萄牙殖民者的势力赶至了帝汶岛东部。也就是在这个时候，帝汶岛初步形成了一分为二、东西割据的局面。

在18世纪，英国的殖民者也短暂控制过西帝汶地区，但后来，荷兰人又卷土重来，重新恢复了在西帝汶的殖民地位。在经过了三百多年互相斗争之后，1859年，葡萄牙和荷兰签订了条约，就瓜分帝汶岛达成了共识。

自此，帝汶岛东部及西部的欧库西地区归葡萄牙，西部并入荷属东印度。此时的土地分布，也就是现今东帝汶与印尼西帝汶的土地划分现状。

然而，从1859年殖民者划定的土地格局，到如今的东帝汶自主国土，这一百多年的历史并不平静，历史长河里波涛汹涌，泛起腥风血雨。

在二战之前，葡萄牙人一直把东帝汶作为政治犯的流放地，也大肆掠夺咖啡等资源，造成这里经济和文化极端落后，东帝汶人民也曾不断起义、反抗殖民统治。在二战期间的1942年，日本还曾经占领过东帝汶。在二战之后，日本人从这里退出，东帝汶暂时交由澳大利亚负责管理。澳大利亚代管东帝汶的时间并没有维持多长，不久之后葡萄牙人又恢复了对东帝汶的殖民统治，并宣布东帝汶为葡海外省。

东帝汶历史的转折点在1974年，当时葡萄牙国内爆发“武装部队运动”推翻了独裁政权，葡萄牙也开始了民主化和非殖民化进程，葡政府开始将他们在大航海时代所侵占的殖民地一一归还给土地所有国和政府。

把土地和政权归还给当地人民，这本来是一件普天同庆的事，可是，在当时的东帝汶，却有不同的声音。有人要独立成为一个国家，有人要保持与葡萄牙的关系，还有人主张把东帝汶并入印尼。几种不同的意见，几个不同的政党，自然就引起了内战纷争。主张独立的东帝汶独立革命阵线，在1975年11月28日单方面宣布了东帝汶独立，成立了东帝汶民主共和国。想把东帝汶吞并过去的印尼自然不会答应，他们在同年的12月出兵东帝汶，并在1976年宣布东帝汶为印尼的第27个省。

对于领土和主权的争夺，造成东帝汶民不聊生，约有18万人死于这场纷争，东帝汶的经济和文化也到了极其落后的地步。1975年12月，联合国大会就通过了要求印尼从东帝汶撤军的决定，要求东帝汶的事情，由其国内自主定夺，其他国家和组织必须予以尊重。在之后，顽固的印尼人和原殖民者葡萄牙人之间也就东帝汶是否独立之事进行了十几轮谈判。

东帝汶的独立，从某种程度上来说，还要感激1997年爆发的亚洲金融危机。因为这次金融危机，印尼时任总统苏哈托政权于次年下台。1999年1月上台的总统哈比比同意了东帝汶通过全民公决的方式来决定自治或脱离印尼。5月份，印尼、葡萄牙和联合国三方还就东帝汶全民公决一事签订了协议。8月30日，在联合国驻东帝汶特派团的主持下，东帝汶进行了全民投票公决。45万选民中，有44万人参加了投票，并以78.5%的得票优势决定了东帝汶独立自治。

东帝汶人民本以为迎来了独立的日子，可让人没想到的是，其国内坚持并入印尼的顽固亲印尼派拒不接受这一投票决议，又与独立派爆发了流血冲突，东帝汶的局势又一步恶化。无奈之下，多国部队进驻东帝汶，联合国安理会也授权澳大利亚为首的约8000人组成的多国部队进驻东帝汶。在多国部队与印尼部队进行权力交接后，印尼当局也于10月批准了东帝汶脱离印尼。

1999年11月，东帝汶成立了具有准内阁、准立法机构性质的全国协商委员会，2000年7月成立首届过渡内阁，2001年8月举行制宪议会选举，2002年4月举行总统选举，独立运动领袖夏纳纳·古斯芒当选。2002年5月20日，东帝汶民主共和国终于正式成立。成立当天，时任我国外交部长的唐家璇前往帝力出席了庆典仪式，并签署了联合公报，正式与东帝汶建交。中国，成为与21世纪第一个新生国家首先建交的国家。

回过头来看看东帝汶三四百年的历史，尤其是其独立之路，不难发现，东帝汶这个国家的命运，其实更多时候都不是掌握在自己手中。尽管东帝汶或帝汶岛有悠久的历史，它的人民也曾共享专属于他们自身的文化和传统，但这些文化与传统还远没上升到成为一个独立民族凝聚纽带的高度。我们所能知晓关于东帝汶的，葡萄牙殖民之前的历史往往被寥寥数语一笔带过，或者干脆不提；而即使在葡萄牙殖民时期，因为葡萄牙人对此毫无热情，历史记录的笔触也是粗得吓人，所记录的也往往是与贸易和战争相关的事件。

东帝汶所走过的历史轨迹，在漫长的历史时期并不是东帝汶人民自己所能掌控的，它总是与地区乃至世界的历史进程息息相关。而与地区乃至世界相比，这个弹丸小岛就更加无足轻重了，因而一次又一次被漫不经心地作为无关痛痒的筹码在葡萄牙、荷兰、印尼，甚至日本等国家博弈的台子上被扔来扔去。从这个意义上来说，东帝汶的历史，与其说是这个国家的历史，不如说是大航海时代以来世界历史的缩影，或者说是15世纪以来世界列车呼啸而过在这个羸弱荒芜的站台掀起的一阵尘土。

传闻与现实

有人说，东帝汶的咖啡特别好，纯天然无污染，因为那里太落后，连农药都无法运送进来。也有资料介绍，东帝汶现在仍旧处于自然经济状态，农业很不发达，工业就几乎等于零。还有人说，在东帝汶，交通基本靠走，通信基本靠吼，大家要做好准备。在互联网上查阅的资料显示，东帝汶国民收入水平极其低下，每人每天平均消费仅为30美分。编队在靠港教育的时候还提醒我们，东帝汶人十分尚武，国内经常发生打架斗殴的事件，让我们外出小心谨慎，甚至一天半的外出安排也减少至一天了。

这些信息，让官兵们对东帝汶这个国家望而生畏。东帝汶，真的如传闻所言吗？带着这些疑问，我挎上相机，开始了我的“解密”东帝汶之旅。

帝力，东帝汶的首都，一个一眼可以望到头的城市。站在耶稣山顶，整个帝力的风光尽收眼底。海岸线的一侧是青山，一侧是碧水，上方的蔚蓝天空中浮着朵朵白云。一座大耶稣像张开双臂，意为拥抱东帝汶，佑护

东帝汶人民，而面对此等美景，谁都会忍不住张开双臂，去拥抱这座美丽的岛屿。

碧蓝的海面上，零星停泊着几艘稍大的货轮和渔船，而最多的，当数漂着的一叶叶扁舟，这些用红色、黄色等油漆涂装过的小木船，是当地人捕鱼的主要工具。烈日下，一个把自己包裹得极其严实的男子坐在船里，一边划动着船只，一边拉起海中的渔网，卸下其中的鱼。整个海岸边，像这个男子一样在海里打鱼的人并不多，大部分的木船都停在了海上，或者干脆被推到了岸边。据说东帝汶的人每天只需要出去捞一次鱼，然后把捕获的小鱼串成一串，提到街上去卖。东帝汶人早上提着的新鲜的鱼是最便宜的，如果到了中午，甚至晚上再去买，则要加价，因为按照他们的思维，他们提着等待的时间变长了，价格自然就要上涨。

东帝汶的海滩，没有任何人工开发的痕迹，到处都是鹅卵石，脚踩着满滩的砂砾，一片簌簌作响。沙滩上，除了木船、渔民的房间和藤草，最显眼的就是被海水冲击上岸的各类塑料垃圾。五颜六色的塑料袋、塑料瓶到处都是，就像一张本是白皙的脸上长满了麻子，让人很是心疼。

东帝汶人暂时没有环保意识，大海成了他们最大的垃圾场。生活污水不经处理直接排入大海，生活垃圾也被倾倒至海里，大海则以她宽广的胸怀包容着这群尚未从原始思维挣脱的人，用自己的身体承担起替他们消化生活垃圾的职责，却始终以蔚蓝清澈的面容和唾手可得的鱼儿回报给东帝汶人。

大海可以忍耐东帝汶的垃圾，可大地却不能忍耐了。它生产出了成群结队的苍蝇，在食物上方、臭水沟旁到处蹿。沙滩上有个所谓的“美食城”，十几家店铺生着火，烤着鱼、鸡腿等美味，可是一个个肥硕无比的苍蝇却十分讨厌，像一团黑云一样附着在食物上，顿时让人没了食欲。不过，这里的生意并不差，几个来海边游玩的年轻人、谈恋爱的东帝汶情侣，靠着塑料凳子，就着一罐冰啤酒，看着美丽的大海，吹着徐徐海风，大口大口地享受着烧烤，极为惬意。

东帝汶的人很是热情，我在沙滩上走，遇到的人都会朝我打招呼，

海中戏水的儿童

帝力海上的渔民

妇女们会腼腆一些，只是微微一笑，而小孩和男人们就热情多了，会主动摆出各种造型，要求我给他们拍照。我在海滩上碰到一群正在海里玩耍的孩子。女孩们和年龄尚小的男孩在海里游泳，而大一点的孩子则在水中嬉戏。几个男孩一会儿站定，一会儿围成一圈扑向水里，用衣服往水里一兜，口中还大呼小叫着，一阵紧张的气氛。正当我纳闷之时，一个男孩从兜起的水里捞起一条小鱼，放进岸上装着半瓶水的大矿泉水瓶里。看到我正在为他们拍照，男孩举起手中的水瓶，开心地咧嘴朝我笑着。塑料瓶里已经装着好几条小鱼了，其中还有一只小螃蟹呢。其余男孩们赶紧凑了过来，拼命地往我的镜头前挤，或摆出"V"字，或竖起大拇指，拍完后还要过来欣赏一番，看着相机屏幕中的自己，哈哈大笑。

不远的农舍处，十几个老百姓正在树荫下聊天。男人们坐在塑料凳子上，女人们怀抱着小孩，几个年轻人则是坐在一艘废旧的木船上。我的到来打乱了他们的聊天，但似乎又为他们增添了一丝乐趣。几个年轻人喊着"photo！photo"！女人们则大笑骂着调皮的他们，她们并不是真的生气了，而是用这种方式来掩盖着自己的害羞。看到我举起相机，十几个人靠在了一起，女人们也停止了责骂，只是仍然在大笑着，他们盯着我的镜头，似乎拍全家福一般的认真。为他们拍完照，我离开了他们的木房子，而我的身后，仍然有欢声笑语传来，我回头一看，他们还在朝我挥手道别，这让我感觉很是温馨。

帝力的沙滩上，只要哪里有大一点的树，当地的百姓便会在哪儿建几间木房，建造起自己的家。树，可以为他们挡风遮雨，还可以用来晾晒衣物；男人们在树下拉锯敲锤，正打造一艘新的木船，女人们在树下穿线织网，为捕鱼制作工具。这种男耕女织的生活，在东帝汶很普遍，人们似乎也习惯过着如此平静安宁的生活，只要衣食无忧，便不考虑更多。

帝力的太阳十分火热，走一会儿便会大汗淋漓，但只要到有树荫的地方，就会非常凉爽。路边的小店里，可以买到进口的可乐、矿泉水和本地的果汁饮料等，单价只需要0.5美元；路边也有推着车卖椰子的当地人，1美元就可以喝到一整个椰子的汁，十分可口。不过，从这些食物的价格来看，我开始质疑起“东帝汶人均日消费0.5美元”这个数据来了。于是，我就这个问题问了很多当地人。

在集市上，一条3斤左右的鱼卖8美元，更大一些的则要一二十美元；帝力市区内并不少见的出租车不打表，可是基本一公里需要1美元；学生们上学放学坐的面包车，单程是0.2美元；理发店的师傅告诉我，理一次发的价格是3美元；在“汉堡王”快餐店里，一份普通的汉堡加薯条也要5美元……一次次询问下来，我已经彻底不相信那个数据了。

至于通信，东帝汶也早已不是那个传说中信息闭塞的岛国了。东帝汶的电话卡只需1美元就能买到，充值五六美元就能有1个多G的互联网流量，而东帝汶也进入了全国3G时代，大街上的成年男子基本都用上了手机，东帝汶的通信，终于不是只能靠吼了！

我在街道闲逛的时候，误打误撞进入了一所小学。学校里人声鼎沸，一片热闹，好像刚开学的情景。校门口，是几个向学生卖零食的妇女，进去之后就是一个水泥地篮球场，篮球场的四周，是七八间教室。靠近校门的教室里，一个手持教鞭的小女孩站在黑板前监督全部同学背诵课文，面对那些见了我这个外人走了神的同学，走上前就是怒目相斥，一看这架势就是班干部。篮球场另一边的一个教室门口，站着一群家长，我挤进家长

老师正在给学生调座位

帝力街景

的人群中，看到背着新书包的小学生们正按照高矮个排队站在教室门口，而一个中年女老师则把他们一个一个领进教室里面，左右权衡安排座位，这应该是刚入校的学生。看到小朋友们一个个老老实实地站在门口，一脸的神圣和紧张，等待着老师叫到自己，我忽然想到了当年我们上幼儿园的情景。隔壁的教室里，孩子们正在嬉戏，老师则在打扫卫生。看到我举着相机，老师放下了手中的笤帚和簸箕，命令孩子们停止打闹，在座位上坐好，提示他们“有拍照的来了”。学生们自然是没那么听话，一个个趴在桌上，或站在凳子上，看着我这个外国人，大声地笑着。在征得老师的允许后，我进入了教室，这引得教室里愈发地热闹了。当我给某个小朋友拍照时，调皮的孩子瞬间就羞涩了，而其他的孩子则是笑得更加开心。

我觉得我不能再在这个小学逛下去了，不然会惹得孩子们上课毫无心思。当我走出教室的时候，他们一齐朝我挥手再见，一个个露出洁白的牙齿和可爱的笑容，让我很受感动。我转过身，教室里的打闹声变成了整齐的读书声，并不大的校园里，稚嫩的读书声此起彼伏，一浪高过一浪，让人感受到了朝气，感受到了希望。这群可爱的孩子，就是东帝汶的明天，祝福他们，祝福东帝汶！

2016年1月20日 帝力

关于印尼的记忆碎片

泥地足球赛

快要到达印尼的时候，首都雅加达恰好发生了暴恐袭击。于是，我们的印尼之旅就“悲剧”了。编队领导说，为了大家的安全起见，就不安排大家外出了，并且印尼也是最后一站了，大家就安安心心地待在舰上，等待回家的日子吧。

唯一外出的机会，就只有与印尼海军的足球友谊赛了。后来，我又要了点小特殊，让新华社雅加达分社的同事开车把我接了出去，所以，我的印尼之行有了两次外出机会。在这两次短暂的外出时间里，我尽可能地拍照、观察，现在回想起来，却也只搜罗到了一些与印尼有关的记忆碎片。

印“泥”足球赛。与印尼海军的足球赛被安排在了印尼海军司令部的一个基地。联想到我们抵达雅加达时印尼方面的热情和欢迎规格，大家都觉得，比赛的场地也应该非常不错，就算不是平整的真草坪，至少也是人造草的。但是，当坐着大巴到达比赛场地后，我和我的小伙伴们都惊呆了：杂草丛生的场地坑坑洼洼，大大小小的水坑里积水一片浑黄，往草地上一踩，就如陷入了沼泽地一样，脚随即被泥水淹没。这一次，我非常乐意地当了替补球员，专心致志当起了球队摄影师。球场上的战友们奋力厮杀，但是不到几分钟，他们就跟掉入了泥塘一样，洁白的球衣瞬间染成了泥黄色。球场上，球员根本不需要停球，因为球绝对弹不起来；起球也需要十分小心，最好闭上眼睛，因为踢起来的水花会溅你一脸。比赛的结果还真不记得了，因为整场比赛成了一场欢乐的泥地趣味赛。

不得不提的“排华”。一说到印尼，很多人首先想到的便是“排华”。当我把这个敏感词抛给我雅加达分社的同事时，他们的回答让我有点意外：“印尼人对中国人非常友好。”时间有限，和当地人接触的机会不多，只记得一个细节：在一个居民区坐车问路的时候，一位中年男子不

华侨华人的舞狮节目

雅加达混乱的交通

仅详细地给我们指了路，还跑到前方的十字路口，看到我们从正确的方向走过去这才放心。在雅加达工作了两年多的同事贺长山说，其实印尼人对人都特别友善，不管是对中国人还是对其他国家的人。

华人在印尼的地位非常高，因为他们掌握着印尼整个国家八九成的经济命脉，从农业到工业、服务业，每个行业的巨鳄基本都是华人。可以说，印尼现在已经离不开华人了。但这是否就是排华的原因呢？其实不然，大部分印尼人并没有眼红华人，给华人企业、公司打工的印尼人大有人在。我们坐着车，经过一条街道，看到两旁的房子明显和别的街道不同，外墙的黑色被雨水冲刷过，一道道被大火烧过的痕迹里透出斑驳。这些房子，就是在当年的“排华事件”中被一些暴恐分子纵火焚烧的。印尼的房子产权是永久性的，这些房子的主人早已不住在这里，把当年那场灾难的证据永远地留在这块土地。关于“排华”，解释和说法很多，虽然已过去近二十年，但它被永远地记录在了史册上，成为全人类的噩梦和耻辱。当时的暴恐分子被印尼当局哄骗和蒙蔽，成为了某些人的刽子手，犯下了打砸抢烧、奸淫掳掠等一系列残暴的罪行。这段黑色的历史，留下的印记并不多，在印尼平静而祥和的生活中觅不到一丝恐惧和愤怒的气息，不管是遗忘，抑或是深藏，希望日子永远安好。

这般雅加达。雅加达，东南亚第一大城市，是世界著名海港，别名椰城。我一直在憧憬着，雅加达又会是一座如何美丽的城市。但当我们入港那一刻开始，我就觉得，憧憬可能要落空了，因为整个海里，一片黑色，各种生活垃圾、塑料制品漂浮在海面。越往里走，越是如此！在城区，尤其是老城区，路边的垃圾到处堆放，河边的垃圾更是堆成山，其脏乱程度好比洪水肆虐之后的场景。有妇人背着小孩，坐在路边等车，还有的人，直接就坐在了铁路边。雅加达的交通更是混乱和拥堵，尤其是在老城区，常常是水泄不通，摩托车、面包车、货车等挤在一起，喇叭声、轰鸣声混成一团。在雅加达开车，一定得有耐心。

中国军舰停泊在雨后的雅加达港口

混乱，是我对雅加达的第一印象。这几日，雅加达枪击事件的阴霾

作者与维里（右）合影

还未完全散去，贺长山还带我们“逛”了当时的事发地。在码头上，我见到了在枪口外20米的现场拍摄恐怖分子照片的新华社雇员维里，并和他合影，他为了拍到更近更好的新闻照片，把自身安危置之度外，真心为他点赞。在维里身上，我看到一种为了梦想不惧一切、敢打敢拼的精神，一直藏在心里的那个战地记者梦，似乎又被点燃。

包容，是我对雅加达的第二印象。巴达维亚，是雅加达的一个荷兰语名称，这个名字是17世纪荷兰殖民者占领爪哇岛后为雅加达所取。随后的两三百年，荷兰东印度公司在印尼大肆掠夺资源，剥削劳动者。我们来到巴达维亚广场，看到了荷兰殖民者在雅加达留下的建筑，广场上有舞狮的人，有欧洲宫廷风格装扮的人，有印度特色表演，还有日本的卡通玩偶，真是一个世界元素大集合。有小朋友在广场上学骑自行车，也有穆斯林少女在广场拍照留念，还有不少的游客在一旁的咖啡厅品着咖啡看着风景……这个广场，就是整个雅加达，甚至是整个印度尼西亚的缩影，在历史长河中，似乎谁都可以在这片土地留下些符号和痕迹。

关于印尼，真的是只有碎片化的记忆了，被关在舰上几天，更多的信息只能从同事口中或是没有“墙”的互联网上了解，至于印尼的染布、木雕、咖啡、佐以多种香料的美食，还有那极富特色的印尼歌舞，就让其在我的憧憬中继续活着吧。

2016年1月28日 雅加达

07

第七章
海风中的思绪

母亲节后记

母亲节，五月的第二个周日。它不是中国的传统节日，应该是西方文化舶来品，譬如圣诞节之类的。圣诞节等西方节日这几年受到了一些国人的排斥，但母亲节、父亲节、感恩节这些节日却依然大有市场，大概是因为孝在中国传统美德中占据着一大重要席位。

之所以取这么个标题，是我总习惯在节日当天，观察周围的人在做些什么、是一种什么状态，再在第二天将这些记录下来。那么，远离母亲在亚丁湾护航的水兵们，在母亲节这天都忙些啥呢？

首先，必须是工作，该值更的值更，该训练的训练。军事活动计划表上，永远不会有节日。

那些不值更的、训练完了的，在编队党委的安排下，则充分感受到了节日氛围。我们平日里用来工作的学习室，暂时被改造成了“亲情连线室”。亲情连线室很简单，两边的桌子上摆着5台已经连接了互联网的笔记本电脑，房间尽头悬挂着“亲情连线”的横幅。它们的作用都很明显，电脑用来上网视频，横幅用来拍照作背景。我进到这个房间的时候，几个身着海魂衫的男兵女兵正在上网，他们把电脑侧了过去，把屏幕背面对着门。我无法看到视频中的他们的母亲，或是父亲，或是对象，到底长啥样，但是我能看到他们一脸幸福的样子。最前面的女兵手捧着双脸，十分娇羞，我认真听辨了一下，讲的是长沙话："恩妈，额赛黑哒。"意思就是自己晒黑了，在跟老妈撒娇呢，我低头看了看自己的手臂，自觉地退出了"亲情连线室"。倒不是因为自己的胳膊比人家小姑娘黑，而是因为不大习惯能看这种撒娇的场景。我在父母身边成长的这么些年，撒娇这个词好像不曾在我的字典里出现过。跟父母的感情非常好，从小我就听话，学习也用功，除了小时候一次偷过家里的钱之外，几乎没让父母动过什么大肝火。跟爸妈交流的时候，很有默契，我说或者不说，我的意思他们都会懂，所以压根儿就不会具备撒娇这种我认为只在城里的孩子身上才会出现的技能，并且，我只要看到谁家的孩子一撒娇，就会起一身鸡皮疙瘩。

话题有点儿扯远了，总之，舰上的孩子们出海以来第一次用上了互联网这么奢侈的资源，还奢侈地跟家里视频了一回，即使带宽有限，视频有时会卡着一动不动，即使时间短暂，每人只有5分钟，但是，大家都已经非常满足了。

第二个活动，则是过了一次集体生日。这次集体生日，既是为五月份生日的战友准备的，也是为表达对母亲的感恩之情而特选在这一天。"我们的生日就是母亲的受难日。"这句话，被并不词穷的主持人说了不下3遍。蛋糕上的小卡片上写着"祝福天下的母亲节日快乐"。所以，以后五月的集体生日都要冠以母亲节这个主题吗？

不知道炊事班是不是准备了好几块母亲节主题蛋糕，因为不仅在集体生日现场，而且在女兵舱也出现了2块同款蛋糕，一块是"祝福母亲节快乐"，另一块则是"祝福未来的母亲们节日快乐"。第一块蛋糕，属于像梁曼莉、董克慧、康之卉、姚滢等大姐们，她们中，有的孩子已经在上大学，有的孩子还在上幼儿园。舰上民用通信手段不多，她们应该收不到自己孩子主动发来的祝福，但在亚丁湾这个地方收到别的孩子们送来的祝福，也是难能可贵。第二块蛋糕，属于舰上其他的那些未育的女军官和女战士。我一个一个仔细想了一遍，好像未育的她们也全部是未婚。这些姑娘们没有已为人母的大姐们那么沉稳，在这个暂不属于自己的节日里也收到祝福，更为开心，一个个咧着嘴大笑。笑着笑着，好像都意识到些什么，竟然也有了一丝害羞和矜持，几个姑娘脸上冒出绯红，这绯红，也或许是因为想到了自己也会拥有幸福的家庭和可爱的小孩，荡漾出来的喜悦与憧憬。为全体女战友们送蛋糕送祝福，应该算是舰上安排的第三个活动。

第四个活动，不是舰上安排的，是大家自觉行动的。母亲节这一天的亲情电话特别火爆，因为亚丁湾比国内晚5个小时，所以几部亲情电话从早上五六点到下午六七点，一直没断过线。有些人是给母亲打，有些人则是给自己孩子他妈。等我排到队的时候，已经是北京时间晚上十一点了，老妈早就睡觉了，我硬是把她从睡梦中吵醒，结果只说了一句“今天好像是母亲节”，然后死都憋不出那句“母亲节快乐”！

挂完电话，我反思了一下。电话打得晚，是通信资源有限，这个无可奈何，但是好不容易打通电话却没几句话，却是不大应该。我回顾了一下自己与父母交流的这二十多年，得出的结论就是，我可能这辈子都不会在正常状态下向他们说一句“我爱你们”。如果什么时候说了这些，要么就是我喝了酒，要么就是用文字表达的。

父母都是朴实的农村人，从我懂事开始，他们教育我的，都是一些生活中能摸得着看得到的事儿。他们不会教导我要行得正立得直的道理，但会在发现我偷了家里的钱时把我狠狠揍一顿；他们不会教导我人生就是要拼搏奋斗的道理，但会一遍一遍问我，如果不读书我能去干些什么；他们不会教导我生活必须勤劳踏实的道理，但会让我跟着他们一个暑假一个暑假地插秧、割稻子、撒牛粪……在他们教育我的过程里，几乎不会出现任何心灵鸡汤和人生哲学，全都是一部部“生活工具书”。后来我上高中、上大学，离开了家，他们关注的是我的学习成绩和生活状况，难得回一次家也是问生活费够不够、在外面吃住如何，甚至连在外莫闯祸之类的唠叨都没有。再后来，他们关注的问题是我又被调到哪个城市了、新的工作岗位能否适应，还有就是找对象了没有。

他们就是这样，基本不会在生活中提炼出一点儿总结性的话语和有点儿高度的思想表述，总是把一些最原始、最直接、最本真的事物教给我。

可是我发现，他们给我的生活"粗粮"却非常有营养，我一样补充了糖分、脂肪和蛋白质，一样茁壮成长为青年，拥有健康的体魄和独立健全的人格。

这么一回顾，我终于明白，父母教育我的过程，从来就没有过浪漫的气氛，所以，我身上的浪漫细胞也是很难培养。如果哪天我开口跟他们讲一句肉麻话，不仅我自己会起鸡皮疙瘩，他们也会被惊吓到——他们培养出来的孩子，应该是不具备浪漫气质的。不知道其他80后的农村孩子，是否也和我一样。

我们现在的社会，是一个旗帜鲜明的社会，符合主流思想和总体价值观的东西，会被大肆宣扬、大力弘扬、广泛传递。在这么个旗帜鲜明、全民意志近乎统一的社会里，很容易有狂欢的节日。母亲节，不就是一次对母亲感恩的全民狂欢日吗？在这一天里，大家主动地、被动地唤起了关于母亲的回忆、勾起对母亲的思念，并不浪漫的我们积攒了许久许久的感情也找到了一个合适的倾倒口，在大氛围的刺激下，一下子爆发。

所以，我要说，舰上组织的活动，是好活动。

忽然想到了电话里父母充满睡意的语气，我们都看似漫不经心，心里却都明白，我们早就成了彼此此生最深最深的牵挂。这牵挂，无须表达。

爸，妈，等我回家。

2015年5月11日 亚丁湾

二十七八岁

亚丁湾时间凌晨1:45，北京时间6:45。我躺在床上辗转反侧，始终没有睡意。耳机里的歌曲一首一首翻过，就像年轮在我的身上，一圈一圈碾过。是啊，新的一天开始了，第27圈的年轮已经画完，时间的笔触放在了第28个年轮的起点。

我坐了起来，打开电脑，决定在28岁的开端写点什么。生日是个迎新送旧的纪念性日子，在这一天，不管年纪大小，都有权利好好地思考下人生，考虑下生活，再许下几个愿想。

二十七八岁，说年轻，却已经离开大学校园六七年了；说老了，却又才开启青春后的岁月。都说二十七八岁是人生的里程碑年龄，退却了年少的懵懂与青涩，增添了几分中年的成熟与稳重，告别了无忧无虑的象牙塔，少掉了许多可以犯错的机会，开始了作为一个事业生力军、家庭顶梁柱的高压生活。

二十七八岁，生活模式开始慢慢定型，人生轨迹也基本有了清晰方向，很多人在这个路口左右徘徊，最后做出抉择，快马加鞭奔向可以一眼看到尽头的未来。他们或欣欣然，或戚戚焉，甚至选择暂时逃避，但最终，他们都得在二十七八岁这个路口留下些什么，即使只有不甘和遗憾。

开始意识到自己也到二十七八岁这个年纪，是我的身体提醒我的。几个月前踢球摔伤的疤痕，至今未消，要知道，在大学期间类似摔倒，疤痕不会在身上驻留超过半个月；洗澡时镜子里的脸，色斑和黑痣越来越多，再也没有往日的白皙。是的，身体新陈代谢的机能已经远不如前了，我不得不正视年龄这个问题。一直以来，年龄都是我的优势，我读书早，参加工作早，大学毕业也才21岁，这让很多同学、同事羡慕不已。可是，随着年龄基数越来越大，那一两岁的优势也就越来越不明显。

二十七八岁，十字路口。我认真回忆了一下，其实摆在我面前的选择并不多，我从上大学到参加工作，几乎都是被推着走，做选择的经历几乎少之又少。高考懵懵懂懂地填报了国防生，用抛硬币的方式选择了一个学校，然后四年本科后被分配至部队工作，这其中学什么专业、到什么单位我都是对父母、对领导言听计从，我几乎没有权利去做选择题，也看不到其他的选项；工作之后，在“我是革命一块砖，哪里需要哪里搬”的思想教育下，6年的时间里，被安排到了4个岗位，换了6个城市，我从来没有说过一个“不”字。也正是因为这样，我来到了亚丁湾。

有朋友告诉我：“你得学会拒绝，你得学会说‘不’！”我也思考过这个问题，我拒绝的能力确实太差，以至于很多人觉得我就是个老好人，来者不拒。

人生一定要学会拒绝吗？工作之后，我其实是一心想把自己所学专业运用到作战和训练中，走军事这条道路，但单位领导想让我从事新闻宣传工作，找我谈心，我没有拒绝。于是，我努力努力再努力，把单位的新闻宣传工作搞得有声有色，机缘巧合，后来参加新华社解放军分社的选拔，进入了这个万千军事新闻工作者心中的殿堂。

人生总是很奇妙。有时候会收到以前单位同事的信息，他们在粤东大地的那个演兵场，没日没夜地加班，为前途为生活而奋斗，为心中那个橄榄绿的梦而奋斗。在两年前，我和这些可爱的战友一样，压根儿就不会想到自己会离开那个地方，到了千里之外的首都，再去了东海之滨，更想不到我会来到令人闻名丧胆的亚丁湾、索马里海域。我们都以为在35岁之前的生活就应该在加班和训练中度过，没想到大家的人生轨迹会在短暂相交

拍下一张大躺在甲板上的照片，告诉自己要做一个大写的人

拍下一张蜷缩在甲板上的照片，拥抱心里的柔弱

后又分道天南地北。这不是我选择的，也不是他们选择的，但我们都在人生的道路上满怀希望，一路狂奔。

我不大会拒绝，所以我要做好准备去迎接一切；因为我可能要迎接一切，所以我要让自己变得越来越强。拒绝需要智慧，但迎接一切，却需要万事不惧的能力。这几年来，因为不拒绝，我多干了很多活，也多犯了很多错，但我发现自己的心却是越来越宽容了，遇事也能更灵活了。我不是一个悲观主义者，可是我学会了给自己留条后路。这条后路，不是逃跑撤退的小路，而是对最坏情况预估的底线，有了这条底线，做好了最坏的打算，我便没有什么可失去，包袱也轻松不少。最坏的打算，加上最足的准备，还有比别人多出几身汗的功夫，那么不会拒绝也不见得是一件多么恐怖的事情。

从4月3号起航开始，我就知道，2015年余下的日子都要在茫茫大海上度过了。2016年，我要何去何从，定在哪个城市，我至今都不知道。北京？南京？广州？这3个城市，对我来说，不是选择题的选项，而是一个不知道是否的疑问句。答案在领导那里，他们让我去哪里，我就去哪里，哪里都能有精彩的生活。

爸妈总是很操心我，他们想让我早点安定，然后按部就班地结婚生子，完成这个人生中好像必须完成的任务。我非常理解他们的心态，他们在我这个年龄的时候，我都已经7岁了；他们也非常理解我，知道我一直漂着，从来不催我。还好，在我的家里，不会有逼婚之类的无奈，但我最不忍面对他们对在陌生城市的我的担忧。

我一直想做一个好儿子。我努力学习，考上还算不错的大学；我努力工作，拿到了2枚军功章，让家人能感到骄傲。可是我明白，儿女之于父母，犹如雏鸟之于鸟巢，越努力翅膀就会越硬，就会飞得离家越远。这是一个残忍的事实，父母越来越衰老，故乡越来越遥远。每次离家，奶奶都会湿了眼眶，不知道是不舍，还是看到孙儿长大了的欣慰，或许两者皆有吧。

做个好儿子，是一大难题，这个难题将伴随我一辈子。我有事没事都给爸妈打电话，跟他们聊天，当他们发生矛盾时两头当好人从中调解，“引导”他们正确看待社会上那些阴暗面，让他们冷静看待我那些赚了钱生了娃的同学，他们的心态变得更加平和淡然——我觉得我真的是带着爸妈一起成长。可是这远远不够，我们一起学习一起成长的路也才刚刚开始，我要慢慢接过父亲肩上的担子，要学母亲当年唠叨我一样去唠叨他们，让他们保重身体、注意休息，让他们放松心情、减少压力。二十七八岁，是和父母做朋友的年纪；二十七八岁，也是转换角色、做父母的“父母”之路的开端。

还好爸妈和爷爷奶奶都很乖，这让我最是欣慰。有我的存在，家里不会有太大的摩擦，永远和和睦睦，爸爸会安心养伤，湿了汗衫也会苦练那条摔折了的左腿；妈妈会坚持她的饭后广场舞，带领她的“小伙伴们”在家门口扭动起来；爷爷这个倔强的老头，也会听我的话坚持去医院做治疗，并且不耕种那么多的菜地了；奶奶在麻将桌上也顺风顺水，即使输个几十块也会呵呵一笑……二十七八岁的我，是幸福的。这种幸福，也是我余生努力的目标。

才毕业六七年，就感觉自己经过了很多的历练。很久不恋爱，爱的能力大大下降。忘记了如何撒娇，忘记了如何取悦姑娘，忘记了爱情的滋味，面对那么多的世俗与现实，甚至有几分看破红尘的样子。其实，这是懦弱与胆怯的表现。心灵的壳越来越硬，形成了厚厚的茧，谁也看不穿，谁也猜不透，谁也靠不近，独留被包裹的那颗柔软暗自神伤。

二十七八岁，要有愈战愈猛的勇气，不要惧怕受伤害，不要把自己武装起来。趁着还有激情，应该去碰撞、去激荡，莫让这青春，憋在闷热的躯壳，凋谢腐烂。冯唐有一部小说的名字叫《十八岁给我一个姑娘》，讲的是那些肆意生长的青春年华和分泌过剩的荷尔蒙，让人感慨曾经年少。在二十八岁的第一天，我要大喊一句：“二十八岁给我一个姑娘！”我的荷尔蒙分泌已不过剩，但内心的激情依然在澎湃，青春也正当时，这样的好年华，我不能再将自己包裹起来，张开双臂去拥抱那些同样美丽的青春与激情吧！

二十七八岁，这是一个可以理性也可以感性的年纪。从心而走是我一直尊崇的生活态度，它既理性又感性。我不与人起纷争，莫让浮云遮望眼，坦坦荡荡、轻松自然即好。有人为了小名小利，费尽心机，却落得心力交瘁；有人为了点滴利润，损耗了健康拼坏了身体……他们忘记了，拿到功名、取得利润，是为的什么。一切不都是为了过得更开心快乐吗？为了快乐丢了快乐，实在是可悲。莫忘初心，方得始终，不管走得多远，都别忘记了来时的梦——告诫二十八岁开始有些浮躁的自己。

时间竟然已过了2个小时。写着写着，竟把自己写笑了，这些话语，都是我平日里的思想碎片啊。本想在二十八岁开始的这一天，来一篇思想大作，没想到自己只是做了整理碎片的活，终归不是巨匠。能隔三差五地为自己的心灵收拾收拾除除灰，也感畅快满足。

感谢宁静的亚丁湾，感谢充满希望的二十八岁，让我今夜未眠。

2015年5月17日凌晨 亚丁湾

流水的时间

好几天没写点什么，感觉一阵空虚，左思右想，发现这几天还真没有什么能让我有兴致提起笔。

有朋友要举行婚礼了，让我在亚丁湾录一段祝福视频；有位老大哥手术了，成功切除了体内的肿瘤；“亚丁湾好声音”歌唱比赛海选依然在进行；推开门，外面依然是茫茫大海，早上有日出，傍晚看日落……

护航的新鲜感渐渐退去，日子慢慢归于平淡，发在朋友圈里的美图，点赞人数逐渐在减少，原来大家看到我的蔚蓝大海也不再觉得稀罕新奇了。打电话给朋友，他们告诉我，皇马在欧冠半决赛被尤文图斯淘汰了，一年一度的小龙虾饕餮大业又开始了，大学校园里又有一拨人穿着学位服、毕业衫在照相留念了……我把鼠标放到屏幕右下角的时间上，“2015年5月19日”几个字显示出来——哦，原来到五月份了。

五月是个什么概念？对现在的我来说，五月和四月、六月一样，都是每天在广播声中起床、洗漱、吃饭、运动、洗澡，日复一日，月复一月，周而复始。可是对于生活在陆地上的人来说，岁月更迭，大自然也随之变换装扮，生产出这个季节独有的果实和芬芳。一个季节有一个季节的过法，看完了春花灿烂，该换上泳装去海边嬉戏冲浪；品完了气香味醇的红茶，该拿出清新淡雅的绿茶了。夏季了，夜宵摊上的啤酒更畅销了，烧烤摊上的香气随着阵阵白烟，能飘满整个广八路。夏天，是一个充斥着汗水与激情的季节，人们会把一年的汗水集中在这个季节，然后剩下的日子用来享受清凉。

在亚丁湾不一样，这里每天都是夏季，太阳每天都是那么毒辣，让汗水随时都可以从毛孔里冒出来。这里的日子就像一个复印机的出纸口里出来的纸，每张都是一张新的，但内容却都是一样的。我们每天吃一样的饭，干一样的活，同时还让同样的思念来虐自己千万遍；我们每天看一样的海，拍一样的照，却护送着来来往往的都不相同的船只。我想，这就是护航的日子。

前几日，在与编队叶建林政委散步时得知，原来上报的出访印度的计划可能有变化，海军可能会派第十九批护航编队在参加完中俄联演之后过去，这也就意味着，我们心心念念的印度之旅基本就泡汤了。几个同事大呼遗憾，感慨花好几天时间整理出来的印度攻略白费了。我倒没有过多想法，不管去不去，日子它都是24小时地过呀。有人说我是个悲观主义者，心里荡不起激情，对生活竟然都没有一点憧憬。我笑笑，其实以轻松自然的心态去面对生活，少让情绪坐过山车，这不是挺好的一种生活方式吗？

放眼望去，2016年还有200多天就到来了，那时候我们就可以盼望着舰艇靠港，重新回到祖国大地。再一想，2016年，我离30岁就只有2年的时间了，而人生竟然走完一小半了。我忽然觉得后背发凉，意识到了问题的严重，却又觉得无奈。我无法阻止时间静止，无法阻止日子在平凡的圆周里重复。原来时间是这么残酷的东西。

时间之残酷，不仅在于它之留不住，更在于它体内藏着无数的意外。上文中提到的做手术的大哥名叫马越舟，是解放军报社的一位编辑大哥，因工作而结识，因足球而深交，他性情耿直，为人豪爽，足球场上更是勇猛无比。今天点开微信，看到他做手术的消息，很是意外，坚强硬朗的身体里，竟然长着可怕的肿瘤。庆幸的是，历时4个小时的手术非常成功，肿瘤被切除，衷心地希望他能早日康复，也衷心地向时间哀求，求你高抬贵手，让我们的日子这样一天一天平凡地过就好了，我们不要惊喜，更不要意外。

我忽然想起了这几日亚丁湾的海，它宁静，它无声息，偌大的海面没有一点波澜，平整得像一面镜子似的。远处的落日倒映在海面，洒下一大片一大片的金黄，我们的军舰漂泊在海上，就像躺在大海怀抱里熟睡了的婴儿，不发出一点声响。我坐在甲板上，望着远方，想起了江西省萍乡市那个叫仁村的村子，那是我的老家我的根脉，故乡在眼前，没在天边，故乡就在这如平镜般的海面，和海一样宁静，悄无声息。

时间好像睡着了，日子似乎停止了。这样的生活多好。

2015年5月19日 亚丁湾

回家的企盼

最近几天都失眠得厉害，睡着了也是迷迷糊糊。昨日做了一个梦，梦到我回家了，家中老小亲戚都在，吃过饭后，爷爷要去收碗筷，我赶紧抢过，说“让我来吧”。现在想起来，梦境已经有些模糊，事情的细节也记得不太清了，唯一能记清的，就是这次梦中归家的感觉却怎么都和以前不同。

晚上打开微信，看到朋友圈里姑姑发了几张在长沙的照片。海事卫星网络速度太慢了，我只能勉强看到缩略图，在缩略图里，我分辨出了3张照片，分别是妈妈、姑姑、姑父他们3人与爷爷的合影。我执着地点开了小图，等待了好几分钟后刷出来只解码了一半的照片。几张合照，都只能看到脸，而脸以下的部分全部花掉了。

我看到了爷爷的脸，苍老、消瘦，憔悴得让人心疼。他的脸上带着面对镜头时的几分严肃，还有勉强撑起来的一丝笑容。

我的心，又被揪了一下。

朋友圈再往前翻，看到姑姑前20日发的一句话：“祈祷！祈祷！祈祷！21号，明天一定要给我们希望！”

20号之前，我们全家对爷爷的病情还抱有一丝希望，对萍乡这个小城市里医生的诊断持毫不犹豫的怀疑；21号，家人带着CT影像片来到长沙的湘雅医院和解放军163医院，听到的诊断结果却依然和之前一样；22号，家人带着爷爷，再次去到湘雅医院，医生说已经没有开药的意义了。

姑姑朋友圈3天的状态，是我们一家人从希望到绝望的历程。我清楚地记得，姑姑给图片的配文是“一次不同寻常的长沙之旅”。

我没法儿想象家人得到最终诊断结果时的反应，目前为止，只有爷爷不知道自己的病情，但他却是一个非常敏感的人，在去长沙之前就把什么事都给奶奶交代了。

我不敢相信，癌症，这个遥远的词汇，竟然会出现在我的家庭。今年春节，我在家里待了十来天，陪爷爷的次数却屈指可数。仅仅那么两次，我跟着爷爷，去他精心照料的菜地里，帮他挖芋头，一起为蔬菜施肥。爷爷的身体日渐瘦弱，已经挑不起重的担子，所以这个活由我来干。他教我如何使用锄头，告诉我怎样用巧劲撬土才不会损坏整捧芋头，施肥用的笨重长把粪勺在他手中变得轻盈，从中洒出来的肥水也乖乖地落在了每棵菜的兜部……这些东西，我不管怎么用心，都只能学个皮毛，怎么也达不到他那炉火纯青的地步。不过我愿意跟着爷爷去菜地里，每年休假，这都是我的必修课目。虽然帮不上他什么忙，但是跟爷爷单独待在一起的感觉却很好，他会跟我讲很多我不在家的时候，家乡发生的大小事情，让我感觉跟家乡，依然是那么近，那么近。我想爷爷也愿意带着我去菜地，他一定很高兴，自己的孙子虽然走出了农村，但并没有忘记泥土的气味，忘记自己身为农民的根。

过年的时候，妈妈跟我讲，你看，爷爷这两年是不是老得特别快。我赶紧让妈妈停住了话语，甚至责怪她讲话直来直去，还说些不好的事。其实我心里明白，妈妈只是讲出了事实，而我却是想逃避这一切。

我想逃避，却发现无法逃避。肺癌，晚期，这两个词，是几天前我27岁生日的时候，得到的刻骨铭心的讯息。我欢欢喜喜地打电话回家，期望得到爸妈对我的生日祝福，却没想到以前惯例性的问候“爷爷奶奶身体还好吧？”会让爸爸无法开口。我赶紧给小姑打电话，她的回答让我脑袋一片空白。这四五天里，我都无法直视这两个残酷冰冷的词。

我趴在舰艇的栏杆上，亚丁湾的风拂过我的脸庞，吹落我的泪滴。我望着海面，它湛蓝宁静，可我此刻却一点也喜欢不起来。我恨它，是它，让我与爷爷相隔万里之遥，是它，让我不能在爷爷最脆弱的时候陪伴在他身边。

从上大学毕业开始，我就远离了家乡。年少的我，曾天真地以为，我获得了自由，有了更宽广的天地，却不承想，失去了那么多与家人相处的清晨与深夜，失去了那么多随爷爷一起耕种菜地的时光。军舰起航的那一刻，我以为，我获得了周游世界、领略异域风情的大好机会，却不承想，竟把自己置身于离家万里之远的茫茫海域。

我很害怕。我怕时间这个残酷的锯齿，一点一点锯倒生命之塔，怕这塔的轰然倒塌会让我措手不及，会让我痛苦不已，会让我归家不得却只能生生忍受死别之殇。

我希望，在我深夜回家时，为我起来开门的，还是爷爷，每次夜归，敲门声才响一遍，爷爷房间的灯就会亮起，不知是他睡眠轻还是一直没睡在等我回来。我希望，在我回家时，一家六口人还能团团圆圆地坐在一起，爷爷坐在上席，不停地叫我吃那些平日不怎么出现在餐桌上的美味，而下一次，我一定不会狼吞虎咽，我一定要把它们都夹到爷爷的碗里。我希望，在我回家时，爷爷还能带着我去菜地，我挑担子，背锄头，让爷爷就在一旁看着，把他那些干农活的技巧一点一点教给我。我希望，在我回家时，能拿出相机，为全家拍一张全家福，为爷爷奶奶多拍几张照片，这次，告诉他们面对镜头不用紧张约束，要露出最灿烂的笑容。我希望……

等下次回家，我再穿着军装回去，告诉爷爷，他的孙儿升职了；等下次回家，我要为爷爷奶奶买机票，带他们去南京、去舟山，去看看他们孙儿现在工作生活的地方，陪他们逛景点、看风景、吃美食；等下次回家，我会告诉爷爷，孙儿现在可受姑娘欢迎了，一定会努力找个对象的，不用再为我操心了；等下次回家……

爷爷是个老党员，正直刚毅，眼里容不得一点沙子，对那些有悖道德有违法纪的事，更是嗤之以鼻。他做人做事规矩认真，总给人十分严肃的印象。可从我记事起，从没见过爷爷对我发过一次火，甚至连一句责骂都没有。他对我，总是循循善诱，耐心地教导，而我考上大学后，爷爷更是把我当作他的骄傲，在外人面前也不掩饰自己的自豪之情。爷爷越自豪，我就越惭愧。工作五六年，仍然漂泊在外，居无定所，报答爷爷教导之恩的念头曾涌上心头，脚步却从未迈开。

爷爷，在家里等着我，等着孙儿回来，回来给您讲我在亚丁湾的故事，给您讲我环游世界的经历。

一定要等着我！一定要！

2015年5月22日　亚丁湾

一封写给爷爷的信

亲爱的爷爷：

您还好吗？

还记得很小的时候，您和奶奶两个人带着我和弟弟睡觉，一个人带一个，一张床，睡两头。那时候我和弟弟很调皮，睡在被窝里还不老实，一阵乱动，您总是把我们抱紧，让我们不把被子踢掉，不会着凉。童年的一个个夜晚，我和弟弟就在您和奶奶的拥抱里安然进入梦乡。忽然有一天，您因为肺结核住院了，奶奶在医院照顾你，偌大的一张床上就剩下我和弟弟两个人。您住院的第一天，我躺在空荡荡的床上，流下了伤心的眼泪。那时候很天真，生怕天天抱着我睡觉的爷爷再也回不来。

还好，后来您康复了，又回到了家中，我的担心也变成了多余。不过，从那时候开始，我就再也没有在您的怀抱里睡过了。

现在，在茫茫大海里，我躺在军舰船舱里，望着冰冷的墙壁，想起了远在万里之外的您。您睡得还好吗？您还能再回来吗？孙儿很想再要您一个拥抱。

从您患病开始，我就不愿意接受这个现实。家人反复寻医问诊，得到的答案却是一样的残酷。我打电话回家，听说您能吃下一两碗饭，我就特别开心，期待着您能慢慢康复起来；又听到您在奶奶的搀扶下可以下坡散步，更是以为您可以逐渐恢复从前的体魄。后来，听说您情况一天天恶化的时候，我整宿整宿地失眠，心中万分焦急而又无比无奈。

还有16天，就是您的74岁生日了。我已经想好了，把我在海上的生活拍一个短片，在您生日那天让家人播放给您看，送上我的祝福，我连视频拍摄的场景和台词都设计好了，可是它现在已经派不上用场了。

农历六月初八，我在夜里2点半拨通了爸爸的电话，爸爸告诉我，您不行了，让我录一段话发回来。等到第二天，我急急忙忙录了一段话，发了回来。可是，我万万没有想到，连最后的道别都迟到了，一切都晚了。

听说您离开的那天，家里下着瓢泼大雨。我得到消息的时候，印度洋也下着大雨。噩耗传来，撕裂了我的心，我的泪水也和雨水一样，瓢泼而下。

您离开的时候，家人都在身边，我想，他们是幸福的，伴您走完了人生的最后一程；我想，您也是幸福的，看到儿孙满堂，围绕膝下，可以放心地驾鹤而去。只有我，您最疼爱的长孙，却远在天边，连最后一面都没能见上。我不敢想象，在下次回家的时候，在家门口见不到您出来迎接的身影，听不到您的谆谆教诲，能见到的，只有一张定格黑白的照片和一堆崭新的黄土。

我想，您肯定是想我了，于是变成了一颗星，亮在夜里，看着在茫茫大海上的我。我看到您了，最亮的那颗，忽闪忽闪，指引我回家的方向。

您是否还记得？每次我夜归时，还没敲门，您房间的灯就亮起。不知道是您睡眠浅，还是一直在等我回来。不管多么晚，天多么冷，您总是会起来开门，叮嘱我早点睡觉。爷爷，下次我回家，帮我再开一次门。

您是否还记得？每次我休假时，都特别愿意跟着您去菜地，让您教我如何施肥浇水，听您讲家乡的事。上一次在家的时候，您还带我去挖芋头，告诉我如何挥锄头，如何翻土。菜地里的菜又要丰收了，等我回来了再跟您一起去采摘。

您是否还记得？腊月寒冬，您总是最早起来，为全家点燃取暖的篝火；水塔里没有水了，在洗澡间里的我打开门，第一声呼喊的就是“爷爷”。

您存在家里的每一个角落，在家里的每一分每一刻。闭上眼睛，看到的是您慈祥的模样；静下心来，听到的是您每一次的呼吸。

我依然记得，在我还没有懂事的时候，您就经常带着我，去书塘边的公共电话亭等一个从武汉打来的电话。您告诉我，电话那头的，是您的大哥，我的大爷爷。我也决心，原来世界这么大，我也要去武汉。

后来，我努力地学习，终于考上了武汉大学，去了武汉，见到了您的大哥，我的大爷爷。每次我离开大爷爷家里，他都送我下楼，反复叮嘱我坐什么车，望着他蹒跚的步伐，我也终于明白，他是您大半辈子的牵挂，我也成了你们之间的纽带和桥梁。爷爷，您放心，我会每年都去看大爷爷，再回家向您汇报。

知道您的人，都说您是一个性格耿直、原则性极强的人。有悖伦理道德的事和人，在您的眼里是绝对容不下的。世人随波逐流去，我自洁身自好留，对得起良心，对得起天地，这是您教我的做人做事道理，孙儿必当永生铭记。

勤俭节约也是您一生恪守的信条。我知道，您是从苦日子中走过来的，富裕不敢忘本，日子好过了也不能铺张浪费。所以，每次饭桌上，看到剩饭剩菜您也总是把它们吃得干干净净，不浪费一丝一缕。

当然，您并不是小气。亲戚家小孩考上大学了，您会慷慨解囊，毫不吝啬。我至今都记得，刚上大学不久的我要买电脑，您二话没说第二天就汇了七千块钱过来。

克勤克俭，立身作则，您养育了一男三女，收获了满堂儿孙，现如今已是四代同堂。可本该好好享受天伦之乐之时，您却撒手人寰。

您一定是累了。年轻时您为公社开车运货，起早贪黑赚工分；个体经营时，走南闯北，吃苦受累，只为多给家里赚点钱，让子女们日子过得好一些；人到中年，您为家里建房筑巢；年老了还不肯休息，种菜收粮，您总说，我爸爸开车那么辛苦，自己能给家里省一分是一分……

您这一辈子，想的总是家人亲戚，从不考虑自己。为了不让家人担心，有时固执地不去医院；明明忍受着痛苦，却要强作微笑说没事……

或许，您是该休息休息了。辛劳一辈子，终于可以睡个好觉了。

爷爷，您安心地睡吧。奶奶一切都好，我们会照顾好她，让她享福，不再为家中操心。如果您有时间，记得回来看看她。

爷爷，您安心地睡吧。爸爸妈妈和姑姑姑父都已挑起家中的重担，您走之后，大家会更加团结，更加齐心，把家里建设得越来越好。

爷爷，您安心地睡吧。孙儿们都已经长大了，不再是当年那群淘气的小孩，我们中有的已经为人父母，有的在为事业奋力拼搏，有的在为学业孜孜不倦。我们一定会成为您的骄傲。

爷爷，再过一两天，您就要睡到那个冰冷而陌生的山岭上去了。孙儿不孝，不能亲自送您，对不起您二十多年来的关爱和栽培。您好好休息，等到孙儿凯旋回国，戴着军功章，再来拜谒您。

世事无常，人情有冷暖。您就这样地离开了我们，永远地离开了我。可是，您一直在我的脑海里，在我的心脏里，在我的血液里，在我的灵魂里。

爷爷，您已经烙进了孙儿的生命里。

爷爷，孙儿想您！

二〇一五年农历六月十三日 不孝长孙：令涛

外婆，今生欠您一张合照

出海4个月，我失去了我的爷爷；出航5个多月，我又失去了亲爱的外婆。

下着微微细雨的甲板上，我拿着海事卫星的电话，在冷风中呜咽。两次得知消息，都是同样的天气，同样的场景，同样的心情，同样的悲痛……

已结没有任何言辞，能形容我的情绪。切肤之痛、心如刀绞、天昏地暗，这些词汇，此刻真是苍白。没有言语，没有眼泪，甚至在接连打击的麻木之下，连痛都不觉得痛了。曾经在描写中国海军首次环球访问之旅的作品中看到了这么一则故事，一个战士在出海期间，奶奶和外婆相继去世。记得当时翻阅到那一段时，我的心中甚是同情与难过。可怎么也想不到，如此像小说情节一样的事情，竟然发生在了我的身上。

我把手机和电脑翻了个遍，竟然没有找到一张外婆的照片。仔细回想，唯有在以前的一部手机内，保留了两张外婆的照片。那是从舅舅的大儿子，我的表弟鹏飞的微信上下载下来的。去年，鹏飞休完年假返回单位，临走的时候躺在外婆的身旁，把自己的脸和外婆的脸凑在一起，举起手机自拍了两张。那两张照片光线不足，并不清晰，但是外婆满脸灿烂的笑容十分清晰，眼睛里还放着光；我记得鹏飞给照片配的文字——“希望奶奶健康长寿”。

看到照片的时候，我的心像针扎一样痛。那时的外婆已经瘫痪在床四五个年头了，身体每况愈下，容颜也日渐衰老，曾经健硕的身体已经枯瘦如柴。我明白，鹏飞的祝愿，只能是祝愿了。

用力地去回忆，发现关于外婆的记忆一点一点地冒出来，可又越来越模糊，最后幻化成一个符号，一个小孩对童年最美好的感情符号。在我们老家，逢过年过节，小孩子都要跟着爸妈一道，去外婆家看望老人，再吃上一顿饭。老人家们会拿出平日里不舍得吃的佳肴美食，来招待心爱的外孙们，平时节约勤俭的他们，给外孙们拿钱买玩具却大方得很。所以，对于小孩子们来说，去外婆家是童年最开心的事，在外婆那里，你可以任性顽皮，外婆依然把你捧在手心；你可以挑嘴贪吃，外婆会为你做各式美食，把你喂得饱饱的。外婆家就是幸福天堂，就是温暖港湾，对所有孩童都具有无穷尽的魅力，吸引着他们在疲惫与难过的时候，无比思念外婆的那个拥抱与微笑。

我家与外婆家特别特别近，用跑步的速度，可能都不需要半分钟，所以我去外婆家的次数太多太多，有时一天早中晚都要去一趟。可是，我不记得从什么时候开始，我离家越来越远，离外婆家越来越远。大概是从考上大学之后吧。

2005的夏天，我接到了大学的通知书，家里摆了谢师宴。我站在家门口，面对众多宾客毫不怯场地用嘹亮的声音致辞答谢。席上的外婆泪流满面。我知道，她是高兴激动得，我更清楚，她是替在天堂的外公高兴。

外公与外婆携手30余年，养育了一儿三女，建立起了一个温暖和谐的小康家庭。正当日子蒸蒸日上之时，家庭遭遇厄运，50出头的外公因为突发脑溢血撒手人寰。一个好端端的家庭受此重创，顿时蒙上了一层阴影。那个暑假，我在外婆家住了一个多月，没有美食与零花钱，只是静静地陪着外婆。有一天午休后醒来，发现外婆正倚在衣柜上哭泣，整理外公遗物的她触景伤情，悲痛不已。我很想安慰些什么，可是发现言语是如此无力；我很想给外婆一个拥抱，就像我小时候她拥抱我一样。

后来的外婆身体越来越差，服用的治疗高血压的药越来越多。我每次放假回家，到家后的当天，不管多晚都要去趟外婆家，向外婆报个到，有时候就是简单的一句话："外婆，我回来了。"岁月过多地给了外婆病痛和伤痕，她一天天地变老，头发变得花白，脸庞变得憔悴——外婆真的老了。

四五年前，外婆的病不见好转，反倒还中风瘫痪在床，连话也说不清楚了。初期，外婆躺在床上终日以泪洗面，难以接受。后来，妈妈和舅舅舅妈、姨妈们尽心的伺候，终于不让她那么难受了。

"外婆是一天天老了。"妈妈每次给我打电话，都会感叹。我内心无奈，什么也说不出口。自那以后，我每年回家，都会坐在外婆床边陪她聊聊天，有时候她一见到我，就会紧紧抓着我的手，不停地流泪。有时候她吱吱呀呀的话语我半天也听不懂，她也会着急，当我终于弄明白时，她会像个孩子一样开心满足，脸上写满了欣喜。有时候我会把她扶在轮椅上，推她去门口转一转，透透气；有时候会帮她按摩按摩不能动弹的左腿，手一摸，感觉不到一丝弹性，让我心疼。但是，说句实话，我不敢在外婆身边待太久，因为外婆的一个无助的眼神、焦急的表情和衰老的身体都会随时引爆我的泪点，每次我都假装坚强，强作欢笑，我不想外婆看到我难过。

去年过年的时候，我陪外婆聊天，她讲的一句夹着"you"发音的话语让我搞不懂意思，舅舅在一旁问："是说星期九吗？可是没有星期九啊。"她摇了摇头，又说了一遍，还举起了右手食指和中指动了动。我们猜了好几种意思，她都摇头。在她重复了十几遍之后，我问她："你是问我有没有带女朋友？"终于被我搞懂了，她咧开嘴开心地笑，不停地点头。整日躺在床上的外婆，仍然在关心着我的生活，我的未来。我跟外婆说，一定会抓紧时间找，也让她把身体养好，等我带着女朋友回来看她。

那是我跟外婆的最后一次对话，之后我便告别家乡，跟随军舰远征大洋。有时候我会突然想到，远在万里之外的外婆家，白天时分，大家都出去做事了，她一人躺在床上，忍受着孤独寂寞，忍受着病痛折磨。她寂寞的时候，是否会想起伴随她走过风风雨雨的外公；她孤独的时候，是否会想起她含辛茹苦养育大现在却在远离她的地方奋斗着的儿孙们；她是否会想起，在我的谢师宴上，她流下的泪水；她是否已忘记，给我的那一元元零花钱、一捧捧糖果，以及那一个个温暖拥抱。

我总是记得，鹏飞那张照片里，外婆灿烂而满足的笑容。这么多次回家，我竟没留下一张合照，真是无比悔恨。在爷爷去世之后，我就决定，出海回家，一定要珍惜时光，为健在的老人们都留下些影像。可是，外婆竟然没给我这个机会，这也许是对我这个不孝外孙的惩罚吧。

外婆，今生欠您一张合照。

2015年9月17日 波罗的海

再定义幸福

访问完欧洲五国，编队组织大家进行交流讨论，要求谈一谈所见所闻所感所想，粗略地思考了一晚后，我决定以“再定义幸福”为题，和同一个党小组的战友们分享我的体会。以下是交流发言全文：

古语有云：“读万卷书，行万里路。”有的人把这句话当作毕生的目标，一辈子为之奋斗不止。我在我27岁的年纪，想到自己腹中诗书还不足挂齿，顿感羞愧；而自己却在这一年行了万里路，恍惚中即将实现环游世界的梦想，几分惊喜后不由得有些惶恐。

很多同事和朋友问我，走了这么多地方，看了这么多风景，接触了这么多的人，有什么感触。我总是不能很好地给他们一个答案。编队通过基尔运河的时候，我在甲板上跑步，闻着岸边泥土的气息，看着两岸的灯光向后掠过。那晚的夜十分宁静，我一圈一圈，大汗淋漓的，一个半小时后，我把右侧的北斗星留在了身后，也把关于环球之意义的思考留在了基尔运河两岸。

那一晚，我思考了一个亦深沉亦轻松的问题——幸福。我想，再定义幸福，便是我这趟旅行最大的意义。

在谈我的体会之前，给大家看两张照片。第一张照片，是我在格丁尼

在格丁尼亚街头遇到的卖花老人

推着轮椅的老人

亚街头游荡时，拍到的一对老夫妇。我见到他们的时候，他们正在收拾鲜花摊位，老奶奶把花瓶里的水倒掉，再把没卖出去的花插回瓶里，老爷爷则负责把桌子木板抬进屋内。我说，给你们照张相吧，于是，他们放下手中的活，齐齐站在了我的镜头前面。我说，拿束花吧，于是老奶奶拿了一束红玫瑰，老爷爷拿了一束白玫瑰。回来后我把照片导出来，仔细放大看了又看，对这张照片喜欢得不得了。两位老人的微笑轻松自然，眼神里充满了慈爱与温暖，无比地迷人，浓浓的幸福感透过画面，传递给早已离开波兰的我。

第二张照片，是我在格但斯克的街头拍到的。这位步履蹒跚的老妇人，手里握着一束黄色小雏菊，推着一辆轮椅，轮椅上放着一只白色小熊。满脸皱纹的老人家打扮却十分精致，戴着红色帽子，系着丝巾，胸前还挂着饰品。她一步一步在街上挪动，任凭汹涌人潮擦肩而过。我的心里满是猜测和疑问——她是一位失去了老伴的老人吗？她没有陪伴她的子女吗？她是否会感到孤独？我按下快门的时候，她抬头看到了我，眼神中依然充满了温情，温情的眼神，瞬间就击溃了我所有的疑问和同情。

在这两幅照片里，在这几位老人的身上，我发现了幸福的共同点，那便是他们在自己的世界里活得热烈。

对第一张照片里的老夫妇来说，鲜花摊就是他们的世界。他们夫妻二人风雨与共，携手同心，精心伺候着鲜花，用心经营着摊位。鲜花一次次怒放，他们一天天变老，他们用爱情滋润鲜花，用鲜花点缀生活，在爱的世界里，他们活得热烈，活得幸福。而第二张照片里的老人，她守着自己的情怀，守着自己的故事，不管时光如何消逝，岁月多么无情，回首往昔，她总能看到自己美丽的影子，纵使如今孑然一身，她也总能在自己的世界里平静、安宁。

对我们来说，幸福又是什么呢？我没法给出一个准确的概念，却一直在试着给它作一个定义。今天，我非常愿意和大家一起分享我在再定义幸福这个过程中所作的一些思考。

首先要学会珍惜当下。在海上的日子里，有些战友会觉得苦闷无聊，甚至会内心焦躁，但转念一想，这又何尝不是一种幸福呢。我们有前段住舱，可以伴着摇晃静思冥想；我们有坚硬甲板，可以迎着海风奔跑挥汗；我们还有直升机，可以在轰鸣中探头俯瞰无垠大洋……这种经历，是这一辈子都难得的一次，是其他人都难得的一次，难道你不觉得珍贵吗？生活当中也一样，你每天所经历的事情都是这辈子、这个世界唯一的一次，不能倒带重来，也不能彻底复制，所以，为何不好好珍惜这难能可贵的唯一呢？不用尽力气去享受好每一分每一秒呢？

其次要学会寻找幸福。在欧洲国家，大家经常可以看到，秋日午后，有人在公园里遛狗散步，有人在街边小店喝着咖啡，儿童在草坪嬉戏，情侣在亲吻拥抱……大家总感觉，欧洲的这些国家，充满着浪漫气息，人们都生活在轻松浪漫的环境里。其实，在国内，这样的场景一样可以见到，你一样可以去享受春夏秋冬、享受雨露阳光，享受与亲人的每一次相守，享受与朋友的每一次会面；你的欢乐与悲伤，你的冷静与冲动，都是你思想的笔触，在自己的世界里一笔一笔刻画填写。所以呢，试着让你的人格更独立些，让你的情感更饱满些，把你寻找幸福的眼睛睁得更大一些，让世间万物，都成为你快乐幸福的理由。

最后要坚守心灵阵地。人最怕的就是立场不坚定，做事没原则。有的人见了别人的幸福生活就自惭形秽，瞬间觉得自己过得太苦；有的人见了国外的优越条件就妄自菲薄，频频吐槽国内生活；更有甚者，刚踏上资本主义国家的土地，就忘了共产主义的信仰，把祖国和党对自己的培养抛诸脑后。我不是说要逃避我国和发达资本主义国家在经济、社会等方面的水平差距，而是觉得我们要以客观的眼光去正视它们，不是一味地艳羡，自卑得头都抬不起。生活当中一样如此，要坚守住自己的心灵阵地，不要轻易让环境和他人改变自己的心态，影响自己的情绪，改变自己的信仰，不因物喜不以己悲。内心不坚定的人，是没有信仰的人，他不知道自己为谁而活，也不知道该追求什么，就算是得到了一时的快乐那也长久不得。

之前网络上有一位女教师递交的辞职信里这么写道："世界那么大，我想去看看。"对她来说，幸福就是多出去走走，长长见识。我们在座的一些人中，短短几个月的护航岁月，有人错过了在爱人身边陪伴她一起迎接孩子降生的时刻，有人未能见上家人最后一面就从此阴阳相隔，对这些人来说，幸福就是赶快回家，陪伴在家人左右，哪管世界千山万水，有家的地方就是风景最美。

我说了这么多，谈的只是自己对幸福的一些感悟。当然每个人对幸福的定义不一样，标准也不尽相同。幸福是一种心态。相同的生活境遇和生活条件，以不同的心态去衡量，有人会觉得不幸，有人会觉得很幸福。幸福不在官高位显中，不在万贯家财里，也不在旖旎风光中，而在于你能否放下那无尽的欲望，用平常心来感悟生活的真谛，体会生命的意义，感受人生的幸福。

前天晚上，我在跑步的时候忽然想到这么一首诗，那我就以这首诗作为今天发言的结尾。

给我一双翅膀，让我去飞翔
给我一扇窗，让我看见天堂

给我一叶舟，让我在水里荡漾

就像蝴蝶飞不过沧海，不用去责怪
就像月亮最好挂在窗台，不用去采摘
就像我们热烈的爱，别让她沉入大海

2015年11月1日 大西洋

东八区！

编队结束对雅加达访问，一路狂奔，只用了一天的时间就驶出了爪哇海。

站在前甲板，强劲的海风吹得人难以前行，前方，就是家的方向，这海风的声音，就是家的呼唤；来到飞行甲板，看着舰艇后方被螺旋桨激起的巨大白色泡沫，在大海上留下一道宽广的痕迹，这水花和泡沫，是我们在归家途中抛下的烦恼和思念。

傍晚时分，广播里传来了声音："19:00准备调时，时间由东九区19:00调为东八区20:00。"调时已不是第一次，调到东八区也不是第一次（从东帝汶至雅加达途中曾调至东八区时间），但这一次，大家都格外地兴奋。

"10，9，8……"宿舍里，大家跟着广播一起倒数。"3，2，1！东八区时间20:00。"调时完毕，整个舱室通道里一片欢腾。大家纷纷走出宿舍，向过年一般，互相问候："我们终于与家里同步了！"

大家把手表和手机的时间调整好，与家同步；大家把心中的情绪调整好，与家同步。

开饭时间，舰上小广播里播音员用深情的话语念着一篇篇战士们的来稿。淳朴的战士们文笔并不十分出彩，平日都是大白话，而在今天，他们一个个却极尽抒情之能事，生怕表达不出那份归途中的喜悦与兴奋。

“回首过往的300余天，我们远离家乡，劈波斩浪……”“祖国，我们回来了！”“亲爱的，我带着我们的爱走遍了四方，而当我再次回到原点时，你依然会在我的身旁……”

听着战士们的情感表白，我的心中也是一番感慨。300多个日日夜夜远离家乡，谁能不感慨？承载着祖国和人民的期盼，执行具有如此重大意义的任务，谁能不感慨？

驶入东八区，大家开始收拾起了行李，憧憬起了相聚的情景。回家的气氛，正一丝一丝地在舰艇的舱室里弥漫开来。把为父亲买的皮鞋塞进皮箱，不知再见时他的腿是否已经彻底康复；把为母亲买的丝巾装入包中，真害怕她的双鬓又增添几丝霜华……

东八区，一个普通的经度区间，却成了成千上万漂泊的人心中最柔软的情感区间。到了东八区，就触碰到关于家的情感阀门。然而，东八区并不完全等同于北京时间，而北京时间也不完全等同于靠泊母港。

战友们，别急。你看，我们的军舰不正在朝着舟山飞驰吗？

2016年1月29日 南海

饥渴的航海人

父亲接到我从太平洋上打来的电话时，正在火炉旁守着熏腊肉。他问我几时回，我说“马上就回来了”！从来没有这么想念家里的腊肉。

电话这头的我开始游离，想象着一只只火腿在稻壳的烟熏下，慢慢地滋出油；想象着火腿被母亲切成片儿，什么都不放，搁白碗里一蒸，就是一道佳肴，连着吃五六片我都不会腻。

我咽了咽口水，转而开始担心自己，在经历了10个月的海上生活之后，我都饥渴成什么样了？！长期的海上生活，让味觉功能退化，思念和意淫的能力却一路飙升。有时候，在甲板上发呆，会突发奇想：这浩瀚无垠的大海，下面究竟藏着多少美味啊！如果把它们都打捞上来，可以做多少碗海鲜面啊？如果全部用来白灼，那得准备多少芥末酱油呢？

然而，意淫终归是意淫，我们还是只能回到我们的食堂，吃着万年不变的乱炖土豆牛肉。同行的一位老船长告诉我，以前船员们出海，必备的食物就是罐头和酒，这两样东西都能长久储存，并且具有极高的热量。不过根据我长期食用过期饼干和方便面的实践经验来看，我国的防腐剂工业确实相当牛，我至今都安然无恙，并且已练就金刚不坏之身。强烈要求用饼干和方便面取代罐头！

随着后勤技术的发展，现在又有了脱水蔬菜这一“神物”。要问这东西味道如何，我的回答是，吃它纯粹是为了补充维生素。

其实，现在大部分船只上的伙食都是相当不错的，不过在长达10个月的时间里只吃一个人烧的饭菜，从不换口味，这是任何男人都受不了的！于是，我们就想着法子来调剂。有时候去炊事班偷个鸡蛋，和着面粉煎一煎，再涂上些老干妈，享受淀粉和蛋白质在高温发生质变时所散发出的美妙气味，想象着自己是在天津的街头啃着加10个鸡蛋的煎饼果子；再或者，把挂面煮熟再捞出来晾干，拌上半瓶芝麻酱，也能吃出点热干面的味道。

最开心的时候是靠泊国外港口补给，那时候的船上就变成一个联合国自助餐厅，土耳其火鸡、美国牛肉、中东馕饼、印度咖喱、墨西哥辣椒……不过，国外的月亮始终没有祖国的圆，食物也不如国内的爽。我还是喜欢吸着雾霾吃羊腰，撸着烤串谈人生，上班路上能买到豆浆油条，街口转角还有毛豆和鸭脖……

再过三五天就要回国，我的味觉仍未复苏。必须用大料猛料来刺激了！譬如放了大把味精的萍乡炒粉，譬如大学门口15块钱一人（听说现在已涨到26块）的地沟油自助冷锅鱼，譬如加麻加辣的重庆小面。

出海这一年，辜负了几位姑娘事小，辜负了小龙虾、大闸蟹和走地鸡却让我一直耿耿于怀。韶华易逝，美味难寻。想想它们曾在滚烫的油锅中等待着，甚至死都未能闭上双眼，而我却远它们于万里之外，在茫茫大洋中击水蹈浪，罪过罪过！

好在，我又回来了！可是，还有人敢请我吃饭吗？

2016年2月2日　台湾海峡

图书在版编目（CIP）数据

仗舰走天涯 / 曾涛著. —北京：新华出版社，2017.7

ISBN 978-7-5166-3384-7

Ⅰ. ①仗…　Ⅱ. ①曾…　Ⅲ. ①纪实文学—中国—当代　Ⅳ. ①I25

中国版本图书馆CIP数据核字（2017）第180821号

仗舰走天涯

作　　者：曾　涛

选题策划：许　新
责任编辑：张永杰　　责任校对：刘保利
责任印制：廖成华　　封面设计：李尘工作室

出版发行：新华出版社
地　　址：北京市石景山区京原路 8 号　　邮　　编：100040
网　　址：http：//www.xinhuapub.com
经　　销：新华书店
新华出版社天猫旗舰店、京东旗舰店及各大网店
购书热线：010-63077122　　中国新闻书店购书热线：010-63072012

照　　排：李尘工作室
印　　刷：北京凯达印务有限公司
成品尺寸：170mm × 240mm
印　　张：22.5　　字　　数：330千字
版　　次：2017年7月第一版　　印　　次：2017年7月第一次印刷
书　　号：ISBN 978-7-5166-3384-7
定　　价：68.00元